Verlag Kindle, Taschenbuch Juli 2021
ISBN 9798556974159
Dieser Titel ist auch als E-Book erschienen.

Drei Tage bis sie alle tot sind.

Die Sonne geht auf durch den Nebel. Es ist kein schönes Land mitten im Winter ohne Schnee. Den gibt es schon lange nicht mehr, immer regnet es grau. Überall rostige Masten, vermooste Stahlseile knarren im Wind, die Liftbügel quietschen hin und her. Auf der matschigen Piste die Rehe, nackte Flecken im Fell, kranke Haut sieht man. Das macht der Regen, der riecht komisch, oft nach Metall.

Das Wild blickt aufgeschreckt hinab. Ein einziger Fischteich, einer von vielen, schwillt an wie brodelndes Wasser am Herd, laut in der absoluten Ruhe. Fütterungszeit. Aber das Futter kommt nicht vom Automaten, ein toter Körper schwebt im Wasser. Die gierigen Fische hängen an der runzeligen Haut, blutige Schlieren treiben im trüben Wasser. Der greise Mann hat immer nach den Fischen gesehen, jetzt fressen sie ihm die Augen aus dem Kopf.

„Schalt die blöde Kiste aus, ich will noch schlafen!“, sagt sie. Und dreht sich mit ihrem dicken Körper behäbig weg, mummelt sich in die wohlige Decke.
„Ja, gleich!“, erwidert er.
Greift dabei mit verschlafenen Augen zum Huawei. Am Nachtkästchen liegt auch ein Buch, ein Schundroman, irgendwas mit Agenten.

Vorm Haus ruhen Zementsäcke und ein Haufen Sand mit einer Schaufel drinnen, eine Mischmaschine von Samsung steht da, und viel Dreck ist überall.
Die Stefanie streift die letzte Falte aus der gebügelten Uniform, ihr Ehering gleitet sanft über das Namensschild:
T. Mayer.
Ein Fussel muss auch noch weg.
„Passt schon“, meint er.

„Vielleicht ist es ja diesmal was G'scheites."
Sie lächelt dabei und bläst mit einem Atemstoß eine blonde Locke aus ihrem vollen Gesicht, Pausbäckchen.
„Was soll hier schon sein?", lächelt er kurz zurück.
Er hofft das Gegenteil. Sie gibt ihm die große Tupperwarebox mit der Jause.
„Ich sollte aber eh weniger essen."
Er legt die Hand auf seinen Bauch. Da spannt die Uniform, sonst ist sie überall ein bisschen zu groß.
„Essen muss man was", entgegnet sie.
Sonst ist er schmal, sogar hager im schönen Gesicht. Ein Ehering an seiner zarten Hand.
Schnelles Bussi.
Er zieht den Stromstecker aus dem VW und surrt davon, ohne Blaulicht.
Sie geht ins Haus. Das ist noch nicht fertig, aber schon alt. Mit ihren Schlapfen, ihrem weiten Nachthemd und einem gelben Regenmantel über die breiten Schultern gehängt.

Fast alle sind da, die glauben, von Bedeutung zu sein, unten bei den Teichen, bei der auf dem trüben Wasser treibenden Leiche. Da starren sie drauf.
Der Bürgermeister, der deutet viel und ausladend herum.
„Der muss ausgerutscht sein, wie er wieder da war, wie so oft in der Früh, verwirrt", sagt der Bürgermeister, „und dann ist er reingefallen und ersoffen."
Immer, wenn er etwas gesagt hat, kräuselt er dann die Nase, so, dass sich seine modische Brille etwas hebt.
Der Bürgermeister hat studiert, noch nicht lange im Amt. Ein Heimkehrer, der einzige von ganz vielen Weggehern, will hier etwas verändern.
Der schlaksige Schwendinger wendet sich ihm zu.
„Ein Unfall, ein ganz schrecklicher Unfall war das", meint er.

Hat früher Volksschulkinder unterrichtet, dann Frühpension. Die Schule hier gibt es schon lange nicht mehr, und die wenigen Kinder, die noch hier sind, fahren mit dem Bus in die Bezirkshauptstadt. Über eine Stunde dauert das, einfache Fahrt.
Er hält die alte Brandtnerin, so nennen sie sie alle, tröstend im Arm und den Regenschirm schützend über sie, die demente Schwester des Opfers. Gebückt steht sie da. Ganz ruhig, wie entseelt schaut sie und murmelt vor sich hin.
Es ist ihr Zwillingsbruder, der da drinnen liegt im Wasser. Nackt, mit dem Rücken nach oben, bei den aufgescheuchten Fischen, der Severin Brandtner, der alte Brandtner.

Stinkender Auspuff, schwerer, knatternder Benziner. Der goldene Mercedes rollt an, gemächlich. Alle Blicke gehen dorthin.
Der Steger kommt. Der Wagen hält an, quietschende Handbremse, knarrende Tür. Der Mercedes ist ein alter SLK, der fährt noch ewig.
Der Steger schiebt seinen dicken Wanst heraus, die Tür wird hart und laut zugeschlagen. Er ist jetzt da. Zieht am schweren Gürtel die Hose zurecht. Sein Hut hat eine breite Krempe, da tropft Wasser runter auf die Schulterklappen aus schwarzem Leder. Er trägt einen schweren Mantel, so wie Jäger ihn tragen bei Schlechtwetter, olivgrün.
Seine zwei Söhne wie zum Begleitschutz hinter ihm, der Franz und der Walter, die sind mit einem amerikanischen Pickup da, einem elektrischen GM. Die Jagdflinte hängt hinten bei der Heckscheibe. Zwei Kampfhunde stehen angekettet auf der Ladefläche, der Tasso und der Ari, aggressiv gemacht, schon von klein auf.

Wenn der Steger spricht, er redet nicht viel und in Anbetracht seiner stämmigen Erscheinung überraschend leise, sind alle ruhig.
Vor allem der Bürgermeister. Der redet sonst viel, immer dann, wenn es besonders unwichtig ist.
Der Steger blickt ins Wasser, regungslos. Dann schweigend vom Bürgermeister zum Schwendinger, wieder ins Wasser, auf den alten Brandtner. Geht dann zur alten Brandtnerin, nimmt ihre Hand und drückt sein Beileid aus. Die murmelt vor sich hin, man hört nicht was. Aber sie murmelt immer, schon ihr Leben lang.

Natürlich ist der Mayer nicht der Erste, das kennt er schon. Was auch passiert, er erfährt es spät. Aber oft auch nie. Im Nachhinein erfährt er manchmal, dass er etwas nicht erfahren hat. Das ärgert ihn. Nicht, dass hier viel Wichtiges passiert, aber auch das Unwichtige will er wissen. Er ist hier der Polizist.
Mit seinem Polizeiwagen ist er gleich am Ziel.

Alle sind da, die glauben, sie sind von Bedeutung, unten bei den Teichen bei der an der Oberfläche treibenden Leiche. Da starren sie drauf.
Der Polizeiwagen hält.
Es wird vielleicht was G'scheites sein, hat seine Ehefrau, die Stefanie, gesagt. Und es wird tatsächlich was sehr Wichtiges sein. Das weiß der Mayer noch nicht, die anderen auch nicht.
Der Mayer begrüßt alle mit Handschlag und einem Servus.
„Gut, dass du da bist", sagt der Bürgermeister.
„Danke für den Anruf!", erwidert der Mayer.
Es ärgert ihn noch immer, dass er erst gerufen wurde, als schon alle da waren. Aber er sagt nichts.
Der Steger ist sein Schwiegervater.

„Servus Schwiegerpapa!“, grüßt ihn der Mayer.
„Servus Bub!“
Der Mayer schaut ins Wasser, bedrückt.
„Mein Gott, der alte Brandtner“, sagt er leise vor sich hin.
Schaut auf die alte Brandtnerin, mitleidsvoll. Er drückt ihr sein Beileid aus. Sie murmelt nur.
Der Bürgermeister erklärt dem Mayer, wie es gewesen ist. Dass der Schwendinger und die alte Brandtnerin den alten Brandtner, dement wie er war, wieder einmal überall gesucht haben. Und dann gefunden haben hier beim Teich, wo er ja oft hingegangen ist, nackt, vor lauter Demenz.
„Ja, so war das“, sagt der Schwendinger, „wir haben dann ja eh gleich g'sehen, dass der tot ist.“
Der Mayer nickt dem Schwendinger zu.
„Aha.“
Nicht kritisch, verstehend sagt der Mayer das Aha.
„Schlimm ist das“, fügt der Schwendinger dann auch noch an.
Und blickt dabei besorgt auf die alte Brandtnerin.
Der Bürgermeister greift zum Huawei, will den Gemeindearzt anrufen, der soll den Totenzettel schreiben.
„Dann ist das hier auch gleich erledigt“, ergänzt der Bürgermeister.
Er blickt dabei fragend auf den Steger.
„So machen wir das“, bestätigt der Steger, „und nicht anders.“
Der Bürgermeister nickt und wählt.
„Und wir kommen dann gleich aus dem Regen“, sagt er dabei, „der riecht heute eh schon wieder so grauslich.“
Kräuselt wie jedes Mal die Nase nach dem Sprechen. Keiner geht ans Telefon, das sagt sein Gesicht.

Der Schwendinger fordert Respekt ein. Seinen grauen Zopf mit den verbliebenen Haaren hat er mit einem Gummiband nach hinten gebunden.
„Zieht ihn doch erst mal aus dem Wasser!", verlangt er.
Der Bürgermeister fühlt sich angesprochen, rückt sich seine Brille zurecht, sitzt aber eh richtig. Entschuldigt sich dann bei der alten Brandtnerin. Er hat halt gerne alles schnell offiziell.
„Holt ihn raus!", befiehlt der Steger.
Seine Söhne schreiten mit ihren schweren, schwarzen Gummistiefeln zum Wasser.

Die Söhne Franz und Walter sind sehr unterschiedlich. Der Walter ist der ältere Bruder, grobschlächtig, laut und dumm. Der Franz zart, ruhig und schlau. Verschiedene Mütter. Darf man aber nicht laut sagen, weil der Franz von einer Prostituierten aus der Großen Stadt zur Welt gebracht wurde. Die hat aber nie wer gesehen, die war ja nie hier. Aber auf einmal war der Franz da, und bei der Mutter vom Walter und von der Stefanie. Die Mutter ist schon lange tot, Krebs. Die Prostituierte hat es nie gegeben, hier.
Geht es um die Familie, dann sind sie eins, die zwei Brüder.

„Wartet noch kurz!", ruft der Mayer.
Er macht dann Fotos von den Fußspuren im Matsch beim Teich, aber die meisten sind eh schon ausgetreten von den anderen. Auch Fotos von der Leiche und dem Drumherum. Der Walter macht sich lustig, dass sein Schwager einen auf Cop macht, so einen richtigen, wie auf Netflix.
„Das ist für den Bericht", erklärt der Mayer.
Als müsste er sich für sein Tun entschuldigen.
„Für den Bericht ist gut", stellt der Bürgermeister wichtig fest.

„Ist schon gut so, Bub“, sagt der Steger, „aber jetzt reicht's.“ Und nickt zu der Leiche, dann zu der alten Brandtnerin.
Der Mayer schießt noch hastig ein paar Fotos, dann steckt er sein Huawei weg. Gemeinsam mit den Söhnen zieht er an dem Körper.
Der Schwendinger betet, die anderen jetzt auch. Die alte Brandtnerin nuschelt. Das verschwimmt ineinander.
Die Glocken läuten herüber vom Dorfzentrum, zufällig jetzt, wie passend. Einen Pfarrer gibt es hier schon lange nicht mehr, aber eine große Kirche.
Fischkot klebt zäh an der Leiche, die kommt an Land und ein paar Fische auch. Die hängen zappelnd an der faltigen Haut wie an einem Köder, Wasser tropft aus allen Löchern.
Der Schwendinger umarmt die Brandtnerin, will sie wegdrehen. Sie will aber hinsehen, ihre zittrigen Finger am abgegriffenen Rosenkranz.
Sie drehen die Leiche.
Die Glocke schlägt jetzt zum siebten und letzten Mal.
Und das Gebet verstummt, die Gesichter sind voller Schrecken, die Münder verzerrt.

Stille.

Ein Kreuz, tief hineingeschnitten in das alte Fleisch des Mannes, quer über die Brust und dann hinunter bis zum Bauchnabel, verwaschenes Blut umsäumt die Wunde. So tief hinein, dass die aufgeweichte Haut den Gedärmen fast nachgibt. Die Augenhöhlen ausgefressen, kleine Krebse sind da drinnen.
Der Rosenkranz fällt zu Boden, die alte Brandtnerin kreischt.
„Satan hat sein Werk vollbracht. Satan!“, schreit sie.
Und sie hört nicht mehr auf. Ihr Gesicht wie eine Fratze, die wenigen Zähne im verzerrten Mund faulig.

„Satan!“, kreischt sie.
Wieder und wieder.
„Bring sie heim, schnell!“, bittet der Mayer den Schwendinger, „ich komm' dann später nach.“
„Mach´ ich, Thomas.“
Der Schwendinger bringt sie weg, beruhigend auf sie einredend, obwohl er selbst ganz aufgeregt ist. Er führt sie zu seinem alten VW-Bus, einen Bulli, und fährt dann weg.
Alle Blicke verfolgen den ratternden Bulli.
Der Bürgermeister schaut wieder zum toten Brandtner.
„Dass er sich sowas antut“, meint der Bürgermeister ganz entsetzt.
„Verrückt war er und vor lauter Religion ganz wahnsinnig“, erklärt der Steger, „das war er eh schon immer.“
Der Mayer nervös. Er glaubt, dass sich der alte Brandtner das nicht selbst angetan hat. Er macht wieder Fotos mit seinem Huawei, viele Fotos.
„Wir müssen das untersuchen lassen, von einem Gerichtsmediziner, die Spurensicherung brauch'n wir auch“, stellt der Mayer fest.
„Du bist die Polizei.“
Der Bürgermeister schaut ihn dabei fordernd an.
„Selbstmord war das“, sagt der Steger.
„Glaube ich auch, was denn sonst?“, fügt der Bürgermeister an.
Der Walter wirft ein, dass der Schwager schon wieder was sehen will, was gar nicht da ist, nur damit er wichtig ist.
Der Franz schweigt, er schaut nur stumm auf den toten, alten Brandtner.
„Ich weiß nicht, ich weiß nicht“, spricht der Mayer vor sich hin.

Und ist ganz unsicher, weil er eben nicht weiß, was er glauben und was er tun soll. Er blickt jeden an, fragend, beinahe hilfesuchend.
„Und das Messer, wo ist das?“, fragt er.
„Im Wasser. Kannst ja danach such'n, wenn du willst. Aber ich fahr' jetzt“, sagt der Steger.
Die Söhne sollen den Toten zum Gemeindearzt bringen, wegen dem Totenzettel und dem Begräbnis.
„Das ist wichtig“, stellt der Bürgermeister fest.
Die Söhne nicken.
Der Mayer schaut fragend zum Bürgermeister. Der sagt nichts und geht dann dem Steger zum goldenen Mercedes nach.
„Greif zu, auf die Ladefläche damit!“, poltert der Walter in einem Befehlston zum Mayer.
Deutet dabei mit dem Kopf zum Pickup und hebt die Leiche an.
Beim Mercedes an der offenen Tür steht der Bürgermeister.
„Schon seltsam“, sagt er nachdenklich zum Steger, „das mit dem Alten.“
Der Steger steigt ein.
„Ja, seltsam, aber gut, dass es vorbei ist mit ihm.“
„Mehr sagst du nicht dazu, Steger?“
„Mehr ist es auch nicht.“
„Ich weiß nicht.“
Der Bürgermeister blickt dabei kritisch auf den toten, alten Brandtner, der zwischen den Händen der Träger hängt, verwaschenes Blut und trübes Wasser tropfen aus ihm.
„Ist aber so“, beharrt der Steger.
„Na, hoffentlich hast du damit recht.“
Der Bürgermeister blickt wieder auf den Steger.

„Was anderes, mit dem Auto, da darfst du aber nicht mehr herumfahren, weil das ist schon lange verboten. Umweltplakette und so."
Der Steger beißend, aber ruhig wie immer zum Bürgermeister.
„Die Polizei ist der da drüben, nicht du, du Studierter."
„Der kann ja nichts sagen zu dir, das ist ja dein Schwiegersohn."
Der Bürgermeister zeigt auf den Mayer. Dabei rutscht ihm der Ärmel der zu engen Steppjacke hoch.
„Dann passt ja eh alles", meint der Steger.
Seine braunen Augen brennen unter den Schlupflidern. Er schlägt hart die Tür zu. Schwarze Luft steigt auf, der Mercedes stinkt davon. Der Bürgermeister schaut der goldenen Karosse gedemütigt nach.
Aber der Steger, der schaut da drinnen auch nachdenklich. So egal ist ihm das Ganze nicht, wie er den anderen gegenüber tut.
Der Bürgermeister schaut nach oben zum Himmel, zieht den Kragen seiner blauen Jacke enger.
„Scheiß Regen", sagt er zu sich.
Und meint den Steger und das Ganze hier mit dem alten Brandtner.
Der Mayer und die Söhne schleppen den Leichnam durch den tiefen Schlamm zum Pickup. Schleimig glitschig ist er. Die Männer müssen immer wieder nachfassen, so rutscht er durch die Finger.
„Hoffentlich zerreiß'n ihn nicht der Tasso und der Ari, wenn die das Blut riechen", sagt der Walter, „die zerreiß'n nämlich alles."
Sein Grinsen dämlich gemein. Seine Hunde sind dafür gemacht, alles zu zerreißen.
Um Punkt acht Uhr läutet die Glocke dann das nächste Mal.

Eine enge Straße, links und rechts kranker Wald. Die Straße ist kaputt, die vielen Lastwagen sind das, repariert wird nichts. Und zwei rollen wieder daher.
Sie weicht geschickt aus mit ihrem E-Jeep, mit Reserverad hinten und Seilwinde vorne.
Die haben viel Sand oben, Bausand. Steger & Söhne steht auf der Seite, mächtig mit weißer Farbe auf grünem Lack. Die fahren bis zum großen Bahnhof, dann fährt der Sand mit dem Zug nach Norditalien. Dort bauen die Chinesen eine Insel ins Meer, mit viel drauf. Selbst haben sie keinen Sand mehr, Sand schon, aber keinen Bausand. Der wird überall knapp, nur hier im toten Winkel der Welt, da gibt es noch einen. So ein Glück für den Steger und seine Söhne.
Ihre roten Haare sind zu einem Pferdeschwanz gebunden. Carla Habner lenkt den E-Jeep.
Starkregen. Eine enge Kurve, vor ihr ein Hirsch. Zu spät, trotz Notbremssystem.
„Zusammenstoß!", stellt die sanfte Frauenstimme des Bordcomputers fest.
In einem ganz sachlich ruhigen Tonfall. Für den Computer ist das Ganze nur eine Abfolge von Nullen und Einsen, Maschinensprache, Abhandeln von Informationen. Eine kalte Analyse trifft Entscheidungen, keine Gefühle wie ein Mensch Gefühle hat.
Wie die Habner ganz früher gehabt hat.
„Zusammenstoß!"
Der Hirsch knallt auf die Motorhaube und dann gegen die Scheibe. Eine Spitze des Geweihs bohrt sich durch das Glas und knapp vor ihr Gesicht. Die Habner verreißt, der Jeep stellt sich quer, das Tier wird weggeschleudert und schlägt hart auf der Straße auf. Der Wagen kommt vor einem Abhang zum Stehen, drunten ein Bach, sein Wasser gelblich wie heller Urin. Das kommt von oben, wo der Bausand mit

viel Chemie und Physik bis tief in die Erde abgegraben wird. An die Farbe des Baches hat man sich hier schnell gewöhnen müssen.

Stille.

Der erste Schock vorbei.
„Brauchen Sie Hilfe, Frau Habner?", fragt der Bordcomputer mit dieser zu sanften Frauenstimme.
Und klingt dabei irgendwie anbiedernd. Wie eine zu aufdringliche Verkaufskraft in einem zu kleinen Bekleidungsgeschäft, die man loswerden will, die aber nicht geht.
„Brauchen Sie Hilfe, Frau Habner?"
Immer und immer wieder. Monoton.
Bis die Habner bestimmt sagt: „Keine Hilfe!"
Die Stimme verstummt.
„Das Fahrzeug ist fahrtüchtig", sagt der Bordcomputer dann noch und klingt dabei so, als wäre das sein Verdienst.
Die Habner steigt aus dem Wagen, greift sich ans schmerzende Knie. Schwere, schwarze Stiefel, graue Hose mit großen Seitentaschen. Sie sieht nach dem Tier, zieht dabei ihr rechtes Bein nach.
Das Tier röchelt mit schwerem Atem. Es wird sterben und es weiß das, das sieht man an den Augen. So wie die Habner es weiß. Sie geht zurück zum Wagen. Dicker Rollkragenpullover, ärmellose Daunenjacke. Sie greift ins Handschuhfach, geht zum Hirsch und kniet sich langsam nieder, tröstend lächelnd. Mit einer Pistole, einer alten Beretta, zielt sie auf den Kopf.

Der Hall im Tal hat den Schuss bis zu ihm getragen. Der Mayer horcht auf, wundert sich und beugt sich dann aus dem Polizeiwagen, in seiner Hand eine Kühlbox, Alufolie darin. Dienstag ist Schnitzeltag.

Er geht hinein in das verfallene Haus der alten Brandtnerin, wo sie mit ihrem Bruder gelebt hat. Ihr gemeinsames Leben lang.

„Mein Gott, wie schaut's denn hier aus?"
Der Mayer sieht sich schockiert in der Stube um. Der Geruch von Feuer hängt in der Luft, alter Holzofen im Eck mit einem Kessel drauf.
„Hier kann ja keiner leben", stellt er fest.
Der Schwendinger schaut von der alten Brandtnerin auf zum Mayer.
„Ja, schlimm hier."
„Ja, Wahnsinn", erwidert der Mayer.
Überall Kruzifixe und Marienbilder an der Wand, Katzen streunen umher, Katzenhaare überall und Mist und Müll, aufgeplatzte Plastiksäcke, wo alles Alte herausfällt. Sogar ein Stofftier ist dabei, oder was davon noch übrig ist.
„Aber du kennst sie ja eh, die alten Brandtners", sagt der Schwendinger.
Die Zwillingsgeschwister waren mit allem überfordert, wollten keine Hilfe, von niemandem. Nur er war manchmal hier, wenn es ganz schlimm war, da durfte er rein.
„Alles Gott gewollt, haben sie immer g'sagt", erklärt der Schwendinger.
„Ja, eh, aber muss es deswegen hier gleich so schlimm ausschau'n?"
Der Mayer räumt dreckiges Geschirr zur Seite, stellt die Kühlbox ab.
„Und? Wie geht's ihr?"

Die alte Brandtnerin faselt auch im Schlaf, liegt auf der gammeligen Couch und der Decke drüber.
„Zumindest schläft sie", meint der Schwendinger.
Hat einen kalten Waschlappen in der Hand.
„Die hat schon so viel durchg'macht. Und jetzt das auch noch mit ihrem Bruder," führt er aus.
„Ja, die hat viel durchg'macht."
Der Mayer blickt sich um.
„Die Stefanie hat Schnitzel g'macht," sagt er dann.
Öffnet dabei die Box, riecht hinein.
„Die sind ein Wahnsinn, im Butterschmalz 'backen", fügt er noch an.
„Die sind wirklich immer gut", sagt der Schwendinger.
„Vielleicht isst sie ja was," hofft der Mayer, „Essen hilft immer."
Der Schwendinger nickt.

Stille.

„Wie geht's denn mit der Stefanie eigentlich so? Wird das noch was mit einem Kind? Die Leute reden ja schon, dass das nichts mehr wird, bei euch zwei."
Und zwinkert dem Mayer zu.
„Sicher wird das was, aber alles zu seiner Zeit. Erst muss das Haus fertig werden", antwortet er.
Routiniertes Schmunzeln. Er versucht, von dem Thema abzulenken.
„Hast du auch den Schuss vorher g'hört?"
„Nein, aber wird halt ein Jäger g'wesen sein. Das ist ja nichts Neues hier."
„Hat sich aber angehört wie eine Pistole", meint der Mayer.
„Das hörst du?", fragt der Schwendinger zweifelnd.
„Glaub' schon."

„Ich glaub', da liegst du falsch. Wo ist denn deine Pistole überhaupt?"
Zeigt auf den leeren Gürtel.
„Noch immer ganz der Lehrer, wie früher. Am Revier, glaub' ich", meint der Mayer mit einem Lächeln.
„Und du noch immer der kleine schusselige Bub."
Kurzes Lächeln zurück.
„Gott sei Dank brauchst du die eh nie", stellt der Schwendinger fest.
„Ja, Gott sei Dank. Und? Was sagst du zu der ganzen Sache?"
„Weiß nicht, bisschen fanatisch waren die zwei schon immer. Was sagt denn der Doktor? Weiß der schon was?"
„Gar nichts, der war schon wieder so b'soffen, dass er sich überhaupt nicht ausgekannt hat. Der alte Brandtner liegt auf alle Fälle jetzt einmal oben bei ihm. Später erfahren wir hoffentlich mehr, wenn der dann endlich einmal seinen Rausch ausg'schlafen hat", erklärt der Mayer.
Der Schwendinger nickt und wendet sich wieder der Brandtnerin zu, die jetzt wimmert.
„Ich schau' am Abend wieder vorbei", sagt der Mayer, „mit ein paar Semmeln und Gurken, dann könnt ihr euch noch Schnitzelsemmeln herricht'n, weil es sind eh so viele Schnitzel da."
Zeigt auf die Box.
„Vergelt's Gott", sagt der Schwendinger.
Der Mayer geht, spricht aber vorher noch was.
„Übrigens, Herr Lehrer, ich bin nicht mehr der kleine Bub von früher. Das weißt du eh, oder?"
„Das weiß ich eh, war auch nicht so g'meint."
Der Mayer nickt.
„Also, ich geh' jetzt."

Und er geht. Der Schwendinger blickt ihm nach.

Der Schwendinger war ein guter Lehrer. Er wusste immer, ob er den Kindern etwas zu sagen oder ob er zu schweigen hatte. Als damals keine Kinder mehr da waren hier im Ort, hätte er woanders hinmüssen. Das wollte er nicht. Der Gemeindearzt hat das mit der Frühpension für ihn erledigt.

Die alte Brandtnerin flüstert wieder von Engeln und vom Teufel. Schlimm steht es um sie.
Der Schwendinger wischt ihr den Schweiß aus dem eingefallenen Gesicht. Sanft und einfühlsam macht er das.

Ich bin im Wirtshaus, Mittagspause.
Steht da auf einem Stück Karton, selbst gebastelt, hängt an einer Schnur an der Tür.
Die Habner wundert sich und steigt wieder in ihren Jeep. Auf dem Dach der tote Hirsch, mit der Seilwinde hinaufgezogen, festgezurrt. Das Loch in der Windschutzscheibe verklebt.
Sie fährt weg vom Polizeirevier, einem alten, kleinen Haus, von dem der Verputz mit der blauen Farbe abbröckelt. Abgerückt von den anderen Häusern, weiter hinten steht die alte Volksschule mit dem verblichenen Schriftzug drauf, zerbrochenes Glas, die Wände mit Hakenkreuzen beschmiert, und schon lange geschlossen.

Im Wirtshaus. Der schwere, olivgrüne Mantel am Haken. Am Stammtisch der Steger und der alte Mayer, der Wirt in diesem Ort, Bier und Schnaps vor ihnen. Der Vater und der Schwiegervater vom Mayer kennen sich von klein auf, so wie hier jeder jeden von klein auf kennt.

So kennen sich auch die Stefanie und der Thomas von klein auf. Irgendwie war schon immer klar, dass die beiden heiraten werden. Und sie haben auch geheiratet, schön war die Hochzeit. Und wen hätte er sonst heiraten sollen? Oder wen sie? Aber das passt ja auch. Es ist Liebe.

Der Wirt ist hager, versoffen, an allem sieht man das, er ist gezeichnet. Er war immer sein bester Kunde. Kommen auch nicht mehr viele, in den letzten Jahren eigentlich keiner mehr. Schnee gibt es keinen mehr und im Sommer fast immer nur trüben Regen. Nur manchmal sind ein paar Arbeiter hier vom Steger seiner Firma. Und für die Arbeiter oben wird auch gekocht, das Essen dann raufgebracht, zur Firma. Das einzige Einkommen. Abhängigkeit überall.

Die zwei Männer reden über den alten, jetzt toten Brandtner, aber nicht viel. Eigentlich gäbe es ja viel zu bereden, wenn einer der ihren hier und auf diese Weise ums Leben kommt. Würde so etwas in der Großen Stadt passieren und sie würden das in der Zeitung lesen, dann würden sie sich stundenlang das Maul darüber zerreißen. Aber jetzt fällt ihnen nichts dazu ein.
„Gut, dass das vorbei ist“, meint der Steger.
Mehr nicht. Die kurze Unsicherheit von vorher im Mercedes wie verflogen. Der Steger zeigt nie Gefühle, nicht einmal Nachdenklichkeit, niemandem gegenüber. Das sieht er als Schwäche. Das kann er nicht zulassen.
Aber der Wirt will schon darüber reden. Das merkt man, dass ihn das beschäftigt. Aber wenn der Steger nicht will, dann wird eben über etwas anderes geredet.
Sie reden über das alte, verfallene Hotel unten bei den Teichen, das hat den Brandtnerzwillingen gehört, das war

schon immer im Familienbesitz. Und jetzt gehört es nur noch der alten Brandtnerin.

„Das wird trotzdem alles so werden wie geplant, das wirst du schon seh'n", sagt der Steger.

„Wenn sie nicht noch alles der Kirche schenkt", meint der Wirt.

Und nimmt einen Schnaps.

„Das wär' ja noch schöner", erwidert der Steger, „wenn die Kuttenbrunzer das auch noch krieg'n, die haben eh schon so viel."

Auch Schnaps.

„Wird schon so werden, wie du sagst", fügt der Wirt an, „aber meinem Buben könntest schon auch ein wenig helfen mit dem Haus. Das wird ja sonst nie fertig."

„Fragen muss er schon, der Bub. Wenn mein Dirndl was braucht, dann fragt sie. Das habe ich ihr bei'bracht. Und wenn sie nicht fragt, dann braucht sie auch nichts."

„Du weißt ja selbst, wie die Jungen sind, stolz halt", meint der Wirt.

„Das vergeht mit dem Alter", ergänzt der Steger.

„Ja, das vergeht."

Die beiden lachen und saufen noch einen. Einer geht immer noch.

Die beiden sind über den Gast erstaunt. Über die Habner. Die bei der Tür reinkommt. Mitten in der Stube steht und sich umsieht. Und so anders aussieht. Eine perfekte Fremde. Überall altes Holz in der Stube, das auch so riecht.

„Was brauchst du denn?", fragt der Wirt.

„Kann man hier essen?"

„Heute gibt es Schnitzel, in Butterschmalz heraus'backen", sagt der Wirt.

Die Habner nickt zustimmend.

„Kundschaft!", schreit der Wirt zur Ausschank.

Wo keiner ist und wo es dahinter zur Küche geht. Von dort schallt es zurück.
„Bin gleich da."
Der Mayer kommt heraus, durch die Schwingtür. Ganz kurz sieht man die Stefanie, in der Küche am Herd.
„Grüß Gott", sagt er.
Als er die Habner sieht und überrascht ist, über so einen Menschen in der Stube im Wirtshaus. Einen Menschen, der gleich ganz anders wirkt als die anderen hier.
Die Habner nickt zur Begrüßung.
Der Mayer trägt die Uniform ohne Jacke, darüber eine weiße, bodenlange Kellnerschürze. Fleckig, da ein Klecks Tomatensauce, der andere muss Gulasch sein.
„Bitt' schön!"
Er zeigt zu einem Tisch. Ist dabei anders als sonst, ein bisschen gekünstelt, nicht so natürlich wie sonst.
Dem Steger und dem Wirt fällt das natürlich gleich auf, die schauen nämlich schon die ganze Zeit.
Die Habner setzt sich, blickt auf die Uniform mit der Schürze. Sehr ungewöhnlich ist das.
„Was darf's denn sein? Schnitzel gibt's heute."
„Forelle, gebraten. Ich habe unten die Teiche gesehen", sagt die Habner.
Der Mayer zögert kurz, weil da ja im Teich eine Leiche drinnen war. Er weiß aber, dass der Fisch schon länger im Trockenen ist.
„Sicher, mit Salat und Erdäpfeln. In Butterschmalz an'braten?"
„Petersilienerdäpfel haben Sie auch?", fragt sie nach.
„Geht auch", erklärt der Mayer, „aber die Petersilie schmeckt heuer ein bisschen fad, nach gar nichts eigentlich, so wässrig."
„Ich nehme sie trotzdem."

„Wegen der Farbe passt das, die ist schön, grün halt."
Dabei lächelt er ein bisschen, ein bisschen lächelt sie zurück.
„Und zum Trinken?"
„Ein Kracherl, ein großes."
Kracherl sagt sie, denkt er sich, weil sie sonst doch ein bisschen anders, ein bisschen feiner spricht als die Menschen hier. Das hat er schon nach den wenigen Worten herausgehört.
„Mit Himbeergeschmack?"
„Ja."
„Machen wir gleich", sagt der Mayer.
Geht in die Küche zurück.
Beim Öffnen quietscht die Schwingtür. Wenn sie zufällt und langsam ausschwingt, knarren die Scharniere. Das ständige Auf und Zu mit den nervigen Geräuschen scheint hier niemanden zu stören. Es gehört irgendwie schon dazu. Und es würde fehlen, wenn der Mayer die Tür richtete, wie er sich das schon so lange vorgenommen hat.
Die zwei Alten beobachten weiter die Habner, alles an ihr, argwöhnisch.
„Wo kommst denn du her?", fragt der Steger quer durch die Stube.
Die Habner dreht sich kurz zurück, blickt über ihre Schulter.
„Aus der Großen Stadt."
„Da ist's hier aber schöner", meint der Wirt.
„Das weiß ich noch nicht, ich bin das erste Mal hier."
„Und was willst du hier?", fragt der Steger.
„Essen", erwidert die Habner kurz, „in Ruhe."
Die zwei Alten schauen sich an. In ihrer Ablehnung der Habner gegenüber herrscht große Einigkeit zwischen ihnen.
„Na dann, Mahlzeit!", sagt der Wirt.
Aufgesetzt freundlich, mit aufeinander gebissenen Zähnen.
Die Habner nickt.

Die Schwingtür öffnet und schließt sich mit dem Quietschen und dem Knarren.
„Da haben wir ein großes Himbeerkracherl für Sie."
Der Mayer stellt das große Glas auf den Tisch.
„Wann sind Sie wieder im Dienst?", fragt die Habner.
„Ich? Also, eigentlich eh jetzt", meint der Mayer zögernd. Blickt dabei unsicher auf die zwei Alten, dann wieder zur Habner.
„Was gibt's denn?", fragt er unsicher und aufgeregt.
Vor allem, weil eine Fremde das fragt, eine, die nicht von hier ist, eine wirkliche Fremde. Und die zwei Alten zerspringen schon vor Neugierde.
„Wildschaden mit dem Auto, ein Hirsch ist tot", sagt die Habner.
„Wo war denn das?", fragt der Steger mitten hinein. Polternd, aber nicht laut durch die Stube.
Die Habner ignoriert ihn, spricht zum Mayer.
„Knapp vor der Waldausfahrt, beim Bach bei der engen Kurve."
„Aha", meint der Mayer zur Habner.
Auch ein bisschen erleichtert, weil doch nur ein Wildschaden.
„Dann war das mein Hirsch", stellt der Steger fest, „aus meinem Revier."
Er erhebt sich, macht dabei seine Brust breit.
„Ich kümmere mich darum", beruhigt der Mayer den Steger, „das zahlt eh alles die Versicherung, wenn sie versichert ist."
Der Mayer blickt fragend auf die Habner. Sie nickt.
„Die werden aber viel zahl'n müssen, das sag' ich dir gleich," meint der Steger zur Habner.
Und der Wirt nickt eifrig dazu.

Der Steger erhebt sich mit breit aufgestützten Armen. Er zieht wieder an seinem Gürtel die Hose zurecht, kommt mit schweren, langsamen Schritten näher.
Die Habner sitzt schweigend da, ganz ruhig und souverän.
„Zahlt eh alles die Versicherung", der Mayer nochmals zum Steger beschwichtigend, „ich erledige das schon. Aber zuerst hol' ich noch den Fisch."
„Wo liegt denn der Hirsch? Noch auf der Straße?", fragt der Steger.
Greift dabei zu seinem Mantel.
„Auf meinem Auto am Dach", antwortet die Habner und nickt dabei in Richtung Parkplatz.
„Wo liegt der?"
Der Steger ungläubig, schaut hinaus auf den Parkplatz. Der Mayer und der Wirt auch, der ist aufgeregt aufgestanden.
Da liegt tatsächlich der Hirsch auf dem weißen Jeep oben.
Alle schauen wieder auf die Habner, baff sind sie.
„War er wenigstens gleich tot?"
Der Steger wirkt dabei viel besorgter, als er es beim alten Brandtner unten beim Teich gewesen ist.
Die Habner schüttelt den Kopf.
„Gnadenschuss."

Stille.

„Sie haben eine Pistole dabei?", fragt der Wirt.
Er sagt nicht mehr Du zu der Habner sondern Sie. Und er kommt jetzt auch näher.
„Dann waren Sie das mit der Pistole? So vor zwei Stunden?"
Der Mayer aufgeregt. Die Habner tippt kurz auf ihr Huawei, zeigt auf dem Display ihren Dienstausweis mit Foto und Strichcode.
„Aha, Carla Habner heißen Sie also", liest der Mayer ab.

Hat sich schon vorher über ihren Namen Gedanken gemacht. Blickt beeindruckt vom Display auf die Habner, dann auf seinen Schwiegervater und dann auf seinen Vater. „Von der Kriminalpolizei ist die."

Stille.

„Was wollen Sie denn bei uns? Gibt's was?", fragt der Wirt.
„Nur auf der Durchreise", erwidert die Habner.
„Und wohin?", will der Steger wissen.
„Weiter ins Tal rein, Urlaub."
„Aha", nickt der Wirt ungläubig, so wie der Steger auch.

Stille.

Der Steger zieht den schweren Mantel über.
„Hilf mir mit dem Hirsch beim Abwiegen!", fordert der Steger den Wirt auf.
Der bejaht.
„Ich sag' dir dann das Gewicht wegen der Versicherung", teilt der Steger dem Mayer mit.
Der nickt.
„Na dann, Mahlzeit noch mal, und passen Sie auf mit den Gräten, an denen kann man leicht ersticken", meint der Steger zur Habner.
„Keine Sorge, ich habe schon viele Fische gegessen", erwidert die Habner.
Fast muss der Mayer lachen, aber er verbeißt sich das.
„Gute Reise auch", wünscht der Wirt, „und erzählen Sie es ruhig weiter, wenn Ihnen der Fisch g'schmeckt hat! Ist hier unsere Spezialität."
Die Habner reagiert nicht.
Der Steger und der Wirt gehen.

„Und jetzt hätte ich gerne was zum Essen", sagt die Habner zum Mayer.
Der blickt aufgeschreckt auf die Habner. Er war mit den Gedanken woanders, bestimmt nicht beim Essen.
„Kommt gleich", erwidert er.
Reibt sich die Hände an der Schürze an den Oberschenkeln und geht dann in die Küche.

„Da ist wer da… von der Kriminalpolizei", flüstert der Mayer geheimnisvoll zur Stefanie.
Die steht am Herd, schaut von der Pfanne nicht auf, so unaufgeregt ist sie.
„Und was will der da?"
„Es ist eine Frau. Und die ist auf der Durchreise."
„Durchreise? Aha. Nach uns ist aber nicht mehr viel", meint sie.
„Die will da Urlaub machen, wahrscheinlich wandern oder irgendwas. Die kommt aus der Großen Stadt, das steht am Dienstausweis."
Der Fisch rutscht aus der Pfanne auf den Teller.
„Die Forelle ist fertig", sagt sie.
„Schaut gut aus", erwidert er und bekommt schlagartig Hunger.
„Ja, ist schön geworden", stellt sie fest.
„Ja, wirklich schön", gibt er ihr recht.
Die beiden freuen sich gemeinsam über dieses kleine Glück, beinahe routiniert. Er nimmt den Teller.

„Bitt' schön, guten Appetit wünsch' ich! Und wirklich aufpassen mit den Gräten", sagt der Mayer.
Die Habner und der Mayer lächeln sich an.
„Ich mach' das jetzt gleich mit der Versicherung, dann ist das erledigt für Sie."

Etwas schüchtern wirkt er, reibt sich die Hände an der Schürze an den Oberschenkeln.
Das tut er immer, wenn er nervös ist. Ihm gefällt sie nämlich die Habner. Hat sie sofort, schon beim ersten Anblick. Er will zurück in die Küche, vor der Schwingtür steht er.
„Wo finde ich denn hier einen gewissen Severin Brandtner?", hört er die Habner fragen.
Seine Bewegung friert ein, dann dreht er sich um.
„Wen suchen Sie?"
„Severin Brandtner", wiederholt sie.
Der Mayer steht wie angewachsen da.
„Der ist tot... seit heut' in der Früh."
Und wendet sich der Habner ganz zu.
Die Habner fixiert den Mayer, sie will mehr hören.
„Der liegt oben beim Doktor, also beim Gemeindearzt", fügt er an.
„Dann sollten Sie sich jetzt umziehen... für den Dienst."
Sie schiebt dabei den Teller weg.
„Ich bin gleich wieder da", stottert der Mayer vor sich hin.
Und öffnet schon während des Gehens die Schleife an der Schürze.

In der Küche wirft er aufgeregt die Schürze weg, die Stefanie ist gerade beim Putzen.
„Die ist wegen dem alten Brandtner da", flüstert er ganz nervös.
„Aha", meint sie.
„Der ist ja tot", erklärt der Mayer.
„Das weiß ich eh schon. Das ist jetzt nichts Neues."
„Ja, eh, aber wegen dem ist die da. Von der Kriminalpolizei ist die. Das ist ja fast wie auf Netflix", sagt er und eilt nach hinten durch.

Sie sieht ihm verwundert nach und hängt dann die Schürze an ihren Platz. Dann geht sie zur Tür, sieht durch den Spalt, beobachtet die Habner.
Wie sie im Stehen ihr großes Kracherl trinkt, die ist schon beim Aufbrechen. Sie ist anders, hat andere Kleider, ist dezent geschminkt. Sie ist anders, anders als die anderen hier, besonders anders.
So sein möchte die Stefanie nicht, aber es gefällt ihr. Gleichzeitig gefällt es ihr auch gar nicht wegen ihrem Ehemann, dem Thomas Mayer. Weil sie weiß, dass der so was mag.

Der Mayer steht vorm Spiegel am Klo des Wirtshauses. Er zieht die Jacke über, streicht die Falten der Uniform glatt. War ihm bis jetzt egal. Er sieht sich im Spiegel freudig aufgeregt, fährt sich mit den Fingern durch die kurzen, zerzausten Haare. Wenn er wüsste, dass er bald in einem Mordfall ermittelt, wäre er noch viel nervöser. Aber noch weiß er es nicht.

Stefanie beim Abwasch, die Pfanne drinnen im Schaum.
„Weißt du vielleicht, wo mein Kapperl ist?", fragt er beim Hereingehen umherblickend.
„Das weiß ich nicht, aber immer, wenn du das suchst, ist es im Handschuhfach."
„Da wird's dann auch sein", sagt er. „ich bin jetzt im Dienst, bis später."
„Bis später."
Der Mayer dreht sich noch einmal um.
„Machst du bitte die Stube auch noch!"
„Freilich", erwidert sie.
Und dann noch.
„Fesch ist sie."

Sie nickt dabei nach draußen Richtung Stube zur Habner. Der Mayer schaut jetzt so, als wäre er bei etwas Verbotenem ertappt worden.
„Aha, ich habe noch gar nicht so genau g'schaut", meint er. Viel hat er schon geschaut, sehr genau sogar. Und die Stefanie weiß das, weil er für sie ein offenes Buch ist. Der Mayer kann auch nicht gut lügen, das merkt man immer sofort. Er will auch gar nicht lügen.
„Na, dann schau einmal genau!", sagt sie.
Mit einem Lächeln.
„Tu ich."
Der Mayer lächelt zurück. Und schon ist er draußen in der Stube.
„Bin schon da", hört die Stefanie ihn noch zur Habner sagen. Die Stefanie trocknet sich die Hände, nicht schnell, grübelt dabei ein bisschen.
Sie geht in die Wirtsstube. Sie sieht die Habner und den Mayer draußen am Parkplatz, wie sie reden und gehen. Sie blickt den beiden hinterher, nicht eifersüchtig, aber besorgt schon irgendwie.
Dann schaut sie auf den Tisch.
Schade um die Forelle, schaut so gut aus mit der knusprigen Haut, denkt sie sich.
Teller schnell vom Tisch, mit dem Rücken die Schwingtür aufgedrückt. Nimmt selbst ein paar Bissen, kann man doch nicht einfach wegwerfen. Vielleicht macht sie später daraus einen Fischaufstrich, nach Art des Hauses, also nach ihrer Art. Da ist es völlig egal, ob man da vorher schon davon gegessen hat oder nicht.

Auf einem Tisch aus Stahl mit Rädern unten, da liegt der Hirsch oben. Der Steger und der Wirt ziehen ihn in den verfliesten Schlachtraum hinein, gleich neben der Garage.

Die Habner und der Mayer gehen zu den Autos.
„Ist das vom Unfall?"
Er deutet auf ihr rechtes Bein.
„Wird schon wieder", sagt die Habner beiläufig, „hier meine Nummer."
Sie hält ihr Huawei zu seinem, Piep macht es dann.
„Wie soll ich eigentlich zu Ihnen sagen, Frau Leutnant oder so?"
Sie blickt ihn an.
„Frau Habner am besten."
„Gut, dann heiß' ich Herr Mayer, ohne Revierinspektor", antwortet er mit einem Lächeln.
Dabei hält er sich immer ein bisschen die Hand vor den Mund, beim Lächeln. Weil da ist zwischen der Oberlippe und der Nase eine Narbe.

Ein Spaltkind war er, wie man früher gesagt hat. Dreimal musste er operiert werden. Der Gemeindearzt hat ihn dann dazwischen und nachher behandelt. Das war nicht leicht für den Mayer. Die anderen Kinder waren da nicht gut zu ihm, das hat er sich gemerkt. Bis heute kann er sich daran erinnern. Und bis heute hält er sich die Hand vor den Mund, wenn er lächelt. Die Stefanie hat das nie gestört, die ist etwas Besonderes.

„Gut", sagt die Habner, „Herr Mayer also."
Sie zum Jeep, er zum Polizeiwagen. Er öffnet das Handschuhfach, dort befindet sich das blaue Kapperl von der Polizei, wie die Stefanie gesagt hat.
Die Wagen fahren knapp hintereinander weg, in dieselbe Richtung.

„Wo wollen die denn hin, die zwei?", fragt der Wirt.

„Weiß ich nicht", erwidert der Steger.
Die beiden gemeinsam den toten Hirsch hochhebend, mit roten Köpfen unter der großen Last, den Autos grimmig nachblickend.
„Dem dürren Weib glaub' ich kein Wort", meint der Wirt.
„Lange bleibt die nicht, das schwör' ich dir."
„Das glaub' ich auch", antwortet der Wirt darauf sehr bestimmt.
Mit gepressten Stimmen reden sie, weil sie gerade den Hirsch hochstemmen. Der hängt am Haken an der Waage, der Kopf mit dem mächtigen Geweih baumelt nach unten, die braunen Augen totenstarr aufgerissen.
„Ich habe mir auch nichts anderes erwartet von dir", erwidert der Steger.
Der Wirt nickt gehorsam zustimmend.
Außergewöhnlich schwer ist der Hirsch, zeigt die Waage.
Die Habner ist nicht dürr, sie ist drahtig und zäh.

Der Polizeiwagen prescht durch die Nässe voran, dahinter der Jeep, durch den Ort.
Kein Mensch ist zu sehen, keiner draußen. Bei dem Wetter sowieso nicht, aber auch sonst, weil alles schon gesehen wurde, alles immer gleich ist. Viele Häuser sind unbewohnt, verfallen immer mehr, die ändern sich, sonst nichts. So ist das immer, aber heute stehen dann doch ein paar Menschen zusammen. Alte Menschen am Platz vor der Kirche, die tratschen und tuscheln, zeigen nach unten zu den Teichen, deuten und reden viel mit den Händen. Reden laut, weil einige von ihnen schon schlecht hören. Und dann schauen sie auf den Polizeiwagen. Der Mayer deutet kurz einen Gruß, die grüßen zurück. Die Wagen ziehen an ihnen vorbei, auf den Jeep schauen sie, auf die Habner vor allem. Und sie

reden dann wieder, mehr und lauter als vorher. Die Habner ist eine echte Neuigkeit, fast mehr als der tote Brandtner. Die Wagen auf einen Hügel, abseits durch den erdigen Schotter.

Eine alte Stimme hört man, schwach, zittrig, von einem Greis.
„Brandtner heiß' ich, Severin Brandtner. Ich werde sterb'n."
Eine andere alte Stimme hört man dann, schwach, zittrig, von einer Greisin.
„Himmel hilf!", flüstert die.
Immer wieder Aussetzer, ein Knacken. Die Aufnahme ist schlecht, rauscht. Die alten Leitungen sind das oder ein Schaden an den Kabeln.
Die betet, die alte Stimme der Greisin.
„Himmel hilf!", krächzt die immer wieder.
Überlagert teilweise die andere Stimme.
„Da ist was Schreckliches passiert", sagt der Greis, „was Schreckliches, die waren's, wie Bestien waren die."
„Beschütze uns vorm Satan, lieber Herr, vor der Hölle!"
Immer wieder dazwischen hört man die Greisin. Schrill kreischend.
„Zum Himmelvater will ich", sagt der Greis noch.
Nach Sehnsucht klingt das, wie der Wunsch nach Erlösung.

Die Habner drückt am Huawei auf Stopp.

Stille.

„Das ist alles", erklärt die Habner, „das war gestern am frühen Abend. Und heute ist er tot."
„Die alte Brandtnerin war das, die andere Stimme. Zwillinge", ergänzt der Mayer.

Mitgenommen vom Gehörten blickt er auf das Display in der Konsole. Da sieht er die Habner hinterm Lenkrad in ihrem Jeep.
„Furchtbar klingt das", meint der Mayer.
Nach Leid. Da muss was sehr Schreckliches passiert sein, denkt er.
„Was wollte er damit sagen, der alte Brandtner?"
„Deswegen bin ich hier, mit Ihnen", erwidert die Habner.
Der Mayer fühlt sich geehrt. Mit Ihnen hat sie gesagt, mit ihm meint sie. Die Frau Leutnant der Kriminalpolizei mit ihm, dem Dorfpolizisten.
Die alte Brandtnerin, sie ist noch da, muss noch da sein, ohne ihn, den alten Brandtner. Bestimmt schlimm ist das für sie, denkt er.

Der Mayer ist ein Guter. Die meisten fühlen sich besser, wenn es anderen schlechter geht. Dem Mayer geht es nicht gut, wenn es anderen nicht gut geht. Weiche Seele, nichts Hartes in ihm. So ist er als Mensch. Das macht ihn aus, und das macht viel mit ihm. Mit anderen auch, die in der Lage sind, das anzunehmen. Und auch wollen, wie die Stefanie.

„Dann war es also doch kein Selbstmord", sagt der Mayer aufgeregt.
Blickt in das Auge der Kamera, eingebaut in der Fensterstrebe, direkt auf die Habner. Er wartet und hofft auf eine Antwort, die bleibt aber aus.
„Ist jemand bei der alten Frau, der Frau Brandtner?"
Sie blickt auf den Mayer in der Konsole.
„Ja, der Schwendinger ist bei ihr, der passt auf sie auf. Der kann das."
„Gut", sagt die Habner, „kann man ihm trauen?"

Trauen? Wovon spricht die Habner? Die Frage stört ihn. Wie kommt sie auf sowas? Er hält doch alles zusammen, der Schwendinger, das ist ihm sehr wichtig. Dem Mayer auch, dass er das tut. Der war auch sein Lehrer, der kümmert sich.
„Ja, ihm kann man trauen. Auf alle Fälle, immer."
Mehr sagt er nicht.
Die Habner kann das ja auch nicht wissen, wie der Schwendinger so ist. Sie ist ja nicht von hier, denkt er sich.
„Gut, dann schauen wir später zu ihr."
Der Mayer nickt zustimmend. Er sieht nach vorne.
„Wir sind gleich da."
Das Display erlischt.

Die Wagen stoppen vor einem eigenwilligen Haus. Das war vor vielen Jahren modern, wirkt heute noch immer anders. Der Mayer greift ins Handschuhfach nach dem Kapperl mit dem goldenen Bundesadler drauf.
Die beiden nähern sich dem Haus.
„Wundern Sie sich bitte nicht, Frau Habner, das ist ein bisschen ein schräger Vogel, unser Herr Doktor!", warnt der Mayer vor.
„Werde ich nicht", erwidert sie nur kurz.
Sie hat schon viele davon gesehen, vielleicht zu viele.

Da liegt er, der alte Brandtner, abgedeckt auf einem Tisch aus Stahl in einem verfliesten Raum. Wie im Schlachtraum neben der Garage beim Wirtshaus sieht es hier aus.
Das Fleisch ist an der Wunde schon stark aufgequollen, das Kreuz im Körper.
Der Mayer macht Fotos, da eins und dann noch eins. Immer wenn die Habner nickt und wo hinzeigt. Die Habner über den Tisch gebeugt, jetzt mit einer Brille auf der Nase, da sieht sie alles ganz genau.

Wenn sie konzentriert schaut, dann tun sich tiefe Falten auf, auf der Stirn, in den Augenwinkeln, die Haut auf der Nase kräuselt sich. Sehr erfahren sieht sie aus. Hat schon viel gesehen. Grüne Augen hat sie. Der Mayer schaut viel auf die Habner.

Mit einem Schwamm und warmem Wasser reinigt sie sanft, fast zärtlich den Körper. Der Schmutz ist noch drauf, Schlamm und Fischkot.

„Ich bin noch nicht dazu 'kommen“, sagt der Gemeindearzt. Mit einem Glas in der Hand, Whisky pur. Viele Ringe an den Fingern, an denen er sich ständig den Daumen reibt. Vom Zeigefinger bis zum kleinen Finger und dann wieder zurück, ständig macht er das.

„Ist auch erst heut' in der Früh 'kommen“, ergänzt er. Nicht entschuldigend für seine Nachlässigkeit, sondern nur feststellend.

Die Habner schaut viel, redet nichts. Besonders auch auf die toten, fahlen Hände schaut sie, vergleicht diese. Abgearbeitet ist dort die runzelige Haut. Sie geht um die Leiche herum.

„Soll ich mir Ihr Bein anschauen?“, fragt der Gemeindearzt.

„Wird schon wieder“, erwidert die Habner, „nur ein blauer Fleck.“

„Sie hat einen Hirsch überfahr'n, oben bei der Waldausfahrt beim Bach“, fügt der Mayer an.

„Da wird der Steger aber seine Freude g'habt haben“, meint der Gemeindearzt.

Lächelnd mit einem Augenzwinkern und einem Schluck Whisky dazu.

„Zahlt eh alles die Versicherung“, erklärt der Mayer.

„Wie ich den Steger kenn', steigt der sogar bei solchen Sachen noch gut aus“, plaudert der Gemeindearzt vor sich hin.

Und greift dann zu ein paar Blättern Papier.

„Da hast du, kannst gleich den Bericht mit dem Totenschein mitnehm'n, für den Bürgermeister. Der Ordnungsfanatiker hat schon dreimal angerufen, das nervt mich."
In seiner hautengen Lederhose und seinem weiten, weißen Hemd steht er da, die grauen Brusthaare schauen oben heraus. So viele Haare hat der da, aber auf seinem Kopf nur noch sehr wenige.
„Und wenn er sich aufregt, kannst ihm gleich sagen, dass er mich am Arsch lecken kann. Weil mich interessiert das Ganze schon lang' nicht mehr. Dann kann er sich wen anderen suchen hier. Den es allerdings nicht gibt", ergänzt er.
Fühlt sich gut dabei in seiner Position, unentbehrlich zu sein. Da kann man sich dann auch viel erlauben.
Der Mayer sieht die Blätter durch, auch den Totenschein. Er kratzt sich den Dreitagebart.
„Tod durch Ertrinken? Das kannst du da reinschreiben?", fragt der Mayer, „ohne Obduktion kannst du das sagen?"
Die Habner blickt auf den Mayer. Es gefällt ihr, dass er das fragt.
„Was für eine Obduktion soll das denn sein? Ich bin Hausarzt, kein Pathologe."
Er nimmt einen großen Schluck aus dem schweren Glas.
„Wenn wer einen Husten hat, kommt er zu mir. Und wenn wer Kreuzweh hat, auch. Ich habe dich geimpft, Thomas, da warst du noch ein kleines Kind. Das ist mein Job hier, in diesem Drecksdorf da. Also was redest denn du da daher von einer Obduktion?"
Und zeigt ihm verächtlich den Vogel.
„Ja, hast eh Recht", gibt der Mayer klein bei.
Versteckt sein Gesicht hinter dem Bericht. Weil der Gemeindearzt ist ja doch der Doktor hier, für den Mayer

schon von klein auf. Da hat man Respekt vor dem Doktor im weißen Mantel, das nimmt man ins Alter mit.
Das gefällt der Habner gar nicht, dass der Mayer da sofort zurücksteckt.
„Den haben sie aus dem Teich gezogen", sagt der Gemeindearzt, „also ist er ertrunken. Fertig. Du weißt doch auch, wie der alte Brandtner beisammen war. Der hat Krebs g'habt, Schmerzen. Der hätt' es nicht mehr lange gemacht, und da ist er ins Wasser gegangen, zu seinen Fischen."
Die Habner drückt fest auf die Brust des Leichnams. Braunes Wasser schäumt blubbert aus dem Rachenraum.
„Sehen Sie", sagt der Gemeindearzt, „genau das, was ich gesagt habe."
Die Habner blickt von der Leiche auf.
„Die Verletzung auf der Brust, haben Sie dafür eine Erklärung?"
„Steht alles da drinnen. Einfach nur lesen!"
Der Gemeindearzt deutet dabei auf die Blätter in Mayers Hand. Der blättert die Zettel langsam durch.
„Was steht jetzt davon da drinnen?", fragt die Habner den Mayer.
Ungeduldig ist sie.
„Also, prä-sui-zidale Auto-aggression steht da", liest der Mayer ab.
Er tut sich da schwer bei der Aussprache. Der Gemeindearzt nickt.
„Genau das war's."
Die Habner nickt, deutet dann auf das Kreuzsymbol.
„Gibt es da etwas, das ich wissen muss?"
Der Gemeindearzt blickt überrascht auf die Habner, dann auf den Mayer.
„Sie ist doch auch von der Polizei, oder? Redet ihr nicht miteinander?"

Der Gemeindearzt deutet dabei zwischen dem Mayer und der Habner hin und her, mit dem ausgestreckten Zeigefinger am Whiskyglas.
„Wir kennen uns noch nicht so lange", entschuldigt sich der Mayer dann.
Er blickt auf die Habner, die schaut zu ihm. Ein bisschen naiv klingt das, wie der Mayer das gesagt hat.
„Na dann, das erklärt alles", meint der Gemeindearzt lapidar.
Und beginnt zu lachen, mit seinen zu großen, zu weißen Kronen.
„Habe ich einen Blödsinn g'sagt?", fragt der Mayer.
Die Habner lacht dann auch, ein bisschen zumindest. Der Mayer dann auch. Alle drei lachen.
Der tote Brandtner zwischen ihnen im gefliesten Raum. An den Wänden hängen Schwarz-Weiß-Fotos hinter Glas, gewollt künstlerisch, aber eigentlich das Gegenteil. Zeigen tropische Landschaften, Palmen, Sandstrände und verbaute Riesenstädte.
Das Lachen vergeht.
„Dann erzähl' ich es. Weil dann verstehen es alle", meint der Gemeindearzt wichtig.
Zieht am breiten Gürtel seine Hose etwas hoch und die hautenge, schwarze Lederhose noch enger. Seine Genitalien heben sich jetzt deutlich ab.
„Die Brandtners wurden gequält, schon als Kleinkinder, im Namen des Herrn für ihre Sünden, von ihren wahnsinnigen Eltern. Der alte Brandtner ist übersäht mit Narben von früher. Sehen Sie ja eh selbst."
Und er zeigt auf die Leiche. Die Habner nickt, sie hat es natürlich bemerkt.
„Ich habe die auch g'sehen, wie er da war, früher einmal. Wie er noch zu mir 'kommen ist. Und bei ihr auch, der alten

Brandtnerin. Viele Narben, Brandnarben waren da auch dabei, alte, noch aus der Kindheit. Das haben sie ihnen alles angetan. Kein Wunder, dass die verrückt waren, die Zwillinge. Die sind für den Rest ihres Lebens dem Wahn, der Religion oder sonst was verfallen. Und dann waren da wieder viele neue Narben, Selbstverletzungen sind das. Oder sie haben sich gegenseitig verletzt. Wer weiß das schon, was denen so eing'fallen ist. So wie die beieinander waren", meint er.

Dabei tippt er sich vielsagend auf die Stirn. Nimmt einen großen Schluck zwischendurch. Redet dann weiter.

„Die haben sich gegenseitig braucht, um damit zurechtzukommen. Und dann ist er ins Wasser gegangen, mit dem Kreuz auf der Brust, für seinen lieben Gott. Der arme Trottel."

Nimmt noch einen großen Schluck.

Die Habner versteht. Ihr Blick ist auf der Leiche, nachdenklich, traurig.

„Hatten die Brandtners ein inzestuöses Verhältnis?", fragt sie.

„Gerüchte hat es schon jahrelang 'geben, aber da war nichts. Die waren so religiös, auf keinen Fall. Das ganze Gerede hat nur dazu geführt, dass sich die Zwillinge noch mehr versteckt haben in ihrem Haus. Die waren nur gemeinsam verrückt, das ist alles", antwortet der Gemeindearzt.

Die Habner streift sich die milchigen Einweghandschuhe ab.

„Suizid durch Ertrinken. Ich denke heute am frühen Morgen. Die Schnitte waren nicht tief genug, nur an der Oberfläche, sind nur durch das Wasser so weit aufgequollen", stellt sie fest.

Der Mayer blickt von der Habner auf den Brandtner.

Wenn die Habner das feststellt, wird es stimmen. Die hat viel Erfahrung, denkt er sich.

„Habe ich ja gleich gewusst, auch ohne Obduktion."
Der Gemeindearzt zwinkert dem Mayer zu, der setzt einen anerkennenden Blick auf.
„Und? Dir fehlt nichts, Thomas?", fragt er den Mayer.
„Ich bin pumperlg'sund."
„Wenn das mit Ihrem Bein nicht besser wird, schauen Sie einfach bei mir vorbei", bietet sich der Gemeindearzt an.
Die Habner nickt ihm zu, nicht dankend oder annehmend, nur bestätigend.
Der Gemeindearzt blickt auf den toten Brandtner.
„Aber nachdem wir die Polizei hier eh nicht mehr brauchen, werden wir Sie eh nicht wiedersehen. Also dann, auf Wiederschauen!"
Er reicht ihr die Hand, ganz plötzlich, wie aus dem Nichts, wie ein Revolverheld den Colt zieht. Die Habner blickt auf die Hand, zögert. Sie hasst es, jemandem die Hand zu geben. Der Gemeindearzt bemerkt das sofort, und er wartet. Die Hand lässt er ausgestreckt, ganz bewusst. Der Mayer beobachtet das Ganze, besonders seine bisher so souveräne und unnahbare Kollegin der Kriminalpolizei. Diese zögert noch immer. Angestrengte Ruhe baut sich auf, Sekunden werden da schnell zu Ewigkeiten. Der Gemeindearzt zieht jetzt die Hand mit den breiten Ringen zurück.
„Sie haben recht, nicht hier herinnen", meint er.
Und blickt auf den Toten.
Jeder hier im Raum weiß, dass das nichts mit dem toten Brandtner zu tun hat. Es soll so wirken, als möchte er sie vor einer Peinlichkeit bewahren. Doch die Habner weiß, er will nur seine Überlegenheit demonstrieren. Seinen Triumph auch noch auf ein Podest stellen. Sie demütigen. Und sie hasst sich selbst dafür, nichts dagegen tun zu können. Sie hätte ihm niemals die Hand geben können.

„Sag' der Stefanie einen schönen Gruß von mir", sagt der Gemeindearzt zum Mayer, „du weißt ja eh, wo es rausgeht." Er zündet sich eine rote Marlboro an, in der aufsteigenden Rauschschwade verschwindet er. Wie ein verdammter Sieger geht er. Fühlt sich so überlegen, dass er die beiden Ermittler sogar allein in seiner Ordination zurücklässt.
Die Habner darf sich nichts anmerken lassen. Sie will keine Schwäche zeigen, keinen Zorn. Der Mayer bemerkt das dennoch, sagt aber nichts dazu. Das ist nicht seine Art, er will nie jemanden bloßstellen.
Die Habner macht weiter, als wäre nichts gewesen. Blickt auf die Fotos an der Wand. Junge Frauen, fast Mädchen, Kinder lachen da drauf, vor Discotheken und in Hotelzimmern und am Land in den Reisfeldern.
„Der ist jedes Jahr dort in Vietnam, für zwei, drei Monate, immer im Winter. Der macht da kein Geheimnis daraus", erklärt der Mayer.
„Offensichtlich nicht", meint die Habner.
Ihr Blick auf den Kindern, auf ihren Gesichtern, die lächeln, gezwungen. Die sie anblicken, als wollten sie ihr etwas sagen. Die Habner drückt die Abscheu weg. Professionell, jetzt besser als vorher mit dem Gemeindearzt.
„Ich habe alles gesehen, was ich sehen musste."
Sie geht hinaus.
„Naja, dann fahr'n wir wieder."
Der Mayer schaut noch einmal auf den alten Brandtner. Erleichtert ist er schon und auch ein bisschen enttäuscht.
„Jetzt hat er sich doch selbst umgebracht, der alte Brandtner", spricht er leise vor sich hin.
Und deckt ihn behutsam mit dem weißen, dünnen Stofftuch zu.
Geht dann auch hinaus.

Bei den Wagen draußen steht die Habner beim Jeep, der Mayer kommt, setzt sein Kapperl auf.
„Wissen Sie, Frau Habner, mir gefällt das auch nicht, das mit dem Vietnam und so. Aber… ich war als Kind immer bei ihm. Ich war immer viel krank, wie ich klein war. Da war nie was. Und wenn man jemanden kennt, dann glaubt man das auch nicht."
Sie nickt, schweigt.
„Solange nichts bewiesen ist, gehört er zu uns", ergänzt er.
„Sie werden immer zu uns gehören", erwidert die Habner. Steigt in den Jeep.
„Fahr'n Sie jetzt weiter?"
Der Mayer steht daneben, legt seine Hand auf die Autotür, hält diese offen, als möchte er sie am Wegfahren hindern.
„Weg, meine ich?"
Die Habner bemerkt, so wie der Mayer schaut, dass er jetzt nicht nur beruflich fragt.
„Ja, zu dem Teich, wo er gefunden wurde."

Stille.

„Aha."
Der Mayer mit offenem Mund.
„Alles Weitere im Wagen."
Mit den Augen deutet sie aufs Haus. Als der Mayer hinsieht, schließt sich der Spalt in der Jalousie. Der Gemeindearzt hat sie beobachtet. Der Mayer versteht.
„Achtung, die Tür!"
Er schlägt die Autotür des Jeeps zu, geht dann zum Polizeiwagen, betont ruhig. Zu ruhig, um wirklich ruhig und unauffällig zu wirken.

Die Habner erscheint am Display, der Mayer geht ran. Er hat schon darauf gewartet, ganz fahrig ist alles in ihm.
„Und? Was ist jetzt?“, fragt er ungeduldig.
„Der Herr Brandtner war Linkshänder. Die Schnittrichtung, in der das Messer geführt wurde, sagt was anderes. Und die Verletzungen waren zu tief. Kein Mensch könnte sich das auf diese Weise selbst antun. Ein Schnitt geht genau durch die linke Brustwarze. Der dabei auftretende, immense Schmerz würde zu einem Absetzen oder zumindest einem kurzen Abweichen führen. Aber der Schnitt geht glatt durch“, führt sie aus.
Wie aus einem Polizeibericht zitierend, präzise und fachkundig. Der Mayer ist beeindruckt.
Die Habner kennt sich aus. Die ist ein Leutnant bei der Kriminalpolizei, die muss sich ja auskennen, denkt er sich.
„Die Wunden schauen ja wirklich wild aus. Ich habe da eh gleich Fotos g'macht, unten am Teich, beim Rausziehen. Kann ich Ihnen dann zeigen“, erklärt der Mayer.
„Gut“, sagt die Habner.
„Das mit der Schnittrichtung und der Führungshand habe ich auch schon mal wo g'lesen.“
Die Habner nickt, etwas ungläubig.
„Heißt das jetzt eigentlich, dass der alte Brandtner…?“, fragt der Mayer.
„Ja.“
Und die Habner legt auf, das Display erlischt.
Der Mayer schaut hinaus in die Landschaft. Mit den Gedanken aber ganz woanders.
„Ich scheiß' mich gleich an“, sagt er zu sich vor Aufregung. Reibt mit einer Hand am Oberschenkel, Freude im Gesicht, Adrenalin. Er darf sich nicht freuen, der alte Brandtner ist tot. Er kannte ihn nicht wirklich, viel nur vom Hörensagen, hat ihn nur selten gesehen. Aber er war von hier, einer von

ihnen. Ein Mensch wurde umgebracht. Ermordet. Kann man sich eigentlich gar nicht vorstellen, wenn man darüber nachdenkt, so richtig. Ein Mensch tötet einen Menschen. Trotzdem kann er nicht anders, der Mayer, er muss sich freuen.

Im Matsch, da stehen der Jeep und der Polizeiwagen. Rutschig beim Runtergehen zu den Teichen.
„Das war kein Abschied vom alten Brandtner am Telefon, der wollte etwas sagen", erklärt der Mayer.
Die Habner sieht das genauso.
„Was Schreckliches ist passiert, hat er gesagt. Was und wann? Das müssen wir herausfinden."
„Ja, ich habe schon darüber nachgedacht. Das muss vor meiner Zeit g'wesen sein… hier als Polizist, meine ich. Sonst hätte er mir das ja sagen können."
Und er geht voran, die Habner blickt ihm nach.
Niemals hätte er etwas vom alten Brandtner erfahren, denkt sie sich.
„Hier war das, da haben wir ihn rausgezogen."
Er zeigt auf die Schleifspuren, da steht schon das Wasser drinnen. Er blättert die Fotos am Huawei durch, zeigt sie der Habner. Fußspuren, die etwas aussagen könnten, sind keine auszumachen. Alles zertrampelt, von denen, die vor ihm dort waren. Sonst auch nichts.
„Ich habe auch nicht gleich drauf geachtet", gibt er zu, „wer denkt denn auch an sowas hier? Aber das Messer, das muss da im Wasser drinnen liegen, das müssen wir finden, Spurensicherung mit Tauchern oder Abpumpen oder so, das geht auch."
„Das bringt nichts, da finden wir keine Spuren, nicht, wenn es im Wasser liegt."
„Aha", der Mayer überrascht.

„Das macht auch zu viel Aufsehen. Wir bleiben für die anderen beim Selbstmord. Dadurch gewinnen wir etwas Zeit, nicht viel, sind ja alle gut vernetzt hier", fährt sie fort. Der Mayer nickt lächelnd.
Beim Lächeln hält er sich die Hand vor den Mund, wie immer. Ganz kurz, so kurz, dass es nicht zu auffällig ist. So, dass keiner weiß, dass die Narbe für ihn sehr störend ist. Weil wenn die Menschen eine Schwäche bemerken, nützen sie das gerne aus. Meistens, wenn es um etwas Wichtiges geht.
„Auch zu Ihrer Ehefrau kein Wort!", fordert die Habner. Blickt auf seinen Ehering. Der Mayer schaut jetzt auch darauf, zögert, nickt dann.
„Wem gehören die Teiche hier?"
„Den Brandtners, aber der Steger bewirtschaftet die. Der alte Brandtner hat das nicht mehr g'schafft allein. Der Steger muss eh dafür zahlen. Da war der Brandtner ganz genau, solange er das noch konnte. Vom Kopf her, meine ich. Hat sein Leben lang streng Buch geführt, hat mein Vater gesagt, wenn er ihm ein paar Fische von da abgekauft hat."
„Was passiert mit den vielen Fischen da?"
„Die meisten gehen in den Export. Bringen aber nicht viel Geld ein. Gegen die Großen hat man keine Chance. Die züchten viel mehr und viel billiger. Der Steger will das ändern, der will jetzt auch groß werden. Klein bleiben heißt sterben, sagt der Steger immer. Ob das stimmt, weiß ich nicht, ich kenn' mich da aber auch nicht so gut aus", sagt der Mayer.
„Das verfallene Haus dort drüben gehört auch dazu?"
Sie blickt über die Teiche zu einer alten Villa, groß, markant, verfallen, eine prächtige Ruine.
„Ja, das gehört auch dazu. Das ist das alte Hotel, ist aber schon seit Jahrzehnten g'schlossen. Da war mal richtig was

los, haben die Alten früher im Wirtshaus erzählt. Kann man sich gar nicht mehr vorstell'n. Die Brandtners haben das von ihren Eltern und die von den ihren, haben es aber dann verfallen lassen. Manche sagen mit Absicht, als Schandfleck mitten im Ort, für die bösen Gerüchte und wegen allem."
Die Habner blickt über das ganze Gelände, sieht die Teiche, das Hotel, viel Grund, viel Besitz.

Am Gegenhang, weit weg, mitten im Wald.
Da steht der Karl Stierschneider. Nicht zu sehen für die Habner und den Mayer. In seinem grünen Gewand zwischen den Bäumen, mit der Flinte über der Schulter. Jäger. Der beobachtet mit seinem Feldstecher. Da sieht er die beiden Ermittler ganz genau. Schaut nur, ganz ruhig verhält er sich. Wie bei der Wildschau in der Morgendämmerung. Wie die beiden dort stehen, wo der alte Brandtner ermordet wurde, unten am Teich, wie sie herumzeigen und deuten und miteinander sprechen, alles beobachtet er. Und sobald er alles gesehen hat, geht er wieder weiter.

„Der Steger will das Hotel schon lange haben, will da was Neues bauen, was Großes. Mit den Chinesen will der Steger reich werden. Aber da war mit dem alten Brandtner nicht zu reden", erklärt der Mayer weiter.
„Und jetzt ist er tot, der Herr Brandtner", ergänzt die Habner.
Die beiden schauen sich an.

Stille.

„Nein, so war das nicht. Auch wenn er saugierig ist, aber so ist er sicher nicht. Er ist mein Schwiegerpapa, der bringt keinen um", behauptet der Mayer.

„Vielleicht nicht er, aber wer anderer für ihn, er hat doch das Sagen hier", meint die Habner.
Das erkennt man sofort, dass der Steger hier das Sagen hat.
„Und er ist der Einzige, der Vorteile aus dem Tod des Herrn Brandtner ziehen kann", fährt sie fort.
„Nein, so ist das hier nicht. Vielleicht bei Ihnen in der Großen Stadt. Da bringt einer den andern um, für Geld, nur für das neueste Huawei oder was auch immer. Auf offener Straße. Das liest man doch eh überall in der Zeitung und im Internet. Aber hier, da kennt jeder jeden. Das ist der Papa von der Stefanie. Der hat genug Geld, der braucht das nicht. Der hat sogar das neue Kirchendach gezahlt und auch gebaut mit seiner Firma, so kann er nämlich auch sein. Und überhaupt g'hört das jetzt der alten Brandtnerin, nicht ihm."

Stille.

„Wie Bestien waren sie, hat der alte Brandtner gesagt", zitiert die Habner.
„Das sagt doch gar nichts", hält der Mayer dagegen, „das können andere auch g'wesen sein, irgendwer halt, da waren keine Namen."
Die Habner nickt zustimmend.
„Aber nur von den Mächtigen, den Großen, die einem weh tun können, kennt man keine Namen. Die Kleinen, die Schwachen werden immer genannt… und immer zuerst."
Der Mayer schüttelt den Kopf.
„Da machen Sie es sich aber jetzt echt zu einfach."
Da macht es sich die Habner zu einfach, so einfach wie auf Netflix ist es nämlich nicht, denkt sich der Mayer.
Die Habner schaut ihn an, sehr konzentriert, sehr ernst.
„Sie werden sich entscheiden müssen, Herr Mayer."

Wendet sich ihm ganz zu. Der Mayer versteht nicht. Die Habner zeigt auf die Stelle, wo der Brandtner aus dem Wasser gezogen wurde.
„Haben Sie sich schon überlegt, warum der Herr Brandtner vor seinem Tod, bevor er ertränkt wurde, gequält wurde? Warum das Kreuz in sein Fleisch geschnitten wurde… bei lebendigem Leibe, bei vollem Bewusstsein?"
Der Mayer grübelt.
„Vielleicht als Bestrafung, vielleicht für was Altes in der Vergangenheit", mutmaßt er.
„Oder als Warnung für andere", mutmaßt die Habner.
Der Mayer nachdenklich.
„Wenn wir das anfangen, gibt es kein Zurück mehr. Es wird nichts mehr so sein, wie es jetzt ist. Es ist Ihr Zuhause, es sind Ihre Leute. Ich gehe zurück, Sie bleiben."
Die Habner eindringlich. Der Mayer blickt sie an.
„Ich brauche Sie. Ich mache es auch so, das ist mein Job, aber ich brauche Sie, es geht um Mord", sagt die Habner.
Der Mayer grübelt, er reibt sich die Oberschenkel, blickt auf den Teich. Sie braucht ihn, hat die Frau Leutnant gesagt. Das geht durch seinen Kopf.
„So habe ich das noch nicht g'sehen, um ehrlich zu sein."
„Es war einer von hier", spricht die Habner, „deshalb überlegen Sie gut!"
Sein Mund wird trocken. Er wischt sich mit dem Handrücken über die Lippen, er nimmt seine Polizeikappe ab, reibt am Schild der Kappe am goldenen Bundesadler. In ihm arbeitet es. Er blickt den Hügel hinauf zur Siedlung, dort wo sein halbfertiges Haus steht, dort, wo seine Kinder aufwachsen werden.
„Aber überlegen Sie nicht zu lange, dafür haben wir keine Zeit."

Der Mayer schaut sie an. Er weiß, dass sie eine Antwort will. Jetzt.
Ein Blick auf seinen Polizeiwagen, er setzt die Kappe fest auf, entschlossen wirkt er jetzt, ganz sicher ist er mit seiner Entscheidung.
„Ich bin ein Mann des Gesetzes. Und das ist meine Stadt“, sagt der Mayer dann.
Die Habner lächelt, nur ein bisschen.
„Das wollte ich immer schon mal sagen.“
Er grinst breit, mit der Hand vorm Mund. Es ist ihm aber ernst, das sieht man, auch die Habner sieht das.
Er wollte immer schon gebraucht werden, als Polizist. Aber auch so, als Mensch, außerhalb des Vorhersehbaren, des wie auf dem Reißbrett Geplanten.
„Was auch passiert“, fügt er an, „ich bin Polizist. An Ihrer Seite.“
„Gut“, antwortet sie.
Damit ist der Bund geschlossen, mit einem Lächeln besiegelt, ohne Handschlag. Der Mayer wollte ihr schon die Hand reichen, intuitiv. Aber hat sich besonnen. Er weiß, dass sie das nicht will, das respektiert er. Jeder Mensch hat seine Schwächen, wohl auch die Habner. Auch wenn das nicht wirklich eine Schwäche ist. So sieht er das.
„Wir fahren zu der Frau Brandtner, vielleicht erfahren wir dort mehr“, meint sie.
Sie geht voran, der Mayer hinterher.
„Ich hol' vorher noch schnell ein paar Semmeln und Gurken aus dem Wirtshaus, für den Schwendinger und die Brandtnerin zur Jause.“
Die Habner blickt den Mayer entgeistert an. Sie sind mitten in Mordermittlungen und er denkt an Semmeln und Gurken. Einfach wird das für sie nicht mit ihm, aber sie mag seine fürsorgliche Art.

Das ist sie nicht gewohnt, von dort, wo sie herkommt. In ihrem Leben war das nie so. So war sie auch selbst nie.
Der Mayer ist erleichtert, dass die schwere Entscheidung gefallen ist, dass er sich so entschieden hat. Gespannt ist er auf das, was auf ihn zukommt. Nun ist alles anders hier, endlich. So denkt er jetzt.
Aber von hier war das keiner. Die Menschen wirken seltsam, wenn man sie nicht kennt, aber er kennt sie, und von hier war das keiner. Das denkt er sich auch, da ist er sich sicher. Deshalb hat er auch der Habner das Versprechen gegeben.
Die Wagen fahren weg, durchdrehende Räder im Schlamm. Dunkel wird es langsam.

Eine kurze Fahrt zum alten Bauernhof.
Das war hier einmal ein Bauernhof mit Tieren und allem, ganz früher, jetzt nicht mehr. Beim verdorrten Kirschbaum, da steht der Bulli, vom Schwendinger der VW-Bus, der ist grau, und alles ist rostig.
Der Mayer steigt aus, ein Stoffsackerl in der Hand, die Habner aus dem Jeep. Der Steger fährt gerade weg in seinem goldenen Mercedes. Den erkennt man noch in der Ferne, auch in der Abenddämmerung.
Er war gerade da, bei der alten Brandtnerin in ihrem Haus. Der Brandtner noch nicht unter der Erde und der Steger schon bei der Erbin, um sich zu holen, was er will, die Teiche und das Hotel, denkt sich die Habner. Sie sagt es aber nicht. Sie schweigt und blickt auf den Mayer.
Der will sagen, dass das nichts zu bedeuten hat, Stegers Anwesenheit hier. Er sagt es aber nicht. Er blickt nicht zur Habner.
„Da drinnen schaut's schrecklich aus, ich sage es Ihnen lieber vorher", warnt er sie vor.

Und geht zum Eingang zu einer alten Holztür. Die Habner nickt gelassen. Sie hat schon zu viel gesehen.

Routiniert steht sie da und nimmt wahr, wie es da drinnen aussieht. Der Gestank von Urin, von Katzenurin, der tut ihr weh, sticht in der Nase. Sie hält kurz die Hand davor, instinktiv.
„Da ist die Jause für euch drinnen."
Der Mayer stellt das Sackerl neben die Box.
Der Schwendinger bedankt sich und blickt auf die Habner.
„Ich habe schon gelüftet, aber das kriegt man nicht raus, den Gestank", erklärt er dann.
Die Habner nickt. Die alte Brandtnerin liegt auf der Couch, schläft.
„Das ist der Herr Schwendinger, mein alter Lehrer. Und das da ist die Frau Habner."
So stellt der Mayer die beiden einander vor. Der Schwendinger nickt grüßend, die Habner grüßt nickend zurück. Ohne Handschlag zwischen den beiden.
„Das ist die von der Kriminalpolizei. Ist aber nur zufällig hier, nur auf der Durchreise, will bald weiterfahr'n, Urlaub. Und sie hilft mir ein bisschen beim Bericht über den Selbstmord."
Dabei spricht der Mayer so viel, dass der Schwendinger das Gegenteil von dem Gesagten annehmen muss. So schlecht kann der Mayer lügen.
Der Schwendinger studiert die Habner.
„Aha, Sie sind das also. Der Steger hat mir schon von Ihnen erzählt. Der war nämlich gerade da."
Die Habner und der Mayer nicken wissend. Sie hatte also recht, als sie zum Mayer bei den Teichen gesagt hat, dass alle gut vernetzt sind hier. Da geht alles schnell. Aber der

Schwendinger hat auch kein Geheimnis daraus gemacht, dass der Steger hier gewesen ist.
„Was wollte er denn hier?“, fragt der Mayer.
„Hat nur nachg'schaut, wie es ihr geht und gefragt, ob wir was brauchen.“
„Aha“, meint der Mayer.
Schaut zur Habner, dann wieder auf den Schwendinger.
„Sonst wollte er nichts?“
„Nein, wieso?“
„Nur so“, entgegnet der Mayer.
Und blickt auf die Habner, fast ein bisschen rechthaberisch. Weil er anscheinend doch recht gehabt hat mit dem Steger.
Die Habner reagiert darauf nicht. Überhaupt sagt die Habner nichts. Ist komisch distanziert, irgendwie nicht ganz da, sehr beschäftigt mit sich selbst.
Das fällt dem Mayer auf, aber er hält sich zurück. Weil das auch kein Kampf ums Rechthaben ist zwischen den beiden. Aber dem Mayer bedeutet das schon was, wenn er in etwas besser ist als eine Leutnantin aus der Großen Stadt. Das ist nicht Rechthaberei, er will nur gut sein.
„Und, wie geht's ihr jetzt?“, fragt er.
Geht auf die alte Brandtnerin zu.
„Ich habe ihr zwei Schlaftabletten gegeben, die schläft jetzt die ganze Nacht durch, hoffentlich.“
Der Schwendinger wischt ihr den Schweiß von der kalten Stirn.
„Aber essen tut sie nichts, die weigert sich“, fügt er an.
Die Habner blickt sich um, studiert die Kruzifixe, die Marienstatuen, aufmerksam, aber ohne Aufmerksamkeit zu erregen.
In einem Regal sieht sie ein Bild in einem Holzrahmen, der schon verzogen ist in den vielen Jahren. Das Geschwisterpaar vor einem blühenden Kirschbaum, draußen

vor dem Haus. Jung sind sie da, festgehalten auf einem Foto, das jetzt, eine Ewigkeit später, diesen kurzen Moment des Glücklichseins zeigt. Umarmt wie ein Liebespaar stehen sie da, nicht wie Geschwister.
Lange schaut sie da drauf, die Habner.
„Waren schon seltsam, die zwei", sagt der Schwendinger zur Habner.
Die Habner reißt sich los vom Bild. Hat also doch Aufmerksamkeit erregt. Das ärgert sie. Sie nickt.
„Wir hätten da mehr tun soll'n, alle hätten wir mehr tun soll'n, dass das nicht so endet", merkt der Schwendinger an.
„Ja, vielleicht, aber dass das so schlimm ist, hat ja keiner wissen können", meint der Mayer.
Hebt seinen Fuß aus dem Katzenkot, mitten im Raum.
Die Habner blickt auf die alte Brandtnerin, die trotz der Tabletten noch immer leise murmelt, selbst im Schlaf zittrige Hände, den Rosenkranz umklammernd. Die Habner erkennt, sie erfährt hier nichts von der alten Brandtnerin. Und sie fühlt sich doch mehr mitgenommen als erwartet, von alldem hier. Lässt sich dennoch nichts anmerken. Das Telefon hat sie noch nicht ausfindig gemacht, von dem sie den Anruf gekriegt hat.
„Ich warte draußen", teilt sie dem Mayer mit.
„Auf Wiedersehen", sagt sie zum Schwendinger.
„Ja, Wiederschauen", kommt von dem zurück.
„Ich komm' dann gleich raus", sagt der Mayer.
Die Habner geht hinaus aus dem Raum, der ganz früher bestimmt einmal eine gemütliche Stube war.

Sie sieht sich draußen am Gang um. Da steht eine Holzkiste mit Erdäpfeln. Die haben die Brandtners immer gegessen, sonst nichts, nur Erdäpfel. Da sind viele halbfaulige dabei. Die Ernte war heuer nicht gut.

Leise geht sie über die Stiege nach oben, die Holzdielen knarren. Auf den Stufen zittern plötzlich ihre Knie, ihre Hände auch. Die Habner muss schwer atmen, nicht aus Erschöpfung, das ist was Anderes. Sie kann es wegatmen, hat darin Übung. Sie fängt sich, geht dann weiter.
Dann schaut sie alle Räume durch, überall Chaos. Ob durchwühlt oder unordentlich, das lässt sich nicht sagen. Sogar hier oben sind überall diese Katzen. Deren Pupillen werden groß vom Licht vom Gang, alle Vorhänge schon lange zugezogen. Alle Laden bei den Kästen sind offen, durchwühlt schauen die aus.
Da kommt ein Geruch heraus, immer aus den ganz alten Laden bei den ganz alten Menschen. Wenn man die aufmacht nach langer Zeit wieder einmal. Manche mögen das, die Habner nicht. Sie hält sich wieder die Hand vor die Nase. Sie ist da sehr empfindlich bei den Gerüchen. Menschen verknüpfen mit Gerüchen auch immer Erinnerungen. Unbewusst. Oft nur Gefühle, gute und schlechte. Bei der Habner sind es schlechte.
Ein Raum ist ein Büro, Schreibtisch, das Telefon, ein Tastentelefon, von früher, orange. Von hier muss er angerufen haben. Hier hat der Brandtner seine Buchführung gemacht. War darin sehr penibel, solange er das noch konnte, hat der Mayer ihr erzählt. Da steht ein Regal, da waren Ordner drinnen. Bis vor kurzem, die Staubspuren am Holz verraten das. Die Drähte beim Telefon, unten bei der Buchse, sind herausgerissen. Jetzt kann niemand mehr telefonieren. Wie der alte Brandtner es vor kurzem noch getan hat. Der Steger muss das gewesen sein, war ja gerade hier. Die Habner ist sich da ganz sicher.

„Ich bleib' über Nacht", teilt der Schwendinger dem Mayer mit.

Der beiläufig beim Fenster hinaussieht, auf den Kirschbaum bei der Einfahrt, auf den Bulli.
Der Bulli war früher einmal bunt. Wenn man genau hinsieht, erkennt man unter dem Grau auch noch die alten, bunten Farbschichten.

Damit ist der Schwendinger herumgefahren, in der Welt, früher, bis nach China. Das war damals unendlich weit weg, heute ist China überall. Er hat viel gesehen, der Schwendinger, das wollte er weitergeben, erzählen, auch viel über das Leben. Er wurde Lehrer. Das hat er gelernt, in der Großen Stadt. Die war damals noch nicht so groß wie heute und anders auch. Dann war er wieder hier, mit seinem Bus. Hat seine Eltern gepflegt bis zum Tod. Und dann ist er geblieben im Haus seiner Eltern. Der Mayer weiß gar nicht warum, weil so richtig hierher passen tut er eigentlich nicht, der Schwendinger. Aber seit damals ist er hier. Vielleicht hat er schon genug gesehen von der großen, weiten Welt.

Auch seine Haare sind jetzt grau. So wie der Bulli draußen vorm Haus.
„Morgen in der Früh bring' ich euch dann das Frühstück", erklärt der Mayer.
„Das brauchst du eh nicht machen, weil der Steger kommt eh vorbei und bringt was", erfährt er vom Schwendinger.
„Aha", der Mayer verwundert, „von mir aus, passt dann auch. Gute Nacht!"
Aber so ganz in Ordnung ist das nicht für den Mayer. Er wollte das Frühstück bringen. Er kümmert sich doch immer um das Essen.
„Gute Nacht!", verabschiedet sich der Schwendinger.
Der Mayer geht hinaus.

Schon komisch, denkt er sich dann, dass der Steger auf einmal so oft da ist.

Die Habner kommt nach unten, der Mayer gerade aus der Stube.
„Und, haben wir was?“, fragt er.
„Im Büro oben, da waren Ordner, die sind jetzt nicht mehr da. Wir fahren zum Steger, der muss die haben“, erwidert sie.
„Das ist bestimmt nur wegen den Fischteichen.“
„Was auch immer, wir müssen die holen und durchsehen.“
Sehr bestimmt sagt sie das.
„Ja, von mir aus. Machen wir.“
Der Mayer nicht sehr überzeugt davon. Er öffnet wieder die Tür zur Stube.
„Sag“, spricht der Mayer den Schwendinger an, zwischen Tür und Angel, „hat mein Schwiegerpapa die Ordner mitgenommen, die vom alten Brandtner, vom Büro oben?“
„Ja, die hat er mitgenommen, der braucht die wegen den Teichen, hat er g'sagt. Irgendwas wegen der Fischfolge in der Zucht. Wieso?“, fragt der Schwendinger noch.
Und hat da plötzlich eine tiefe Stirnfalte, die ihn ganz ernst erscheinen lässt.
„Nur so.“
„Aha“, sagt der Schwendinger.
Bevor er geht, erkundigt sich der Mayer, ob sonst noch irgendwer da war.
„Nein, wieso?“
„Nur so. Gute Nacht!“, wünscht der Mayer dann noch einmal.
Und macht die Tür zu.

Der Schwendinger wundert sich. Zieht dabei das Gummiband an seinem ausgedünnten Zopf mit den verbliebenen, grauen Haaren nach. Schaut dann nach der alten Brandtnerin. Sein Gesicht ist noch immer angespannt. Das erkennt man an der tiefen Falte auf der Stirn.

„Der hat die mitgenommen, wegen der Fische, irgendwas mit der Zucht", erklärt der Mayer der Habner.
„Können wir dann endlich fahren?"
Ungeduldig ist sie. Und geht vor, aus dem Gang hinaus zum Jeep. Der Mayer hinterher, greift zum Huawei.
Jetzt hört sie den Mayer sprechen.
„Ja, freilich, gut. Ist nur Routine, hat sie g'sagt, wegen dem Bericht. Ja, die mit dem Hirsch, die ist noch da."
Der Mayer blickt auf die Habner.
„Das weiß ich auch nicht so genau", erwidert er jetzt ins Huawei.
Er horcht, nickt.
„Ist schon spät, ich weiß, ja, morgen dann, gleich in der Früh. Super, danke Schwiegerpapa, bis morgen!"
Dann legt er auf.
Die Habner blickt ungläubig auf den Mayer.
„Heut' geht das nicht mehr, die haben schon Schluss gemacht, morgen in der Früh können wir sie dann haben," führt der Mayer unbedarft aus.
Und packt sein Huawei weg. Die Habner fixiert den Mayer. Schwer haben wird sie es mit ihm, das weiß sie. Er ist anders als sie, aber sie braucht ihn. Er kennt sich hier aus, er kennt die Menschen.
„Morgen in der Früh wird es zu spät sein, irgendetwas Verwertbares zu finden", stellt die Habner ganz ruhig fest.
Der Mayer denkt kurz nach. Er erkennt, dass der Anruf nicht besonders schlau war, aber sein Schwiegerpapa mag nicht,

wenn man unangekündigt zu ihm kommt. Das hat er noch nie gemocht. Nicht einmal die Stefanie darf das.
„Da steht sicher nichts Wichtiges drinnen, ist nur wegen der Zuchtfolge bei den Fischen“, wiederholt der Mayer.
Stur ist er schon, vielleicht auch aus Verlegenheit. Beharrlich, weil er einen Fehler gemacht hat. Obwohl die Sturheit eigentlich nicht seine Art ist.
Die Habner schweigt, ärgert sich, merkt man aber nicht. Der Mayer schaut in den Himmel, dunkel ist es geworden. Windig und kalt.
„Sie müssen Hunger haben, und zum Schlafen brauch'n Sie auch was. Wir fahren ins Wirtshaus, da haben wir ein Zimmer für Sie“, sagt er.
Ein bisschen versöhnlich klingt das, weil mit der Habner will er sich wirklich gut verstehen.
Sie schaut erschöpft aus. Ist es auch.
„Gut.“
Und steigt in den Jeep, der Mayer in den Polizeiwagen. Der Wagen startet, fährt aber nicht. Die Habner wartet. Der Polizeiwagen wird wieder abgestellt. Der Mayer steigt noch einmal aus, geht zum Jeep, zum Fenster. Scheibe runter. Der Mayer, ganz wichtig, kommt nah, redet leise, verschwörerisch leise.
„Wenn jemand den alten Brandtner umgebracht hat, weil der etwas verraten wollte, was irgendwann mal war, dann werden die auch die alte Brandtnerin umbring'n wollen, weil die weiß das dann ja auch, was war, oder nicht?“

Die Habner blickt den Mayer an. Sie mag, wenn er mitdenkt, sich Gedanken macht und nicht stur ist. Eben hat sie ihn noch anders eingeschätzt. Vielleicht auch, weil sie das nicht versteht, wie das ist, wenn man jeden kennt von klein auf, so nah ist, immer, sein Leben lang aufeinander angewiesen. In einer harten Landschaft geht das Überleben nicht anders. Das ist dann nicht so leicht, das einfach auszuschalten, so wie auf Knopfdruck. Jemanden zu besuchen, wenn der das nicht will, zu später Uhrzeit, einfach so.

Die Habner nickt.
„Sie haben recht mit dem, was Sie sagen. Aber wenn die Frau Brandtner wirklich etwas wüsste, wäre sie auch schon tot", antwortet die Habner abgeklärt, kalt.
Wie einfach der Habner das über die Lippen kommt. Dass jemand umgebracht wird. Der Mayer ist so etwas einfach nicht gewohnt, dass Menschen umgebracht werden, nur weil sie etwas wissen. Furchtbar findet er so etwas. Dass man das so leicht aussprechen kann. Wie die Habner das kann, versteht er nicht. Aber vielleicht wird man so, wenn man das gewohnt ist. Er will sich nie an das gewöhnen müssen.
„Dann fahren wir jetzt", sagt er.
Steigt in den Wagen.
Als die Habner auf den Startknopf drücken will, greift sie zweimal daneben. So erledigt ist sie, dass die Finger zittern. Und ihr Bein schmerzt. Das geht oft sehr schnell bei ihr. Dann ist sie einfach am Ende. Kann sich zwar oft noch fangen, nach einer Weile, mit sehr starkem Willen, aber irgendwann ist dann doch Schluss. Jetzt gelingt es ihr gerade noch.
Die Wagen fahren weg.

Das Wirtshaus ist leer. Über der Ausschank brennt das Licht, kaltes Licht, Neonröhre. Nichts Einladendes. Sonst alles finster.
„Und Sie wollen wirklich nichts mehr essen? Ich kann nämlich schnell was herrichten in der Küche, wenn Sie was wollen, das ist kein Problem, wirklich nicht."

Wie sie bei der Wirtsstube reinkommen.
„Nein danke!“, erwidert die Habner.
„Sie essen aber nie viel, oder?“
„Manchmal habe ich einfach keinen Hunger.“
„Passiert mir nie“, meint der Mayer mit einem Lächeln.
Und geht hinter die Ausschank zu dem verstaubten Brett an der Wand, mit den Nummern drauf, wo die Zimmerschlüssel hängen.
„So, und jetzt schauen wir wegen dem Zimmer.“
Alle Schlüssel hängen da, keiner fehlt. Die hängen schon eine Ewigkeit dort, unberührt. Er fährt mit dem Finger suchend über die Schlüssel.
„Wo ist denn das Zimmer mit dem Blick auf das Meer?“
Dabei lächelnd. Die Habner lächelt zurück. An ihren Falten und tiefen Augenringen erkennt man, dass sie am Ende ihrer Kräfte ist. Nicht bereit für lustige Sprüche. Das war sie aber eigentlich noch nie.
Neben dem Brett hängt ein Totenbild von einer Frau, zu jung, um schon tot zu sein. In einem schönen Rahmen hinter Glas. Elisabeth Mayer steht da drauf.
Die Habner studiert es. Sofort sind ihre Sinne wieder da. Intuitiv, wie im Reflex. Das war bei ihr immer schon so. Wenn es darauf ankommt, wenn sie etwas interessiert, wenn ihr was ins Auge sticht, dann ist sie da. Sofort. So müde kann sie gar nicht sein.
„Das ist meine Mutter, ist gestorben, als ich drei Jahre alt g'wesen bin. Die hat Krebs gehabt. Ich kann mich aber nicht an sie erinnern, ich war noch so klein.“
Die Habner nickt, hört schweigend zu.
„Das war die Zeit, wie dann alles den Bach runtergegangen ist hier. Auch mit meinem Papa. Der hat dann nie wieder eine neue Frau gehabt, nur den Schnaps. Und mich. In der Reihenfolge.“

Lächelt dabei. Weil er verlegen ist, vielleicht. Und vielleicht, weil er das ausgesprochen hat, ihr gegenüber. So hat er das noch nie jemandem mitgeteilt.
„Zimmer 7, ist aber eh egal, sind sowieso alle gleich. Da, die Stiege rauf!"
Deutet nach oben. Die Habner greift nach ihrem Rucksack.
„Ich mach' das schon", sagt der Mayer.
„Ich mache das", bestimmt die Habner.
Die Habner hebt den Rucksack auf ihren Rücken. Der Mayer nickt, geht vor, die Habner hinterher. Die Stiege hoch. Ihr Bein schmerzt immer schlimmer, sie hinkt immer mehr.

Ein Röhrenfernseher, ein Philipps, der steht da auch noch. Ein kleiner, kaputt natürlich, schon lange. Das Zimmer ist weniger als schlicht. Es ist gar nichts. Nur ein Zimmer, Bett, Kasten, Badezimmer, das Waschbecken abgeschlagen, Kalkränder. Alles alt, staubig, kalt, ungenützt seit vielen Jahren.
„Man müsste da mal was machen, aber ohne Geld ist das schwer."
Der Mayer ein bisschen entschuldigend.
„Ist gut", erwidert die Habner.
Umherblickend. Stellt den Rucksack am Boden ab.
„Hier ist der Schlüssel."
Er überreicht den Schlüssel, die beiden stehen nah.

Stille.

Der Mayer will reden, das merkt man, er weiß aber nicht was, in diesem Moment, der so passend wäre, für ihn zum Reden. Die Habner aber will allein sein, das merkt man. Er reibt sich kurz am Oberschenkel, nervös wie er ist. Mit ihr allein im Zimmer.

„Naja, dann geh' ich jetzt."
Bricht die für ihn unangenehme Stille.
„Sie haben ja alles soweit. Wenn Sie was brauchen, rufen Sie einfach an. Ich lass' das Huawei die ganze Nacht an."
Er blickt dabei unbewusst kurz auf das Bett hinter der Habner.
„Sie können mich immer anrufen, wenn was ist", wiederholt er.
Ihre Bewegungen, ihre Körperhaltung sagen, dass sie ihn loswerden will. Nicht, dass sie ihn nicht mag, aber sie will allein sein.
„Danke! Gute Nacht!"
„Ja. Gute Nacht!"
Er geht zur Tür, dreht sich um.
„Arbeiten Sie eigentlich immer allein?"
Und ist froh, dass er noch ein bisschen hierbleiben kann, bei ihr.
„Ich bin im Urlaub, schon vergessen?"
Mit einem Lächeln.
„Fahren Sie denn immer allein in den Urlaub?", hakt er nach.
Darauf wollte sie nicht hinaus. Und er auch nicht, weil es ihr unangenehm ist.

Stille.

„Immer", sagt sie dann kurz.
Für den Hauch einer Sekunde hat sie ihre Souveränität verloren, die Frage bewegt sie. Ist eigentlich nicht wichtig, war nur so dahingesagt, aber irgendwie doch. Vielleicht, weil sie so müde ist, da wird man empfindlicher. Hat sie selbst gleich bemerkt. Und er auch.
„Da hat man wenigstens seine Ruhe."

Dabei lächelt er kurz, will so die Frage abschwächen, der Habner nicht wehtun. Niemals würde er das tun wollen.
„Ja, Ruhe kann ich brauchen. Gute Nacht!", wiederholt sie.
Der Mayer versteht, er muss gehen, lächelt trotzdem.
„Gute Nacht und sperren Sie gut ab!"
Und draußen ist er bei der Tür.
Die Habner geht zur Tür, sperrt ab, zweimal. Sie lehnt sich an die Tür, atmet schwer, die Knie zittern, ihre Hände auch. Sie hat es gerade noch geschafft, dass der Mayer sie nicht so sieht, so schwach, so hilflos.

Der steht draußen vor der Tür, ärgert sich über sich selbst wegen der blöden Frage. Er schüttelt es ab, morgen ist auch noch ein Tag. Dann geht er wieder über die knarrende Stiege nach unten.

Sie wirft sich hastig Tabletten aus dem Rucksack ein, ganz unten waren die, viele davon. Schmerzmittel und Schlafmittel aus verschiedenen Packungen. Sie muss sich ins Bett legen, ohne sich auszuziehen, so wie sie ist, sofort. Krümmt sich zusammen wie ein trauriges Kind, zieht die Decke über sich und zittert. Wimmert wie im Krampf, drückt sich den Polster aufs Gesicht, vor den Mund. Soll keiner hören, dass sie wimmert, nicht einmal sie selbst will das hören.
Eiskalt ist es in dem Zimmer.

Da steht der Wirt am Ende der Stiege, gleich bei der Ausschank, und sieht ihn an.
„Und was wird das mit der?", fragt der Wirt grimmig.
„Spinnst du jetzt?", erwidert der Mayer, „die ist eine Kollegin."
„Und warum ist die noch da?"

„Weil es mit dem Bericht später geworden ist, viel zu spät zum Weiterfahren, bei dem Regen noch dazu.“
„Dann fährt sie also morgen?“
Der Wirt will das unbedingt wissen, das merkt man.
„Schaut so aus“, entgegnet der Mayer.
„Noch eine Nacht bleibt die sicher nicht. Die bringt nämlich hier alles durcheinander,“ sagt der Wirt.
Der Mayer tritt näher.
„Das ist nicht sie, die alles durcheinanderbringt, Papa, sondern der Tod vom alten Brandtner.“
Der Wirt sagt nichts, dreht sich weg. Schnaps.
„Wie auch immer“, meint er dann, „gut, wenn sie weg ist, die braucht nämlich da sicher keiner.“
„Gute Nacht!“, sagt der Mayer.
Er ist zu müde zum Streiten, geht einfach.
„Die Stefanie wartet schon ewig mit dem Essen auf dich“, schreit der Wirt ihm noch nach.
„Ja, weiß ich eh“, ruft der Mayer zurück.
Der Wirt schaut über die Stiege nach oben, grübelt mürrisch, dann fällt sein Blick auf die Schlüssel. Die Nummer 7 fehlt auf dem Brett. Dort schläft die Habner.
Einen Schnaps trinkt er noch.

Der Mayer geht in sein Zuhause. Dunkel ist es, der Eingang hell wegen der Außenbeleuchtung, eine Glühbirne neben der Tür hängt an Kabeln, ohne Lampenschirm.
Unten auf der Straße, da donnern zwei Lastwagen vorbei, die mit dem Bausand. Tag und Nacht lärmen und blenden die mit breiten Lichtkegeln, wo sich Millionen von Gelsen fangen und dann am Glas zerdeppern. Seine Ruhe hat man hier nicht mehr. Aber der Steger viel Geld. Und die Kirche ein neues Dach. Viel abwägen muss man, was einem da lieber ist.

Der Glaube an die Kirche, das Gute darin, ist schon lange weg. Ausgetrieben durch den Pfarrer, stetig, beharrlich, fast besessen war der Pfarrer. Bis der Glaube weg war beim Mayer. Aber verantwortlich fühlt er sich schon. Jeder Mensch ist verantwortlich, auch die, die an gar nichts glauben. So denkt der Mayer.
Die Mauern vom Zuhause sind unverputzt, die Haustür ist ganz neu. Neben dem Eingang Fliesen gestapelt, in verwittertes Plastik eingepackt.

Essen am Tisch, Rindfleisch, reichlich.
„Schmeckt super", lobt der Mayer.
„Naja, das Fleisch ist schon ein bisschen trocken, du warst ja heut' so spät daheim", meint die Stefanie.
„Super ist es", wiederholt er lächelnd.
„Gut, dass wir hier unsere eigenen Viecher haben. Was man da so liest, ist ja nicht normal."
„Wahnsinn", sagt er.
„Ja, Wahnsinn."

Vom Pöppl Peter kommt das Fleisch. Der ist der Metzger hier. Der Pöppl ist ein Guter.
Bevor er ihnen den Bolzen ins Hirn schießt, streichelt er die Tiere. Redet ihnen gut zu, nennt sie bei ihren Namen. Beruhigt sie, weil die ja doch wissen, was passieren wird, wenn er sie vom Bauern holt mit dem Anhänger, aus dem Stall, wo die immer stehen müssen. Weil draußen im Regen dürfen sie nicht stehen, da würde das Fleisch dann komisch schmecken, nach Metall. Schmeckt auch so etwas danach, vom Gras draußen. Aber immer noch besser als das Fleisch von woanders, egal, von wo es herkommt auf der Welt.
Der Pöppl ist zu allen gut. War er immer schon.

Seine drei Töchter sind weg. In der Großen Stadt. Sind alle was geworden. So stolz ist er. Sind nur selten da, immer nur auf kurzem Besuch.
Haben ja dort ihr Leben, nicht hier, denkt er sich dann immer.
Und sagt das auch zu seiner Frau. Beruhigend. Wenn die ihren Töchtern Vorwürfe macht.
Er und seine Frau. Die lieben sich noch immer wie am ersten Tag. Die helfen sich gegenseitig, bei allem.
Nicht zu viel zurückschauen, erklärt er immer seinen Töchtern. Wenn sie dann mal da sind, zu Weihnachten und zum Muttertag meistens. Immer nach vorne schauen. Der Arsch ist nicht umsonst hinten, fügt er dann immer noch an. Mit einem lauten Lachen. Das ist dem Pöppl eigen, sein lautes Lachen. Und er lacht selbst am lautesten, wenn er etwas Lustiges sagt oder zumindest glaubt, dass es lustig ist. Weil seine Witze auch halt die besten sind, sagt er dann, wenn ihn wer darauf anspricht.
Einmal gab es ein dummes Gerücht, dass seine älteste Tochter, die Sigrid, etwas mit dem Walter hätte, in der Großen Stadt. Dass deshalb der Walter immer dorthin fahren würde. Da war er dann kurz böse. Aber das war nur ein dummes Gerücht. Viele grausliche Gerüchte gab und gibt es schon über seine Töchter, weil sie schön und gescheit sind. Und immer wissen, was sie wollen, und vor allem, was sie nicht wollen und weil sie nicht mehr hier sind. Das stört diejenigen am meisten, die noch immer hier sind.
Die Sigrid würde ihn nie belügen, und die hat ihm versichert, dass das nicht stimmt. Dann war die Sache für ihn erledigt, für immer, hat nie mehr etwas gesagt.
Einmal ist er abgerutscht mit dem Schlachtschussapparat. Da hat der Stier wild gezuckt. Hannibal hat der geheißen. Am Boden liegend. Das Blut ist weit und stark aus dem Schädel

herausgespritzt. Der Pöppl hat sofort nachgeladen. Zum Hannibal hin, das Leid abstellen. Der Hannibal hat im Taumel ausgeschlagen und ihm das Schienbein zertrümmert, offener Bruch. War ihm egal, hat zuerst das Vieh erlöst, und sich erst dann um sein eigenes Bein gekümmert. Voller Stierblut war er da, der Pöppl, von oben bis unten. Hat den Hannibal dann nicht zerlegt und verkauft, begraben hat er ihn. Den ganzen Stier in einem großen Loch hinten am Waldrand. Im strömenden Regen ist er gestanden mit dem kaputten Bein. Begraben, als Entschuldigung. Weil das gehört sich so, dachte er. Hat ihm viel Geld gekostet, aber Geld ist ihm egal. Deshalb mag er auch die Stegers nicht.

Die Stefanie nimmt einen großen Bissen, redet mit vollem Mund.
„Was ist jetzt eigentlich mit dem alten Brandtner g'wesen? Weiß man da schon was?"
„Das kann man noch nicht so richtig sagen", meint der Mayer.
„Ist also doch was G'scheites, wie ich gesagt habe", sagt die Stefanie und lächelt.
Der Mayer lächelt auch, etwas länger als angebracht. Er braucht Zeit, um die Stefanie belügen zu können. Das tut er sonst nicht, hat er nie getan, bis jetzt.
„Das kann man noch nicht sagen", wiederholt er.
Er nimmt einen schnellen Bissen.
„Ist die noch da, die von der Kriminalpolizei? Die mit den roten Haaren?"
„Die hat drüben beim Papa ein Gästezimmer g'nommen."
„Aha, bleibt die also länger?"
Und die Stefanie nimmt auch noch einen Bissen.

„Das weiß ich nicht genau, kommt darauf an. Bis der Bericht halt fertig ist, so lange bleibt sie auf alle Fälle. Das kann aber eh nicht mehr lange dauern."
„Gefällt sie dir?"
Der Mayer blickt auf. Überrascht. Denkt verkrampft über eine Antwort nach.
„Ah geh, hör auf! Wie kommst denn du auf den Blödsinn?"
Und steckt sich ein großes Fleischstück in den Mund. Damit er nicht weiterreden muss.
„Fesch ist sie schon, für ihr Alter", setzt die Stefanie fort, „aber bei den Leuten aus der Stadt weiß man ja nie, wie die so sind, so wirklich, meine ich."
„Sie bleibt aber eh nicht mehr lange", wiederholt er sich.
„Eh, was soll denn schon g'wesen sein mit dem alten Spinner?"
„Denk ich mir auch."
„Magst du noch was?", fragt sie.
„Ja, gerne."
Und er hält ihr den Teller hin, wo eigentlich noch viel Fleisch draufliegt. Die Stefanie legt noch ein großes Stück dazu.
„Nachspeise haben wir auch noch."
„Super", sagt der Mayer.

New York, London, Paris, Indien.
Die Stefanie in der Küche, beim Geschirrspüler von Samsung, wie die Mischmaschine draußen im Regen, im Schlamm, die ist auch von Samsung.
Der Mayer beim elektrischen Zähneputzen vor einer Weltkarte, die groß im Vorraum hängt. Seine Augen bohren sich in die Karte. Studieren die Grenzen, die Städte, die Flüsse, die Berge. Alles muss der Mayer sehen.

In der Volksschule, da hat ihm der Schwendinger immer viel erzählt, von den weiten Reisen, die er in seinem Bulli gemacht hat. Das hat ihn interessiert, den Mayer. Die anderen fünf Schüler nicht, aber ihn schon. Brennend. Der Mayer hat sich da selbst immer gesehen, im Bulli, weit weg von hier. Was finden, entdecken. Das es hier nicht gibt. Nicht das Vorhersehbare will er. Das Überraschende, nach dem sehnt er sich. Schon als Bub war das so.

„Ich bin fertig, kannst schon rein", sagt die Stefanie.
Im langen Nachthemd mit Blumen drauf kommt sie aus dem Bad. Der Mayer nickt. Ist wieder im Jetzt mit seinen Gedanken.
Der Mayer und die Stefanie im Bett. Nebeneinander. Der riesige LG an der Wand gegenüber bleibt schwarz. Da laufen oft Filme bis zum Einschlafen und länger. Western schaut er sich gerne an, die alten, auf Netflix. Die Stefanie schnäuzt sich, wie so oft.
„Wann machst du denn die Fliesen?", fragt sie dann.
Und blättert weiter auf dem iPad. Der Mayer hört nicht sie, sondern die Tonaufnahme vom alten Brandtner am Huawei, immer und immer wieder.
Die Agenten haben heute keinen Auftritt, das Buch bleibt am Nachttisch liegen. Die Wirklichkeit, das Leben ist jetzt spannender. Da ist er mitten drinnen. Vielleicht hört er etwas Wichtiges oder er hat etwas überhört auf der Aufnahme.

„Da ist was Schreckliches passiert… was Schreckliches… Himmel hilf, schütze uns, vorm Satan, lieber Herr, vor der Hölle… zum Himmelvater will ich, zum Himmelvater… die waren es, wie Bestien waren sie."

Der Mayer kann das nicht glauben, noch immer nicht. Wer sind die, die Bestien? Kennt er sie? Leben sie mit ihm, neben ihm, seit Jahren, hat er mit Ihnen gesprochen, gelacht? Wie Bestien waren sie, hört er.
Die Stefanie stupst ihn an, mit dem Zeigefinger. Der Mayer erschrickt, herausgerissen aus der Schrecklichkeit.
„Was ist?“, fragt er aufgeregt.
Nimmt einen Stöpsel aus dem Ohr.
„Was hörst denn du da, weil's dich gar so schreckt?“
„Nichts… nichts Besonderes. Was ist denn?“
„Wann machst du denn die Fliesen?“, fragt sie noch einmal. In genau demselben Tonfall wie vorher.
„Wenn ich wieder mehr Zeit habe.“
Der Mayer nicht ganz bei der Sache.
„Die werden ja noch ganz kaputt, und die waren eh so teuer“, murrt sie.
„Ja, eh, bald.“
Die Stefanie nickt.
„Rasier'n musst du dich auch wieder mal.“
Fährt ihm mit dem Rücken ihres Zeigefingers über die Barthaare, auf der Wange. Der Mayer greift sich ans Kinn, reibt daran.
„Ja, ich weiß.“
Noch immer in Gedanken.
„Oder soll ich doch meinen Papa frag'n? Der könnt' uns Arbeiter schicken, ein paar Afghanen oder so, der hat von denen eh so viele. Geld könnten wir auch haben, wenn ich ihn frage, sonst wird das Haus ja nie fertig“, meint die Stefanie.
Der Mayer blickt auf, jetzt ist er wieder bei ihr mit seinen Gedanken.
„Das ist unser Haus, und es wird fertig. Auch, wenn's ein bisschen länger dauert.“

Stur ist er da.
„Weil dann will er was von mir und ich sag' dann nein, dann sagt er, aber ich habe dir dein Haus 'baut. Das brauch' ich sicher nicht."
„Sicher wird er das dann sagen, aber trotzdem."
Der Mayer richtet sich etwas auf.
„Nein, das machen wir nicht, da bleiben wir lieber frei."
Er lässt sich wieder zurück.
Die Stefanie nickt, grübelt kurz. Frei hat er gesagt. Das hat sie noch nie von ihm gehört.
„Vielleicht hast ja recht, da leben wir lieber so, zumindest noch eine Zeit lang."
„Find' ich auch", meint der Mayer.
Und lächelt. Hat sich wieder ganz schnell beruhigt.
Die Stefanie kuschelt sich an ihn.
„Vielleicht sollten wir dann doch schon vorher mit dem Baby anfangen, weil wenn das dann auch so lang' dauert."
Scherzend.
„Bei mir sicher nicht, wenn wir mal anfangen", erwidert er.
Die Stefanie rückt noch näher. Lächelt dabei neckisch, fast ein bisschen fordernd. Er bemerkt das.
„Aber heut' bin ich echt schon fertig, ich sag's dir ehrlich. Und so viel gegessen hab' ich auch."
Sucht er verzweifelt nach einer Ausrede. Und greift sich auf den dicken Bauch mit dem Ehering am Finger. Sie legt ihre Hand darauf, Ring an Ring.
„Schön ist der Bauch. Und das drunter auch", sagt sie.
Und greift ihm auf seinen Penis. Er krümmt sich ein bisschen zusammen, schiebt ihre Hand weg.
„Geh, hör auf!", fordert er lächelnd.
Sie reicht ihm das iPad.
„Geh, komm' schon, tu da einen Porno drauf!"
Der Mayer zögert, grinst.

„Wenn du dir was einbildest."
Und er nimmt das iPad.
„Aber einen G'scheiten, keinen solchen Blödsinn, wie das letzte Mal", fordert sie ihn auf.
„Ich find' schon einen, der dir passt."
„Ich geh' vorher noch schnell aufs Klo", sagt sie beim Aufstehen.
„Aber beeil' dich!"
Er ist noch jung. Springt dann halt doch schnell an, wenn es drauf ankommt. Ein Privileg der Jugend und im Alter eine Geißel, hat der Schwendinger einmal im Spaß zu ihm gesagt. Das hat der Mayer aber nicht ganz verstanden. Ist noch zu jung, um das wirklich zu verstehen.
„Ich beeil' mich eh… so wie du mit den Fliesen", ruft sie aus dem Badezimmer zurück.
„Ha-ha, sehr lustig!", sagt er aufblickend und lächelt dann.

Mitten in der Nacht ist es. Die Habner schreckt auf. Eine dumpfe Männerstimme in der Wirtsstube unten. Das kleine Licht, mit dem staubigen Lampenschirm, das ist angeschaltet bei der Habner. Nie schläft sie im Dunklen. Neben ihr die Tabletten auf dem Nachttisch, bunt, viele verschiedene. Und eine Wasserflasche. Sie horcht auf, hört aber nicht mehr als das dumpfe Brummen einer Männerstimme, die über die Stiege dringt, zu ihr. Die Stimme telefoniert, der Wirt. Diskutiert wird da, verschwörerisch. Das hört man am Rhythmus und am Klang, hoch und tief, laut und leise, eindringlich und zurückhaltend. Sie kann aber nichts Genaues verstehen. Sie ist auch durcheinander, von den Tabletten kommt das, da verschwimmt vieles.

Der Mayer hat auch einmal Stimmen von unten gehört. Da lag er oben, in seinem Zimmer, klappriges Holzbett mit dünner Auflage, und Holzkasten. Das musste genügen… und hat es auch. Mit 39 Grad Fieber lag er da, wahrscheinlich mehr, hat keiner gemessen. Da war Winter und der Gemeindearzt in Vietnam, wie immer im Winter. Und sein Vater in der Wirtsstube unten, ganzjährig, arbeiten und saufen, gleichzeitig. War nur zum Ausschlafen hier oben, den Vollrausch ausschlafen in der Wohnung. Er hat seinen Vater trotzdem geliebt. Alle Kinder lieben ihre Eltern, sie können gar nichts anders. Da war niemand beim Mayer. Vier Jahre alt war er. Von unten hörte er das raue Brummen, Männergegröle, Zigaretten und Schnaps hörte man da heraus. Da war etwas los in der Wirtsstube. Jägerlieder wurden gebrüllt. Und Streitereien gab's auch, wegen nichts wahrscheinlich. Schön war das für ihn, das ferne Singen. Besser als nichts, wenn man als kleines Kind krank und allein ist. Manchmal glaubte er auch, die Stimme seiner Mutter zu hören in dem ganzen Gebrüll der Männer. Aber sie kam nie rauf zu ihm, also kann sie auch nicht unten gesungen haben, sonst hätte ja die Mama nach ihm geschaut. So dachte damals der Mayer als Kind.

Die Stimme unten ist jetzt verstummt. Die Habner lauscht, hört nichts. Aber dann, die Stiege knarrt, Schritte nach oben. Sie mit voller Aufmerksamkeit, richtet sich auf. Nicht nervös, aber unter Anspannung. Versucht, ihre Sinne zu sammeln. Die braucht sie jetzt. Ihre Sicht verschwommen, trotz allem. Die Schritte stoppen nicht, werden nur kurz langsamer. Gehen dann vorbei, ein kurzer Schatten unten im Türspalt. Die Schritte dann weiter nach oben, dann nichts mehr. Die Habner horcht, alles still. Sie legt sich wieder hin, atmet leise, die Augen offen. Die ganze Nacht.

Zwei Tage bis sie alle tot sind.

Der Mayer ist frisch rasiert, sein junges Gesicht sieht man jetzt besser. Schön ist das, sehr weich. Die Nase etwas groß, sehr gerade. Frisch rasiert ist er, weil die Stefanie ihm das aufgetragen hat, vielleicht auch wegen der Habner. Weil die Stefanie hat das schon oft gesagt, und er hat es dann trotzdem nicht gemacht.

Die Wagen sind gleich da. Staub und viel Schmutz sieht man schon in der Luft weiter vorne. Schon am frühen Morgen drüben beim Steger seiner Firma.
Der Betrieb ist gleich dahinter, hinter einem kleinen Hügel, da staubt es hoch. Und den Lärm hört man auch.
Gleich daneben ein paar Baracken. Die Afghanen leben da, Paschtunen. Auf einer Baracke eine afghanische Flagge im Wind, hier auf dem Betriebsgelände. Da ist der Steger tolerant. Wenn es ums Geldverdienen geht, um sein Geld. Beten ist aber nicht erlaubt, nur einmal am Tag nach dem Feierabend, nicht während der Arbeitszeit. Obwohl gar nicht so viele von den Afghanen beten, zumindest nicht so viele, wie der Steger glaubt.
So hält der Steger seinen Laden zusammen. Mit falschen Methoden, aber so läuft es gut.
So hat er es gelernt von seinem Vater und der von seinem Vater. Und je mehr Geld mit der Firma verdient wurde, desto falscher wurden die Methoden. Weil das eine auf dem anderen beruht, glaubt der Steger auch heute noch. In sich logisch, wenn man die Welt so sieht. Könnte man auch anders sehen, aber die Stegers haben das immer schon so gesehen. Die Söhne vom Steger, die glauben das auch und werden das auch wieder so machen, wenn der Steger dann tot ist. Gelernt ist eben gelernt. Dass sie damit falsch liegen, wissen sie wahrscheinlich gar nicht. Da ihre Väter und

Großväter das auch so gemacht haben, wird es schon richtig sein.
Da geht es ihnen anders als den Afghanen hier. Die haben auch alles von ihren Vätern und Großvätern gelernt. Denen sagt man hier aber immer, dass das alles falsch ist. Verdienen tun sie viel zu wenig für die beinharte Arbeit. Aber alles ist angeblich falsch, was sie gelernt haben, was sie glauben, was richtig ist im Leben.
Da wird einmal einer mit den Stegers reden müssen und ihnen sagen müssen, dass das die falschen Methoden sind. Aber denjenigen gibt es hier nicht. Und weil der Wohlstand sie taub gemacht hat, wird der eine dann schon ganz laut schreien müssen.
Aber hier vorne, sehr friedlich schaut das hier aus, wenn im hübschen Garten mit viel Kinderspielzeug vor dem großen Haus mit Balkon zwei kleine Kinder spielen. Vom Franz sind die, dem ruhigeren der beiden Söhne.
Es gibt nicht viele Kinder hier, aber da sind zwei. Es kommen bestimmt noch mehr, daneben wird schon ein neues Wohnhaus gebaut. Reiche haben immer Kinder, die haben Zukunft.

Der Walter schaukelt sie. Besonders kalt ist es in der Früh, und er trägt nur ein Leiberl, FC Bayern München steht da drauf. Der Walter schaukelt sie ganz wild, so wie er selbst ist. Und die Kinder lachen laut und er dann auch. Ist ja auch fast wie ein Kind, vom Verstand her. Wie ein Clown, wie ein Hooligan. Verrückt verspielt, gewalttätig brutal. So ist er.
Ganz verblüfft ist der Mayer, als er den Walter, seinen Schwager, so sieht mit den Kindern, so kennt er ihn sonst nicht.
Er ist aber auch nicht oft hier, eigentlich fast nie, auch die Stefanie nicht. Jeder hat sein Leben, auch hier, wo es so eng

ist im Tal. Aber wenn man was braucht, dann sieht man sich schon. Haben aber lange nichts voneinander gebraucht. Jetzt schon, wenn auch ganz anders als sonst.
Der Walter macht noch eine Grimasse für die Kinder. Der Tasso und der Ari schlagen an, seine zwei Kettenhunde im Zwinger. Bellen den Mayer und die Habner an, die näher kommen.
Der Ari hat nur drei Beine, das linke vordere fehlt.

Das hat er sich einmal abgebissen. Im Wald. Ist einem Wild hinterher, unkontrolliert. Trotz Kommandos, trotz des Schreiens, trotz der Hundepfeife. Wie im Rausch, hat das Blut gerochen vom angeschossenen Reh. Nicht mehr zurückgekommen, weit weg war er. Da ist er in eine rostige Schlagfalle. Die sind natürlich verboten, aber das kümmert hier bis heute keinen. Die hat der Walter selbst einmal ausgelegt, aber dann vergessen. Ist unter dem feuchten Herbstlaub gelegen, da ist der Ari hinein, das spitze Eisen hat zugeschlagen. Drinnen war er, hilflos gefangen. Der Walter hat ihn gesucht, aber nicht lange. Hat den Ari schnell verflucht. Wenn der Scheißköter nicht folgt, dann soll er eben zum Teufel gehen. Hat sich sogar geschworen, den Hund zu erschießen, sollte er ihm vor die Flinte kommen. Der Ari hat sich das Bein über der Pfote abgebissen. Reiner Instinkt, überleben. Und ist dann zurückgehumpelt mit dem blutigen Stumpf, bis vor die Haustür, hierher. Der Gemeindearzt hat die Wunde versorgt. Der Walter hat den Ari dann gepflegt, sich fürsorglich gekümmert. Jetzt ist der Ari dem Walter treu bis in den Tod. Und der Walter ihm, weil er sich dann wieder an die Schlagfalle erinnert hat. Und weil ihm Tiere sowieso lieber sind als Menschen.

Das Lachen vom Walter vergeht, er sieht sie jetzt auch, die Habner und den Mayer. Die Habner schauen hier alle immer sehr genau an. Dem Mayer deutet er grüßend mit der Hand, der grüßt zurück. Der Habner wirft er einen scharfen Blick zu, die zwei Hunde auch.

Der Walter sieht immer alles und jeden als Bedrohung für sich und seine Familie. Vor allem Fremde. Aber eigentlich alle, ohne Grund. Deswegen hat er auch die zwei Kampfhunde und eine Flinte hinten im Pickup. Alles soll so bleiben, wie es ist, da können andere nur stören. Vor allem jetzt, wo es den Stegers so gut geht. Das war ja auch nicht immer so, daran kann er sich noch gut erinnern. Einzig eine Frau fehlt ihm.
Manchmal ist er ein paar Tage nicht hier, fährt mit dem Pickup weg. Kommt dann wieder zurück, ganz erleichtert wirkt er und ist auch viel ruhiger. Das geht ein paar Wochen, und dann ist er wieder weg.
Das hat sein Vater auch so gemacht, als der noch jünger war. Dessen Frau ist ja auch früh gestorben, so wie die Mutter vom Mayer, auch Krebs. Viele Frauen sterben früh in dieser Gegend. Keiner weiß warum, kann auch Zufall sein.
Er sollte wieder einmal wegfahren, weil er sehr unruhig ist in letzter Zeit, der Walter.

Der Walter geht ins Haus. Der Steger kommt dann heraus, nach einer Weile, ohne seinen olivgrünen Mantel. Weil jetzt, für ganz kurz, auch mal die Sonne durchkommt. Seine Schritte sind ausladend, seine Arme schwingen seitlich mit, weil seine Oberschenkel und der Bauch so dick sind. Hinter ihm kommt dann auch der Walter mit einer Schachtel in der Hand, mit den Ordnern drinnen.
„Grüß dich, Bub. Grüß Gott, Frau Habner. Habner, oder?"

„Ja, Frau Habner", bestätigt sie.
„Servus Schwager!", grüßt der Walter.
„Servus Walter!", grüßt der Mayer zurück.
„Hast du das mit der Versicherung schon g'macht?", fragt der Steger den Mayer.
Der nickt.
„Das dauert halt noch, bis das Geld da ist."
Jetzt nickt der Steger zufrieden.
„Da sind die Ordner", sagt der Steger.
Und er deutet auf den Walter.
„Danke Schwiegerpapa!"
Der Steger nickt wieder, großzügig.
Der Mayer übernimmt die Schachtel.
„Ist dir die eh nicht zu schwer?", fragt der Walter.
Nicht aus Sorge, sondern provokant.
„Geht schon."
Der Mayer steigt nicht darauf ein, obwohl die Schachtel wirklich sehr schwer ist für ihn.
„Haben Sie im Haus der Frau Brandtner gefunden, was Sie gesucht haben?", fragt jetzt die Habner provokant.
Der Steger bleibt ruhig. Auch dem Mayer gefällt die Frage nicht besonders.
„Ich habe nur was in den Ordnern nachg'schaut wegen der Anlage unten. Da stimmt was nicht mit dem Fütterungsautomat, den hat noch der alte Brandtner 'baut", erklärt der Steger.
„Und das ausgerechnet ein paar Stunden, nachdem der Herr Brandtner gestorben ist?"
Die Habner wieder provokant, um etwas zu bewegen. Aber der Steger bleibt gelassen.
„Wir haben auch noch nie eine Leiche in den Teichen g'habt. Das ist nämlich ziemlich kompliziert mit dem Wasser da drinnen. Das kippt schnell und dann ist der Sauerstoff weg

und alle Fische verrecken. Das geht oft schneller als man glaubt."

Er ist gut bei schnellen Antworten, der Steger. Bleibt dabei erstaunlich ruhig. Er bewegt seine dünne Unterlippe immer nach vor, die ganze Zeit tut er das. Er redet leise, angenehm leise.

Die Habner nickt.

Er ist wirklich gut, der Steger, denkt sie.

„Und was tut ihr jetzt damit?", will der Steger nun vom Mayer wissen.

Und deutet dabei mit dem Kopf auf die Schachtel.

Der Mayer schaut auf die Habner, gibt somit die Frage weiter, schweigend.

„Wir suchen etwas", erwidert die Habner.

Alle schweigen abwartend.

Der Steger kommt dann näher.

„Sagen Sie jetzt endlich, was Sie wirklich hier wollen!", fixiert er die Habner.

Er wirkt nicht bedrohlich, wenn er das sagt, aber eindringlich schon. Der Mayer mischt sich ein. Er will der Habner beistehen. Nicht, dass sie das nötig hätte, das weiß er auch, aber er will trotzdem für sie da sein, ohne den Steger zu reizen. Beiden will er es recht machen.

„Es ist nur wegen dem Bericht", fügt er an.

Der Steger blickt ihn an.

„Geh Bub, erzähl' mir doch keinen Blödsinn! Glaubst leicht du, dass ich deppert bin?"

Er wendet sich der Habner zu.

„Also, was ist jetzt?"

„Wir müssen davon ausgehen, dass der Herr Brandtner ermordet wurde, ertränkt", antwortet die Habner.

Der Mayer erstaunt über ihre Offenheit.

Sie deckt also die Karten auf, kann auch nicht länger verschweigen, was nicht zu verschweigen ist. Da würde sie sich ja lächerlich machen. Aber sie hätte ihn schon vorher darüber informieren können, dann würde er jetzt nicht so blöd dastehen vor seinem Schwiegerpapa. Hat sich aber wahrscheinlich jetzt so spontan ergeben das Ganze, denkt sich der Mayer.
Der Steger blickt griesgrämig von der Habner zum Mayer und wieder zurück. Der Walter schaut auch.
„So einen Scheißdreck habe ich überhaupt noch nie g'hört. Der alte Brandtner war todkrank, der war kurz vorm Sterben. Den hat man nicht mehr umbringen müssen, der war praktisch schon tot. Der Doktor hat auch g'sagt, es war Selbstmord, also ist es auch einer. Und in drei Tagen graben wir ihn ein. Fertig. So einfach ist das hier bei uns."
Wenn der Steger sich doch ein bisschen aufregt, dann plustert er seine Pausbäckchen auf. Und sein Mund wirkt dann noch kleiner, als er ohnehin ist. Die Stefanie hat auch solche Pausbäckchen und diesen kleinen Mund, den hat sie von ihm. Aber der Steger wird nie laut, auch dann nicht, wenn er sich aufregt.
„Dann wünsch' ich Ihnen noch einen schönen Urlaub, oder was auch immer Sie noch vorhaben. Aber eines ist klar: Heut' Abend sind Sie weg!", fordert der Steger die Habner auf.
Im Befehlston. Die Habner bleibt ruhig und freut sich ein bisschen, dass sich der Steger doch noch etwas aus der Ruhe hat bringen lassen.

Den Franz sieht man jetzt auch. Der steht gleich beim Hügel, wo dahinter die Sandgrube ist. Ist mitten in der Arbeit, hat ein iPad in der Hand und steuert eine Drohne, die über dem Betrieb kreist. Da kann er sehen, ob die Afghanen arbeiten, richtig arbeiten, und nicht nur wieder so tun. Wie er annimmt.

Der Franz leitet den Betrieb, der hat Verstand. Er wird ihn auch bald ganz übernehmen, wenn der alte Steger dann mal loslässt. Welch ein Glück für die Stegers und für die Firma, dass der Franz von einer Prostituierten abstammt. Die hat mit ihrem frischen Blut nämlich viel Hirn in die Familie gebracht. Wahrscheinlich weiß der Franz das gar nicht, dass seine leibliche Mutter eine Prostituierte ist. Was aus der geworden ist, weiß auch keiner. Nicht einmal der alte Steger.

Jetzt steht der Franz da mit einem Knopf im Ohr und einem Huawei am Hosenbund, beobachtet die Habner, den Mayer, seinen Vater und den Bruder. Was da so vor sich geht, will er wissen. Ganz ruhig ist er, schaut nur. Auch über die Drohne sieht er sie. Der Franz ist immer ruhig, mehr ein Denker vorm Tun.

„Und du, Bub, schau' dich lieber ums Wirtshaus um und um dein blödes Haus, dass das einmal fertig wird für die Stefanie, das wäre viel g'scheiter!", sagt der Steger dann noch zum Mayer.
Geht davon mit einem Kopfnicken zum Walter, der ihm daraufhin sofort folgt. Dem Mayer gefällt das gar nicht, aber er sagt nichts.
„Servus Schwager!", verabschiedet sich der Walter.
Mit einem flüchtigen Grinsen im Mundwinkel.
„Servus Walter!", verabschiedet sich der Mayer.
Die Stegers marschieren ab, die Habner und der Mayer blicken ihnen nach.
„Auf Wiedersehen", ruft die Habner hinterher.
Mit einem sarkastischen Unterton.

Der Walter zeigt ihr im Gehen den Mittelfinger. Die Habner nickt grinsend. Der Mayer entschuldigt sich nicht bei der Habner für das Verhalten seiner Familie, aber das sagt er dann schon ganz trocken.
„Manchmal geht mir meine Verwandtschaft echt am Arsch."
Mit starrem Blick auf den Steger und den Walter, mit der großen, schweren Schachtel in beiden Händen. Der Habner kommt ein Lachen aus. Das erste Mal, seit vielen Jahren das erste Mal. Das bemerkt sie auch, ganz bewusst wird ihr das. Hat einfach nicht mehr gelacht all die Jahre. Das hat sie sich abgewöhnt und dann gar nicht mehr bemerkt, dass sie damit aufgehört hat.
Aber der Mayer hat sie zum Lachen gebracht. Er schaut auf sie und muss jetzt auch lachen. Kann sich aber nicht die Hand vor den Mund halten, jetzt kichert er nur komisch.
Wie sie zu den Wagen gehen.
„Wie geht's Ihnen eigentlich mit Ihrer Familie?", fragt er dann.
Und hebt die Schachtel mit rotem Kopf in den Kofferraum.
„Gut, ich habe keine."
Und sie steigt in den Jeep.
„Jeder hat doch eine", fügt er an.
Aber das hört die Habner nicht mehr. Der Mayer denkt sich nichts dabei. Schlägt den Kofferraum zu, steigt dann ein.
Die Wagen fahren weg.

Mittagspause, steht auf dem Schild. Auch vormittags, nachmittags, abends und nachts hängt das da.
Die Polizeidienststelle ist sehr klein. Hat aber alles, was der Mayer so braucht in seinem Revier, wie der Mayer immer sagt. Eine Kaffeemaschine, einen Kühlschrank, eine Mikrowelle und einen Laptop von Apple am Schreibtisch,

auf dem sonst nichts liegt außer Staub. Aktenschränke stehen an der Wand.

Der Mayer ist hier so eine Art Hilfssheriff. Das heißt natürlich anders, ist aber so wie in den alten Western, die er so gerne schaut. Aber Sheriff gibt es keinen hier. Keine richtige Polizeischule hat er gemacht, der Mayer. Weil man ganz schnell neue Leute gebraucht hat und noch immer braucht, hat man diese Posten erfunden. Als Zwischenlösung. Gibt es aber schon lange. Das macht ja keiner mehr, den Polizisten. In der Provinzstadt war er da. In einer Art Volkshochschule haben die das gemacht, sehr provisorisch. Ist jeden Tag hin und her gependelt, damit er nicht weg ist von hier. Nur ein Jahr hat das gedauert. Später wird er dann vielleicht ein richtiger Polizist, aber da müsste er dann länger und auch weiter weg. Mal schauen, sagt der Mayer dann immer, wenn wer fragt.
Der Schwendinger hat einmal gefragt, ist aber auch schon lange her.

Der Mayer legt die Ordner aus der Schachtel auf den Tisch. Die Habner blickt sich um. Sie wundert sich, dass es diese Dienststelle überhaupt noch gibt. Der Großen Stadt fehlen viele Polizisten, die verbraucht zu viele.
„Es gibt hier aber immer was zu tun", erklärt der Mayer.
Er setzt sich hinter den Schreibtisch, öffnet seine Tupperwarebox. Da ist eine Knackwurst drinnen, ein gekochtes Ei, eine Paprika und eine Scheibe Brot. Da beißt er zuerst rein.
„Viele Kleinigkeiten halt, Wildschaden zum Beispiel", ergänzt er.
Mit einem Lächeln zur Habner.
„Wollen Sie auch was?"

Und er packt eine zweite Tupperwarebox aus.
„Die ist für Sie, hat die Stefanie extra g'macht."
Die Habner lehnt mit Dank an die Stefanie ab. Aber die ständige Beschäftigung mit dem Essen beginnt sie langsam zu nerven. Der Mayer merkt davon nichts, oder er lässt sich nichts anmerken.
„Ich heb' sie für später auf", sagt er.
Er schlägt einen Ordner auf, blättert durch. Isst die Knacker nebenbei.

Er sagt nicht, dass er diesen Dienstposten hier nur hat, weil der Steger jemanden kennt, der jemanden kennt, der das regeln kann. Der Bürgermeister hat auch geholfen, politisch. Maßnahmen gegen Landflucht, Reaktivierung des ländlichen Raumes, so etwas in der Art hat der da geschrieben, nach oben, der Bürgermeister, der auch studiert hat.
Wenn die Polizei auch noch weg ist von hier, bleibt nicht mehr viel, hat der Bürgermeister schon ein paar Mal gesagt. Die Städte sind eh überall übervoll. Der Bürgermeister will auch wirklich was bewegen hier, etwas ändern. Der Mayer kennt sich da nicht so aus, aber er ist hier. Und soll das Gesetz vertreten. Dass er nicht so viel zu tun hat, wie er sagt, weiß eh jeder. Er selbst auch. Aber trotzdem sind alle froh, dass es ihn gibt, dass ein Polizist hier ist. Den kann man dann brauchen, wenn es wirklich wichtig ist, für das Bürokratische vor allem, Berichte schreiben, besonders für Versicherungen. Da braucht man dann den Stempel von der Polizei. Den Rest regelt man sich hier selbst. Sehr pragmatisch sind da die Leute. Praktisch ist das auch, vor allem für die, die das Sagen haben. Die haben dann immer recht und das Recht immer auf ihrer Seite.

„Es tut mir übrigens leid, dass ich das so versaut habe mit meinem Anruf beim Steger", entschuldigt sich der Mayer. Deutet dabei auf die Ordner.

Er möchte mehr sein als nur der Typ, der die Habner von A nach B führt. Er will helfen, zusammenarbeiten mit ihr, dem Profi. Lernen. Er will auch richtig zupacken als Polizist, ein Ordnungshüter sein, das Gesetz, ein Sheriff. Spannend. Er hat es aber auch sehr gemütlich hier in seiner Heimat. Eine Zukunft, mit seiner Frau, bald Kinder, ein Haus, ein eigenes Büro, keinen Vorgesetzten, eine Knackwurst und sein Brot. Das weiß er auch. Er weiß es auch zu genießen. Sicherheit in der Eintönigkeit, das kann viel.

„Das war wirklich nicht schlau", erwidert sie.
Der Mayer nickt, beißt noch einmal vom Brot ab.
„Was suchen wir denn eigentlich genau?"
Die Ordner durchschauend. Er leckt sich den Zeigefinger ab, die Blätter sind trocken und staubig.
„Da drinnen gar nichts."
Der Mayer blickt fragend auf.
„Da drinnen steht nichts, was uns helfen könnte, auch vorher nicht", ergänzt sie.
Der Mayer versteht. Sie wollte die Ordner nur, weil der Steger sie hatte, einfach ein bisschen lästig sein, schauen, was passiert. War auch überraschend, dass der Steger die einfach so wieder hergegeben hat. Da hat die Habner mehr Wirbel erwartet.
„Aber jetzt weiß er, dass Sie was suchen", ergänzt er.
„Ja, aber der Steger ist gut. Er denkt schnell. Hat im Haus der alten Frau Brandtner anscheinend auch nicht das gefunden, was er gesucht hat. Was immer das auch ist", meint die Habner.

Der Mayer versteht. Trotzdem ist er sich nach wie vor sicher, dass der Steger nichts mit dem Tod vom alten Brandtner zu tun hat. Und wenn, dann nur am Rande. Sofern das irgendwie geht.

„Ich schau' das trotzdem mal durch, vielleicht find' ich ja was."

Die Habner nickt. Er blättert und isst.

„Irgendetwas Neues von der Frau Brandtner? Ist sie schon ansprechbar?", will die Habner wissen.

„Nein, aber der Schwendinger gibt dann eh Bescheid."

Er spricht dabei mit vollem Mund.

„Gut. Schließlich war die Frau Brandtner die einzige, die wusste, dass der Herr Brandtner mit der Polizei telefoniert hat. Sie war bei ihm."

Der Mayer blickt mit großen Augen auf die Habner. Daran hat er noch gar nicht gedacht.

„Mein Gott, kann das sein?", fragt er.

Hat die alte Brandtnerin ihren Bruder umgebracht? Vielleicht hat er ihr etwas Böses angetan, früher? Oder sie hat ihn getötet, um den Namen ihrer Familie nicht zu beschämen? Ein böses Geheimnis für ewig zu hüten? Oder um sich selbst zu schützen? Kann man ihr das zutrauen? Könnte sie das überhaupt, auch rein körperlich?

„Wäre möglich, aber das glaube ich nicht", reißt ihn die Habner aus seinen Gedanken.

Sie wirkt unzufrieden, ungeduldig, es geht wenig weiter, schon am Anfang nicht. Aber sie hat Zeit. Hier läuft alles langsamer. Hier verschwinden keine Menschen vom Radar. Hier taucht niemand ab in den Untergrund. Sie weiß das. Und das macht sie ruhiger. Verhältnismäßig.

Sie blickt aus dem Fenster, hat den Vorhang etwas zur Seite geschoben. Die Sonne senkt sich, Regen zieht auf.

„Wollen Sie eigentlich für immer hier bleiben?"

Der Mayer blickt auf, ist überrascht, denkt über eine Antwort nach.
„Ich weiß es nicht", meint er dann.
Das ist schwer für ihn, das beschäftigt ihn schon lange. Es hat nur niemand gefragt bisher. Ausgerechnet die Habner fragt jetzt. Die kommt von weit her, kennt ihn erst sehr kurz, noch eine Fremde eigentlich, und ausgerechnet die stellt ihm diese Frage.
„Wollen Sie ewig dort bleiben?", fragt der Mayer zurück.
Der Habner geht es wie dem Mayer.
„Ich weiß es auch nicht."
Wenn sie in der Großen Stadt ist, will sie raus, und wenn sie dann am Land ist, dann ist es ihr sehnlichster Wunsch, wieder dort zu sein im hohen Beton. Egal, wo sie ist, sie ist immer falsch.
Die beiden grinsen sich kurz an, auch ein bisschen Verzweiflung liegt da drinnen im Lächeln. Aber die Gemeinsamkeit stärkt.
Mayers Huawei läutet, er greift danach. Die Habner wendet sich ihm zu.
„Aha", sagt der Mayer ins Huawei, „warte dort auf uns, wir sind gleich bei dir."
Die Habner lässt den Vorhang zurückfallen. Der Mayer legt auf. Sie blickt ihn an, fragend.
„Der Alois war das", erklärt der Mayer.
Sagt dann nichts mehr. Verwirrt, eingeschüchtert vom Telefonat.
„Und wer ist das?"
Jetzt ist sie wieder bei ihr die Ungeduld. Woher soll sie auch wissen, wer der Alois ist? Das könnte der Mayer doch gleich dazusagen.
„Das ist der Totengräber bei uns am Friedhof, der wartet dort auf uns", antwortet er.

Aha, würde die Habner sagen, wenn sie von hier wäre. So sagt sie gar nichts, und sie geht voraus. Der Mayer hinterher. Die beiden Tupperwareboxen bleiben zurück am Tisch.

Die Habner und der Mayer blicken auf zwei Kreuze, mit roter Lackfarbe dick aufgemalt, auf zwei Grabsteine, flächendeckend.
Der Alois, der Totengräber, macht das schon ewig hier. Blickt auch darauf, hält eine Schaufel in der Hand, er schwitzt. Nass ist die Glatze vorne. Die wenigen, strähnigen Haare kleben am Kopf, werden hinten wellig. Gräbt weiter drüben schon das Grab für den alten Brandtner. Der Bürgermeister will immer alles schnell erledigt haben, alles unter Dach und Fach bringen, auch Tote. Der Alois richtet sich seine dicke Brille, die seine Augen sehr groß erscheinen lässt. In seinem Blaumann mit schmutziger Erde darauf, wo er eine Bierflasche eingesteckt hat. Da steht er und erzählt, dass er das vor kurzem entdeckt hat.
„Und dann habe ich dich eh gleich angerufen, weil's mich gleich gar so g'schreckt hat."
Die Habner und der Mayer blicken darauf, auf die zwei Gräber, die nur zwei Reihen voneinander entfernt liegen.
„Das ging ja schnell", stellt die Habner fest.
Der Mayer schaut auf die Habner, er versteht jetzt.
„Deshalb haben Sie also dem Steger gesagt, dass es ein Mord war. Damit es jeder hier weiß."
„Bestien waren sie, hat der Herr Brandtner gesagt", sagt die Habner.
Also mehrere. Sie wollte, dass einer von hier darauf reagiert, dass vielleicht sogar eine dieser Bestien irgendwie reagiert. Sie nähert sich einem Grabstein, tupft auf die Farbe.
„Die Farbe ist schon lange trocken", stellt die Habner fest.

„Irgendjemand weiß also, was hier los ist, und er will, dass wir es auch wissen", vermutet der Mayer.
„Das hier ist keine Warnung, wie die in Herrn Brandtners Fleisch geschnitten. Es ist ein Hinweis, die zwei Kreuze sind für uns", erklärt die Habner.
Die beiden blicken sich an.
„Ich glaube, ich werde das Zimmer noch etwas länger brauchen", meint sie dann.
Der Mayer nickt. Sie wird länger bleiben, hier wird sie länger bleiben, bei ihm. Ein guter Gedanke.
„Jetzt geht's also richtig los", stellt er fest.
In seinem Gesicht Aufregung. Und gleichzeitig sagt er das so, als wäre er ein richtig abgebrühter Cop aus New York oder so.
„Sagen Ihnen die Familiennamen auf den beiden Grabsteinen etwas?", fragt die Habner.
„Weiding und Gruber", liest der Mayer.
Er runzelt die Stirn, kann nichts sagen, nichts Konkretes.
„Vom Namen her schon irgendwie, aber die gibt's bei uns nicht mehr, glaube ich. So wie die Gräber ausschauen", antwortet er.
Und die Gräber sehen tatsächlich schlimm vernachlässigt aus.
„Da war schon ewig keiner mehr da von denen", mischt sich der Alois ein.
„Die sind weggezogen, schon lang' her, da hat's bei uns noch Schnee 'geben. Aber auflassen kann man die Gräber ja auch nicht. Da liegt ja wer drinnen. Die darf man nicht stören, die mögen das nicht. Das möcht' ich dann auch nicht, wenn ich drinnen liege", plappert er weiter.
Nimmt einen Schluck Bier.

Er kümmert sich um seine Toten, das ist sein Beruf, und er macht das gerne. Manchmal hilft er auch dem Tischler Toni beim Sargmachen, weil der Toni schon so alt ist und kaputte Finger hat. Da redet er auch viel mit dem Toni, weil der schon lange allein ist. Weil seine Frau und auch seine Tochter, die dürre Rosi, sind schon lange tot.
Aber am liebsten ist der Alois Totengräber. Mit Leib und Seele. Viel Verstand braucht man dafür nicht, den hat er auch nicht. Aber er hat ein Gespür für die Toten und für die Erde. Das braucht man dafür, das kann nicht jeder. Ist schon ein seltsamer Beruf, Totengräber. Aber wichtig, jeder braucht ihn mal. Manche früher, manche später.

„Beim Bürgermeister erfahren wir mehr, in seinen Listen steht alles", erklärt der Mayer.
Während er mit dem Huawei die Grabsteine fotografiert. Alles fotografiert er, damit er nichts vergisst. Sein Huawei, eine Erinnerungsmaschine für ihn.
„Gut", sagt die Habner.
Und schaut ihn an, nicht kontrollierend, sondern anders.

Sie mag, wie er sich bemüht, keine Fehler zu machen. Sie weiß, dass das alles sehr schwierig sein muss. Hier für ihn, als junger Mann. Der nicht weiß, was und wohin er will im Leben. Sie ist froh, dass sie den Mayer hat. Sie spart sich dadurch viel Zeit, das auch. Aber eigentlich reicht es, dass er da ist, einfach so. Das kennt die Habner nicht. Aber irgendwie sind sie sich doch nah, auf eine ganz eigene Art, schon nach so kurzer Zeit. Das war noch nie so bei ihr. Später wird sie ihm das auch mal sagen. Komische Gefühle, hier am Friedhof. Vielleicht gerade deshalb.

„Hat das was mit dem Teufel zu tun?", fragt der Alois.

Umklammert furchtsam die Schaufel.
„Wie der Pfarrer früher immer g'sagt hat", fügt er an.
„Nein, menschlich ist das hier", antwortet die Habner.
„Aha", erwidert der Alois.
Er blickt jetzt noch ängstlicher. Tote Menschen waren ihm schon immer lieber. Mit denen hat man seine Ruhe. Er wischt sich den Mund ab und trinkt erst dann aus der Bierflasche. Das macht er immer so.
Und die Ermittler gehen.
Der Mayer, der blickt im Vorbeigehen ganz kurz auf das Grab seiner Mutter, auf das Familiengrab der Mayers. Der Blick nicht traurig, nicht erinnernd, nur ein kurzer Augenaufschlag. Da muss er einfach hinschauen, immer wenn er am Friedhof ist. So oft ist er eh nicht hier.
Eine Wut hat er schon manchmal, dass sie ihn so allein gelassen hat. Aber er kann ihr nicht böse sein, war ja keine Absicht, ist ihr passiert. Dass er so allein war als Kind, dass er jetzt so allein ist, dass ihm was gefehlt hat. Immer. Deshalb bleibt er jedes Mal nur kurz bei ihr, schaut oft nur kurz hin. Weil er sonst doch wieder ein bisschen wütend werden könnte.

Baupläne hängen da im Büro. Im Gemeindeamt beim Bürgermeister. Großes ist geplant, unten an den Teichen. Mit einem Hotel, Wellness, Erholung, mit dem Wald. Nach Heißwasser wird auch bald gebohrt, für eine Therme. Da kann man schon viel machen. Der Bürgermeister will etwas verändern gemeinsam mit dem Steger. Der hat das Geld und eine kleine Baufirma, die will er auch groß machen. Politik und Wirtschaft müssen schon zusammenspielen, sonst geht so etwas gar nicht, das muss passen. Und der Bürgermeister hat das Recht studiert, der kennt sich auch mit dem gut aus. Das wird dann schon was werden hier, zum Wohle aller.

Wie die immer sagen, die das meiste Wohl auf ihrer Seite haben.

„Ich habe hier die Listen, die sie wollten“, sagt der Bürgermeister.
Der kommt hereinstolziert in seinen Gesundheitsschlapfen. Der ist flott, hilfsbereit, freundlich, sehr freundlich sogar. Die Habner schaut die Listen durch.
„Ein Mord bei uns, so eine Scheiße. Das ist gar nicht gut, für uns alle nicht“, meint der Bürgermeister.
Er ist bereits darüber informiert und schockiert.
„Ist doch sonst immer so friedlich hier. Jeder kennt jeden. Nein, das ist gar nicht gut, vom Gefühl her, und für das Ansehen auch nicht. Für später dann, wenn dann alles fertig ist. Weiß man eigentlich schon was Genaueres?“
„Nein“, antwortet der Mayer.
Mehr sagt er nicht. Der Bürgermeister verblüfft über die kurze Antwort.
Der Mayer blickt auf die Habner und die Listen. Zwei Familien liegen in den Gräbern, die Weidings und die Grubers. Zwei Namen fallen da auf.
Der Herbert Weiding und der Norbert Gruber. Die letzten ihrer Familien, die hier begraben sind. Die sind gestorben, da waren sie noch nicht so alt, zu jung für einen natürlichen Tod, die beiden. Der Weiding ist bei der Jagd ums Leben gekommen, abgestürzt von einem steilen Felsen, heißt es da. Der Gruber bei der Forstarbeit, Unfall, Baumschlag. Im Abstand von nur einem Tag vor fünfunddreißig Jahren.
„Das ist ja ewig her“, wundert sich der Mayer.
„Wenn es auf den Unterlagen steht, schwarz auf weiß, dann muss das auch stimmen. Ich weiß es ja nicht, da war ich ja noch ein kleines Kind.“
Und der Bürgermeister richtet sich seine modische Brille.

„Und warum ausgerechnet jetzt das mit den Kreuzen?", fragt der Mayer.
„Das kann nur ein blöder Scherz sein, ein Zufall vielleicht", erwidert der Bürgermeister.
Und steckt seine Nase wieder in die Unterlagen.
„Die Nachfahren der Weidings und der Grubers müssen das Gott sei Dank nicht miterleben. Die sind schon lange nicht mehr hier. Die sind gleich weggezogen, gleich nach den tödlichen Unfällen. Das weiß ich von den alten Wählerevidenzlisten. Da sind die Kopien, die habe ich selbst angefertigt für Sie", erklärt er wichtig.
Schiebt die Ärmel seines weißen Hemdes etwas hoch.
„Danke!"
Sagt die Habner so nebenbei. Sieht diese Listen durch. Erkundigt sich nach dem Verbleib der Verwandtschaft.
„Wo die jetzt sind, weiß keiner. Weggezogen, wie so viele von hier."
Die Habner schaut auf die Totenscheine. Ihr Verdacht bestätigt sich. Der Mayer wirft auch einen Blick darauf. Lehnt sich dafür rüber, kommt der Habner das erste Mal sehr nah, wie sie da so nebeneinander sitzen. Zu nah, für die Habner. Sie weicht etwas zurück, so, dass der Mayer das nicht merken soll. Er merkt es aber doch.
Beide Totenscheine, Registerauszüge Tod heißt das bürokratisch beim Bürgermeister, der das alles ganz genau immer weiß, wurden ausgestellt vom Gemeindearzt. Und den gibt es noch immer, ist immer noch derselbe Doktor, der auch den Mord am alten Brandtner als Suizid durch Ertrinken niedergeschrieben hat, auch auf einem solchen Totenschein. Und hätte der alte Brandtner nicht vorher telefoniert, wäre es das auch für immer geblieben. Ein Suizid.

Die Habner bedankt sich, steckt die Papiere weg in ihre blaue Umhängetasche mit weißen Streifen. Aus alten Plastikplanen wurde die hergestellt, war mal modern, ist jetzt schon eingerissen, da und dort.
„Ich habe alles, was ich wollte", sagt sie beim Aufstehen.
Der Bürgermeister nickt zuvorkommend, freundlich, wie er schon die ganze Zeit ist.
„Servus Bürgermeister!", verabschiedet sich der Mayer.
Dann sind sie draußen und der Bürgermeister greift zum Huawei. Muss ganz dringend telefonieren.

Beim Gehen zum Jeep und zum Polizeiwagen, am Parkplatz vorm Gemeindeamt stehen die Wagen.
„Vor fünfunddreißig Jahren, mein Gott, da muss was mit dem Weiding und dem Gruber g'wesen sein. Innerhalb von einem Tag waren beide tot. Und jetzt die Kreuze. Ein Scherz, hat der Bürgermeister gesagt. Der muss wohl deppert sein. Ich kapier' das Ganze überhaupt nicht", ärgert sich der Mayer.
„Deshalb sind wir ja da."
Der Mayer lächelt. Sie hat Wir gesagt, deshalb lächelt er. Wir, die Habner und er.
„Bin gespannt, was der Doktor dazu sagt", meint der Mayer und reibt sich dabei aufgeregt die Oberschenkel.
„Gar nichts wird er sagen. Nur das, was in den Papieren steht und was wir eh schon wissen, also werden wir uns diese Blöße ersparen."
„Das waren doch keine Unfälle."
„Das waren keine, aber beweisen können wir gar nichts, noch nicht", erwidert sie.
Da ist es wieder, dieses Wir, das der Mayer so gerne mag.

Ein enger Waldweg, da quälen sich die Wagen durch.

Links im Wald, da steht eine Sprungschanze, ganz aus Holz. Eingefallen, morsch, vermoost, mitten unter den Bäumen. Schaut bizarr aus, unwirklich. Die Bäume sind reingewachsen in den letzten Jahrzehnten. Ganz früher gefällt und rausgeschlagen, jetzt wieder da. Da sind sogar berühmte Schispringer runtergesprungen, die Namen von denen kennt er nicht, der Mayer. Sportschauen mag er nicht, selbst macht er auch keinen. Eigentlich bewegt er sich überhaupt nicht so gerne, zumindest nicht schnell, wenn, dann nur langsam.
Der Mayer erzählt, dass er früher oft hier war als Kind bei der Schanze, Abenteuer. Nie aber beim Weiding am alten Hof, weiter hinten. Hat sein Vater verboten.
„Da waren Sie dann wirklich nie?“, will die Habner wissen.
„Nein, das hat er verboten“, wiederholt der Mayer.
So wie er es sagt, hat er niemals gegen die Verbote seines Vaters verstoßen.

Oft genug wurde er durch das Haus geprügelt. Wegen Kleinigkeiten. Oft wegen gar nichts, einfach so. Die enge Stiege von der Wirtsstube hinauf zu den Wohnräumen, der strenge Geruch von Alkohol hinter ihm. Die Fäuste auf dem Rücken, die Tritte gegen ihn. Oder er wurde von oben nach unten gestoßen, ist unten hart am Pflaster aufgeschlagen. Wenn es zu schlimm war, musste er zum Doktor. Das macht dich härter für's Leben, Thomas, hat der dann immer nur gesagt und ihn dann wieder heimgeschickt. Dass das nicht stimmt, hat der Mayer schon als Kind gewusst.
Manchmal wacht er jetzt noch auf, mitten in der Nacht schreckt er da hoch. Spürt dann die Tritte im Rücken, die groben Hände schlagend im Gesicht. In der Erinnerung. Eingehämmert in die Gedanken. Ist dann froh, dass das nur ein Traum war. Da greift er dann nach der Hand von der

Stefanie und hält sie fest. Oft so fest, dass die Stefanie beinahe aufwacht. Nur beinahe, denn die schläft immer ganz tief. Manchmal schnarcht sie dann ein wenig, sogar ein bisschen Grunzen ist dabei, aber sie wacht nie auf. Das mag der Mayer, dass sie da ist. Die warme Hand, die er nie hatte von seiner Mutter, als er ein Kind war. Dann kann er wieder einschlafen. Nach einer Weile, wenn er wieder ganz ruhig ist. Mit ihr, Hand in Hand.

Die Äste peitschen gegen den Lack, so eng ist der Weg. Verwachsen, da kommt man fast nicht durch. Durch den Wald, der jetzt lichter wird, da sieht man den Hof.
Alles kaputt. Zerschlagenes Glas, verkommen, das Haupthaus verfallen, das Dach eingestürzt, schwarzes Holz und Gemäuer. Verkohlt. Da hat es gebrannt.

Drinnen alles noch an seinem Platz, sogar eine Wiege steht da noch. Verrußt alles, angeschmort, verzogen durch die Hitze, aber noch da. Grünzeug wuchert von draußen herein, durch die Fenster, über die Mauern. Eine Schrotflinte liegt am Boden, daneben vier Patronen, in der Flinte zwei abgefeuerte Hülsen.
„Da wurde g'schossen. Verdammte Scheiße, was reden die da für einen Blödsinn von einem Unfall daher? Die haben ihn umgebracht."
Die Habner nickt zustimmend.
„Die Weidings sind nicht einfach gegangen, die wurden vertrieben", ergänzt sie.
Rücksichtslos, eiskalt, schnell, mussten alles zurückgelassen. Sie hebt eine verkohlte Puppe aus Plastik vom Boden und legt sie in die Wiege. Dieses Zuhause hatte keine Bedeutung mehr. Wer alles zurücklässt, will nur noch eines retten, sein

Leben. Das letzte, was ein Mensch noch retten kann, seinen letzten Besitz.
Der Mayer sagt, er werde am Apple nachschauen auf seinem Revier, um vielleicht noch Spuren zu den Nachfahren zu finden.
„Die müssen doch davon was wissen die jetzigen Weidings, was da g'wesen ist mit ihren Vorfahren, die vertrieben worden sind. Die werden über das, was hier passiert ist, reden wollen. Das vergisst man doch nicht, da will man doch Gerechtigkeit", meint der Mayer.
„Machen Sie das!"
Die Habner hofft, dass der Mayer da etwas herausfindet. Auch wenn sie nicht wirklich daran glaubt. Nach dieser langen Zeit, da sterben schon einmal Menschen und auch die Nachnamen verschwinden oft.

Ein räudiger Fuchs streift einsam durch das Nebengebäude, den Stall. Klettert heraus über einen Ziegelhaufen, eine umgestürzte Mauer, viele Backsteine. Wittert die Habner und den Mayer. Zieht sich zurück in den dichten Wald. Über einen Meter dick steht der Dreck, über die Jahre zu harter Erde, fast wie Beton geworden. In den Stallungen. Da stecken Knochen drinnen, viele, auch viele Schädelknochen. Alle Schweine sind hier verendet, verreckt, sind bis zum Bauch in Exkrementen gestanden. Ohne Futter, haben sich dann gegenseitig gefressen. Ein Knochen im Maul eines Schädels, Zähne stecken auch in den Metallrohren. Das Schreien der Viecher muss man weit gehört haben, aber der Hof ist halt auch sehr abgelegen. Oder niemand wollte helfen oder konnte helfen. Die Tiere hätte man auch übernehmen können, stehlen eigentlich, waren ja viel wert. Aber das wollte niemand, hat sich niemand getraut. Damit wurde ein mächtiges Zeichen gesetzt. Weil die Tiere im Stall

und auf der Weide sind für einen Bauern alles, mehr als nur ein materieller Wert, mehr als ein Besitz, wichtiger als Stolz. Alles sind sie. Und dann lässt man sie qualvoll verenden, verhungern.
Wer schweigt, der lebt, wer redet, ist tot. Und alles, was ihm gehört, stirbt mit. Und jetzt auch noch das Kreuz auf seinem Grabstein, auf dem vom Weiding.

Hier ist er aufgewachsen, der Mayer. Und hier ist das alles passiert. Schockiert ist er.
„Mein Gott, das gibt's doch alles gar nicht."
Seine Hand am Kopf, sein Blick streift hinweg über den Wahnsinn.
Das ist doch nicht seine Heimat, denkt er sich.
Aber es ist seine Heimat. Auch so kann Heimat sein.
Nichts davon hat er bemerkt, niemand hat darüber geredet. Alle wissen nichts, oder tun so, als wüssten sie nichts. Vielleicht reden sie sich ein, sie wüssten nichts. Da fällt das Schweigen dann doch leichter. Jeder will leben. In Frieden, nebeneinander, miteinander. Und da ist es halt besser, wenn über bestimmte Dinge nicht geredet wird. Vor allem, wenn sie so lange her sind. Das Wissen stirbt dann mit den alten Menschen und irgendwann ist es dann wirklich für immer vergessen.
Hier ist alles verloren. Für die Habner und den Mayer nichts zu holen. Schweigend gehen sie weg, verlassen den Hof.

Im Haus der Grubers wohnt schon lange wieder wer. Der ehemalige Vorarbeiter vom alten Steger, der Johann Glas. Der alte Steger hat damals gesagt, das leerstehende Haus wäre für ihn, als Dank für seine Arbeit. Der Steger war schon immer sehr großzügig mit Dingen, die ihm nicht gehörten. Natürlich war das unrecht, aber niemand hat etwas dagegen

gesagt oder getan. Und der Glas, der hat das Haus genommen. War ja sehr schön.
Seiner Frau, der Zilli, war das nie recht. Eingezogen ist sie aber schon. Weil der Glas unbedingt wollte. Weil das Haus der Grubers viel schöner war als ihr eigenes. Und bei ihrem eigenen hätte das Dach neu gemacht werden müssen, das Geld dafür hatten sie nicht. Das Haus der Grubers stand leer, das Dach neuwertig. Wäre ja schade gewesen, wenn das verfallen wäre. So hat sie sich das Unrecht zu Recht gerückt. Alles wurde dann rot. Die Zilli war ganz verrückt mit den Rosen. Manchmal schien es, als wäre der Himmel in Form von Rosen auf die Erde gefallen, so viele waren da. Gerade so, als wollte die Zilli die Ungerechtigkeit mit Schönheit zudecken. Selbst der hohe Holzzaun war nicht mehr zu sehen, so zugewachsen war der, um das ganze Grundstück herum. Den haben der Glas und seine Zilli gebaut wegen der vielen Hunde, die sie gehabt haben. Über fünfzehn waren das, manchmal sogar mehr. Sind überall frei herumgelaufen, sogar im großen Gemüsegarten. Auch den hat die Zilli angelegt. Die legte das viele Gemüse in Einmachgläser ein, kamen damit gut über den Winter. Die meisten Hunde waren Beagles. Ein paar Dackel waren auch dabei und ein paar wilde Mischlinge. Für die Jagd hat er nur die Beagles gebraucht, der Glas.

Der Polizeiwagen und der Jeep fahren vor.
Der Glas hat sie schon kommen gehört. Über den lauten Schotterweg, der durch das hohe Unkraut und die wilden Gebüsche zu ihm führt.
Jetzt schaut er neugierig durch das Fenster, durch die gelblich-braunen Vorhänge. Vom vielen gerauchten Tabak kommt die Farbe. Allein wohnt er jetzt hier. Alle Hunde tot, erschossen, einen nach dem anderen, einzeln begraben,

hinten im Garten. Wo schon lange keine Rosen mehr blühen, kein Gemüse mehr wächst.

An einem Donnerstag war das. Da ist die Zilli bei einem Unfall ums Leben gekommen, nur ein paar Jahre, nachdem sie und der Glas hier eingezogen sind. Das Haus hat dem Glas ein schweres Schicksal und der Zilli den Tod gebracht. Nur weil sie dort gewohnt hat, ist sie auch dort gegangen, wo sie gegangen ist

Schwammerl hat sie gebrockt. Kam aus dem Wald, an der Stelle, wo es viele davon gibt. Über die Landstraße nach Hause, mit einem vollen Korb in ihrer Hand. Nebelig war es noch am späten Vormittag.

Da hat ein Lieferwagen sie voll erwischt. Ein alter, weißer Ford war das. Obwohl sie am Rand ging und eh immer aufmerksam schaute. Aber der Ford kam etwas von der Spur ab und rammte sie mit voller Wucht. Sie war sofort tot. Der Körper aufgeplatzt, als er hart gegen eine Eiche schlug und dann im Graben zum Liegen kam, mit den Schwammerln überall. Der alte Brandtner saß damals hinterm Steuer. Hatte Fischfutter geholt. Ist dann stehen geblieben, nach kurzem Zögern. Dann ausgestiegen und langsam zurückgegangen. Hat geschaut, ganz starr stand er da und starrte auf die tote Zilli.

Das Dröhnen einer Hupe war zu hören, schwoll an. Ein Lastwagen kam daher, ein alter, rostiger, vom Steger einer. Direkt auf den Ford kam der zu.

Der Fahrer, der Jugo, so wurde er nur genannt, verriss das Steuer. Der Lastwagen stellte gefährlich quer, rutschte auf feuchtem Asphalt. Mit lautem Gehupe schrammte er ganz knapp am Ford vorbei. Der Jugo fing den quietschenden und ächzenden Lastwagen mit großer Fahrkunst ab. Mit einer Zigarette im Mundwinkel schimpfte er in den Rückspiegel,

wo er den alten Brandtner stehen sah. Nicht die geplatzte Zilli im Graben, nur den Brandtner am Straßenrand sah er. Der Jugo glaubte, dass der dort in den Wald pinkelte, so unbewegt aufrecht, wie er dort stand, mit dem Rücken zu ihm. Da fluchte der Jugo so laut er konnte auf Serbisch, nichts Schönes. Und fuhr dann weiter.
Bis er am Ziel war, bei der Firma vom alten Steger.

Weil Aussteigen nur zum Schimpfen wollte er nicht, so dick wie er war. Der bewegte sich nur, wenn es unbedingt notwendig war. Schwitzte schnell, vor allem der wilde Bart verklebte oft. Nur an den vielen, grob verwachsenen Narben im Gesicht, da wuchs kein Bart. Mit seinen stark behaarten Händen am Steuer. Viele Tätowierungen an den Unterarmen, militärische Truppenabzeichen, zwei gekreuzte Kalaschnikows und ein Tiger waren da drauf. Alle sehr schlecht tätowiert.

Der alte Brandtner fuhr dann auch schnell weiter. Ließ die tote Zilli einfach zurück.
Religiös war er, der alte Brandtner. Aber er hatte Angst. Wenn er ins Gefängnis gemusst hätte, dann wäre ja seine Schwester ganz auf sich allein gestellt gewesen. Die hätte das nicht überlebt ohne ihn, so glaubte er.
Und stieg hastig ein. Mit zittrigen Händen am Steuer fuhr er davon. Ganz bleich war er, kalter Schweiß auf der Stirn. Er erzählte nie etwas von diesem Vorfall.

Der Jugo aber schon ganz aufgeregt dem alten Steger. Als später die Zilli gefunden wurde, dort im Graben neben der Straße, da war dem Steger dann schnell alles klar. Von da an hatte er den alten Brandtner in der Hand. Eine verhängnisvolle Abhängigkeit für den Brandtner, ein glücklicher Zufall für den Steger.

Aber die Mächtigen haben es auch einfach mit dem Glück und den Zufällen. Weil die kennen auch viele, von denen sie dann alles erfahren, was die so gehört und gesehen haben.

Einen richtigen Bericht oder gar eine ordentliche Untersuchung hat es nie gegeben. Das wurde alles abgewendet. Nicht einmal ein Kreuz zur Erinnerung an die Zilli haben sie dort aufgestellt.
Der alte Brandtner hat sich dann trotzdem nicht alles gefallen lassen. Der wusste schon, dass der alte Steger diesen Trumpf nicht wegen Kleinigkeiten ausspielen würde.
Aber wo er niemals hätte schweigen dürfen, da hat er dann schweigen müssen. Sein Leben lang, und seine Seele ist daran verbrannt.

Die Tür geht auf. Der Glas steht da vor ihnen, gebrechlich, sein Gesicht ganz entstellt. Die Habner hat schon viel gesehen, aber der Glas mit seinem Gesicht schockiert sie schon. Der Mayer hat sie auch nicht vorgewarnt, gar nicht daran gedacht, so selbstverständlich für ihn. Sie muss sich sehr zusammen nehmen, um sich nichts anmerken zu lassen.

Hat den Abgrund gesucht, der Glas. Sich nach dem Tod der Frau die Schrotflinte in den Mund gesteckt, abgedrückt. Wollte sich den Kopf wegschießen. Ging schief. Vielleicht hat ihm im wirklich letzten Moment ja die Entschlossenheit gefehlt, die man da braucht. Vielleicht ist er auch abgerutscht wegen den feucht schwitzenden Händen. Das Schrot hat ihm das halbe Gesicht weggefetzt, alles auf der rechten Seite. Ist auch jetzt noch weg, mehr oder weniger. Vernarbte

hat er das noch nicht gesagt, noch nicht getraut hat er sich. Heute wird er auch nichts sagen, vielleicht morgen.
Der Stierschneider hat da drinnen zwischen den dichten Bäumen gewartet, bis die Wagen weg sind. Versteckt hat er sich, wieder einmal verborgen gehalten. Wollte nicht auf die Habner treffen, nicht auf die Kriminalpolizei. Er will eigentlich nie auf jemanden treffen, auf Fremde schon gar nicht. Hinten am Gürtel, da ist ein scharfes Jagdmesser in einer Messertasche aus rauem Leder.

Der Mayer weiß natürlich, dass der Stierschneider oft da ist beim Glas. Und dass der alles für ihn tun würde, bis zum Äußersten würde der gehen. Nachdem er nichts mehr zu verlieren hat, erst recht. Aber die Habner hält den Stierschneider anscheinend nicht für wichtig. Der Mayer denkt sich da aber schon etwas über den Stierschneider, den Glas und den toten Brandtner.

Die Habner. War vor Ewigkeiten das letzte Mal am Land. Sonst immer nur in der Großen Stadt. Hat dort viel gesehen, war mitten drinnen im Schmutz, im Abfall. Alles hautnah erlebt. Menschen am Boden, am Rand ihres Lebens, jeder nur für sich, um zu überleben. Hat sich an alles gewöhnt, kennt auch nichts anderes. Ist ihr Zuhause. Nicht ein Zuhause, wo man sich gerne aufhält, wohlig geborgen fühlt, sondern eines, wo man eben lebt, wo man ist.
Aber hier, jetzt, am Land, in diesem Dorf. Alles, was sie sieht, die Menschen hier, alle sehr eigen. Nichts ist anders, gar nichts. Nur kleiner ist alles, aber nicht besser. Vielleicht sogar schlimmer, weil jeder auf jedem sitzt. Ein Rädchen greift in das andere. Unvermeidbare Abhängigkeiten, ungewollte Gemeinsamkeiten, durch das Schicksal verknüpfte Existenzen. Kaputte Seelen schaffen kaputte

Seelen. Kleiner ist alles hier, nur das ist anders. Nicht so, wie sie oft gehört hat, dass am Land alles besser ist. Ist es nicht. Sie hat auch nie daran geglaubt.
Solche Gedanken hat die Habner jetzt. Sieht aber schon unendlich lange das Licht nicht mehr. Vielleicht hat sie das noch nie gesehen. Nur ewige Schatten. Hat kein Gefühl für das Schöne, kein Auge für das liebliche Kleine im kalten Ganzen, hat kein Gespür für die selbstlosen Zärtlichkeiten. Wie beim Mayer und der Stefanie. In der Liebe. Die es überall gibt. Keine Empfindsamkeit hat sie für die großen Freundschaften. Wie beim Glas und beim Stierschneider. Überall gibt es die. Aber das kann sie nicht sehen, noch sieht sie es nicht.
Die Liebe wird sie sehen.

Da sitzt sie, aufrecht auf der Couch, fast unnatürlich aufrecht, kerzengerade. Schaut nach draußen. Sie schaut eigentlich nicht, ihre Augen sind nur auf das Fenster gerichtet. In die Leere starrt sie, die alte Brandtnerin.
Der Schwendinger will ihr Suppe einflößen. Buchstabensuppe mit ganz klein geschnittenen Karotten drinnen. Die rinnt wieder heraus, aus dem Mundwinkel, dann auf den Boden. Das lecken die Katzen auf. Er schaut zum Mayer. Der steht hinter ihr, und die Habner steht auch da.
„Sie will nichts mehr essen. Die sagt auch nichts mehr. Die will nur noch sterben, und das wird sie auch bald", teilt der Schwendinger mit.
Der Mayer kniet sich vor ihr hin, redet ihr gut zu, sanft, leise, einfühlsam. Keine Reaktion. Ihr Blick geht durch ihn durch. Er bewegt seine Handfläche vor ihrem Gesicht, vor ihren Augen hin und her, nichts. Wie weg. Der Mayer und der Schwendinger blicken sich besorgt an.

Die Habner beobachtend. Sie weiß, dass die alte Brandtnerin sie nicht weiterbringt. Sie will gar nicht lange zu ihr hinschauen.
Der Schwendinger nimmt den Mayer zur Seite, weg von der Brandtnerin, flüstert. Er fragt, ob das stimmt mit dem Mord. „Das kann doch nicht sein", meint er.
Und ob sie schon mehr wüssten. Alle wollen das wissen. Das ist nachvollziehbar, betrifft ja jeden hier, mehr oder weniger. Und interessant ist es auf alle Fälle, da kann man natürlich auch viel spekulieren und reden.
Der Mayer klärt ihn auf. Nur über das, was schon jeder weiß. Mehr sagt er nicht. Er hat dazu gelernt der Mayer, sehr schnell. Und die Habner nimmt das wahr. Gut ist das, wie er das macht.
Die Habner studiert wieder das Foto an der Wand, wieder wie gebannt. Irgendetwas ist da, aber sie kann noch nicht sagen, was. Irgendetwas Ungewöhnliches ist auf dem Foto mit dem Geschwisterpaar vor dem blühenden Kirschbaum. Das lässt sie nicht los, schon wieder nicht, wie bei ihrem letzten Besuch.
Die alte Brandtnerin stöhnt auf, der Schwendinger wieder bei ihr. Er kann das wirklich gut mit gebrechlichen Menschen.
Der Mayer neben der Habner vor dem Bild.
„Sehen Sie da was Bestimmtes, weil Sie da schon wieder die ganze Zeit hinschau'n?", fragt er.
Ist ihm schon aufgefallen, dass die Habner sich nicht losreißen kann, schon wieder nicht.
„Ja, aber ich weiß nicht was", antwortet sie.
Der Mayer blickt auch aufmerksam hin, kann auch nichts erkennen. Außer die traute Zweisamkeit, die ungewöhnliche für Geschwister. Er macht ein Foto vom Foto, für alle Fälle. Er macht von allem immer Fotos.

Kann man vielleicht mal brauchen, denkt er sich immer.
„Schlimm steht es um sie“, sagt der Mayer.
Deutet auf die alte Brandtnerin. Jetzt reißt sich die Habner vom Bild los, blickt auf ihn, nickt zustimmend.
„Ich glaub’ nicht, dass sie es war, das kann ich mir bei Gott nicht vorstellen, flüstert der Mayer ihr zu.
Nimmt somit seine Überlegungen vom Revier zurück. Die Habner schweigt, blickt wieder auf das Foto.
„Wir schauen uns hier noch mal um. Vielleicht finden wir doch noch was“, schlägt er vor.
Sie blickt ihn entschlossen an.
„Ja, da muss etwas sein.“
Und sie geht hinaus aus der Stube, der Mayer hinterher.

Oben in den Räumen. Die Habner beginnt zu suchen, der Mayer geht in einen anderen Raum. Durch Sperrmüll und Mist wühlen sie sich. Auf der Suche nach irgendetwas.
Der Schwendinger sitzt unten bei der alten Brandtnerin, hört das Gerumpel von oben durch die Decke. Er wundert sich nicht. Er weiß, die Habner ist zäh, die gibt nicht auf. Und der Mayer auch nicht. Nicht, seitdem die Habner da ist.

Plötzlich hält der Mayer inne im ehemaligen Büro. Er ruft nach der Habner, die eilt zu ihm. Auf dem Schreibtisch, da wo die Habner schon beim ersten Mal geschaut und nichts entdeckt hat, da hat der Mayer was gefunden.
Von der Seite unter die Platte des Tisches geschoben, ein gutes Versteck. Das muss man wissen, sonst findet man das nie. Der Mayer hat einmal darüber etwas gelesen. In einem dieser Bücher mit den Agenten drinnen.
„Davon habe ich mal g’lesen, da war das auch so“, teilt er aufklärend mit.

Die Habner nickt anerkennend, für sie ist das neu. Er zieht ein dünnes Brett heraus. Da sind Buchstaben drauf, das ganze Alphabet, und Zahlen von der Null bis zur Neun. Ein Hexenbrett. Davon hat der Mayer auch schon einmal gehört. Da kann man Kontakt zu Geistern und Verstorbenen aufnehmen, mit ihnen sprechen. Dumpfer Aberglaube.
„Ein voller Beschiss ist das“, meint der Mayer.
„Wenn man daran glaubt, nicht“, erwidert die Habner.
Und studiert das Brett. Es scheint für sie von größerer Bedeutung zu sein als für den Mayer.
Der hält ja von Magie und Esoterik gar nichts. Nicht einmal von Horoskopen, auch wenn ihm die Stefanie die vorliest. Jeden Tag in der Früh. Nicht einmal, wenn etwas Gutes drinnen steht, glaubt er daran.
Auch die Habner glaubt an kein Horoskop, aber an das, was das Brett ihr sagt. Dass die Brandtners, sie oder er oder beide, mit jemandem sprechen wollten aus dem Jenseits, einem Verstorbenen, der ihnen nah war.
„Aber wer war ihnen schon nah?“, fragt die Habner.
„Niemand“, gibt sie sich dann selbst die Antwort.
Niemand. So isoliert, wie sie gelebt haben in ihrem Haus, einer seelischen Festung, uneinnehmbar.
„Mit ihren Eltern vielleicht?“, mutmaßt der Mayer.
Um sich zu versöhnen mit ihren Peinigern, den Eltern, die ihre Leben entseelt haben. Die Habner bezweifelt das. Sie betrachtet das Brett, streicht sanft darüber mit ihren feingliedrigen Fingern über die Kerben und Kratzer an der Oberfläche aus Holz, das Hexenbrett wurde oft verwendet.
„Es muss jemand sein, den wir nicht kennen. Wenn die alte Brandtnerin nur endlich reden würde“, ärgert sich der Mayer ein bisschen.
Aber er fühlt sich auch gut in dieser Rolle. Als Detektiv, der sich ärgert, dass im Fall nichts weitergeht. Dass er vor einer

schier unüberwindbaren Mauer steht, mit der erfahrenen Kollegin an seiner Seite. Gemeinsam nachdenken, grübeln, spekulieren. Ein bisschen ist das wie in seinen Agentenromanen.
„Wir finden immer nur mehr Fragen, aber keine Antworten“, erklärt der Mayer.
Auch das hat er einmal wo gelesen oder gehört.
Die Habner nickt, legt das Brett zurück, sanft.
Der Mayer blickt bei seinem Huawei auf die Uhrzeit.
„Haben Sie Hunger?“, fragt er, „ich habe nämlich Hunger, der Tag ist eh schon so lang. Und das alles ohne Mittagessen.“
Die Habner blickt ihn an, zögert.
„Ja, habe ich.“
Ganz überraschend für den Mayer. Er nickt, lächelnd.
„Ich rufe die Stefanie an, die macht uns geschwind was.“

„Wir gehen was essen. Brauchst du auch was?“, fragt er den Schwendinger.
Zwischen Tür und Angel. Der schüttelt den Kopf.
„Hast du wenigstens ein bisschen schlafen können die Nacht?“
Ja, nickt der Schwendinger.
„Macht ihr eure Arbeit und findet das feige Schwein, das das getan hat!“
Den Schwendinger nimmt das alles sehr mit, augenscheinlich.
„Ja, machen wir“, verspricht der Mayer.
„Ich bleib' noch da, bis zum Schluss“, sagt der Schwendinger.
Blickt besorgt und gleichzeitig mit der Gewissheit über ihren nahen Tod auf die alte Brandtnerin. Der Mayer nickt dankend. Er weiß, was er am Schwendinger hat.

Einen sanften Lehrmeister und einen alten, getreuen Freund in allen Zeiten seines Lebens. Das haben nicht viele, das gibt es nur ganz selten, oft nur einmal im Leben, manchmal nie. Er und die Habner gehen hinaus.

Sie zieht die Schultern nach oben. Es ist feucht und kalt und windig. Die Habner blickt sich um.
„Was hält die Menschen eigentlich hier in dieser Gegend?“, fragt sie.
„Was haben denn Sie für ein Daheim?, stellt er eine Gegenfrage.
„Eine Wohnung“, antwortet sie.
„In einem großen Betonhaus, stimmt's? Dann können Sie das auch gar nicht verstehen“, meint der Mayer.
Seine Gesten ausladend, in die Gegend blickend, bestimmt. Als wäre all das seines.
„Man muss hier auf die Welt kommen, um das zu verstehen. Sonst sieht man das nicht. Wenn man nur von draußen draufschaut, sieht man das nicht.“
Und er klingt dabei fast ein bisschen überheblich.
„Es ist immer schön hier, im Sommer besonders. Wenn die Sonne da ist. Ich bin hier daheim. Und wenn es rau wird, bin ich's auch. Es verlangt dann viel von einem, aber das ist so. Das hält uns z'sammen. Und die Leute hier, sie sind manchmal seltsam, und ich versteh' oft nicht, warum sie so sind, aber ich mag sie trotzdem.“
Mit einem Lächeln trägt er das vor. Die Habner lächelt nicht.
„Ich verstehe die Menschen, deshalb mag ich sie auch nicht.“
Und sie steigt in den Jeep.
„Mit diesem Denken kommt man aber nicht weit im Leben“, erklärt der Mayer.
Das hat sie aber nicht mehr gehört. Das ist vielleicht auch besser so, weil das klingt dann doch sehr nach so einem

naiven Spruch vom Wandkalender, den die Stefanie in der Küche hängen hat.
Der Mayer schaut auf den grauen Bulli vom Schwendinger. Steigt dann ein, in den Polizeiwagen.

In der Wirtsstube sitzen sie, die Habner und der Mayer. Sich gegenüber an einem großen Tisch. Zwiebelrostbraten gibt es heute, mit Semmelknödeln und Salat aus roten Rüben. Der Mayer zeigt auf die Schüssel.
„Normalerweise gibt's da grünen Salat dazu, aber den haben wir nicht mehr in letzter Zeit. Eh schon lang' eigentlich. Das Wetter ist viel zu nass, da verfault alles. Früher war es lange zu heiß, und jetzt ist immer nur Regen. Seltsam ist das schon, das Wetter", meint der Mayer.
Die Habner redet nichts, mampft nur. Hat ja auch schon lange nichts mehr gegessen.
Jetzt stopft sie alles schnell in sich hinein, denkt sich der Mayer.

Die Stefanie steht an der Schwingtür, beobachtet die beiden durch einen Spalt, Geschirrtuch in der Hand, das knetet sie beharrlich. Ein bisschen unruhig ist sie, das ist sie sonst nie. Der Mayer steht vom Tisch auf. Das sieht sie und geht schnell zurück an ihren Herd, rührt in einem Topf um.

Der Mayer kommt rein und fragt, ob er noch zwei Knödel haben kann.
„Freilich", antwortet die Stefanie.
Hebt zwei aus dem heißen Wasserdampf.
„Ich habe es schon gehört, das mit dem alten Brandtner, der Papa hat mich schon ang'rufen."
Der Mayer nickt.

Stille.

„Hättest du mir ruhig sagen können", meint die Stefanie, ohne vorwurfsvoll sein zu wollen.
Der Mayer denkt nach, zögert, blickt auf seinen Teller mit den zwei dampfenden Knödeln.
„Ja, stimmt eigentlich."
„Und? Wisst ihr schon mehr?"
„Eigentlich nicht, das ist schon schwierig das Ganze", weicht er aus.
Er weiß nicht recht, was er der Stefanie sagen kann, ohne dass die ihm dann wieder einen Vorwurf macht. Obwohl das eigentlich keine Vorwürfe sind, die die Stefanie macht. Sie sagt einfach nur, was ihr nicht passt. Damit das aufhört und nicht mehr stört. Das ist nämlich gut in einer Beziehung, wenn etwas nicht stört. Der Mayer weiß das auch, dass sie keine Vorwürfe macht. Aber in diesem Moment scheint das für ihn selbst ein guter Vorwand zu sein, um nichts sagen zu müssen, weil zu viel sagen will er auf keinen Fall. Auch privat nicht, weil in so einem Fall, wo jeder jeden notgedrungen gut kennt, gibt es kein Privat, nicht einmal zu Hause. Er will ja ein richtiger Profi sein, wie die Frau Leutnant.
„Aber echt schlimm, dass das hier passiert ist", meint er. Und versucht so abzulenken.
„Ich muss dir was sagen", sagt die Stefanie ernst.
Der Mayer schaut sie gespannt an, noch immer den Teller in der Hand, aufsteigender Dampf vor ihm.
„Was denn?", fragt er mit großen Augen.
„Halt mich nicht für deppert, aber ich glaub', ich spüre da was", setzt sie fort.
Und greift sich an den Bauch. Der Mayer überrascht, kommt ihr näher, freudig.

„Echt?“, fragt er dann.

Zu früh, denkt er sich.
Er will Kinder mit der Stefanie, er freut sich auch, aber jetzt schon ein Kind? Er weiß ja gar nicht, wie das weiter geht hier. Mit dem Haus und überhaupt mit seinem Leben. Er zweifelt ja schon lange, muss noch viel überlegen. Kann er das jetzt noch? Darf er das noch? Daran zweifeln, ob er hier bleiben will, für immer? Ohne schlechtes Gewissen wegen dem Kind? Das denkt er sich alles. Aber die Stefanie merkt von all dem nichts, Gott sei Dank. Das wäre nicht gut für die zwei. Darüber reden will er schon mit ihr, später… vielleicht.

„Echt wahr?“, fragt der Mayer noch einmal freudig.
„Der Test sagt Ja, also glaub' ich schon.“
Und dann kommt dieses Lächeln in ihr Gesicht, das man nur von werdenden Müttern kennt. Die schon Leben in sich spüren, auch wenn das noch gar nicht zu spüren sein kann. Aber dieses Lächeln sagt alles.
Der Mayer lächelt auch.
„Aber das war ja erst gestern, da kann ja noch gar nichts sein“, meint er.
Die Stefanie blickt ihn verwundert an.
„Vom letzten Monat, du Depp, da haben wir ja auch.“
Der Mayer lächelt, die Erinnerung daran ist wieder da.
„Stimmt, hast recht.“
Blickt auf die Knödel, dann wieder zur Stefanie.
„Ich freu' mich ehrlich.“
Er freut sich wirklich, aber noch sehr unsicher. Die beiden umarmen sich. Der Mayer hält dabei den Teller, stellt ihn nicht ab.
„Super“, sagt sie, „dass du dich freust.“
„Ja, sicher. Hast du das schon dem Papa gesagt?“

„Nein, ist noch zu früh, weißt eh, da kann noch viel sein, mit dem Kind und so."
Das hat sie gelesen in einem Forum. Der Mayer nickt.
„Wir haben ja eh noch Zeit. Heut' Abend reden wir drüber, ich muss jetzt… , weißt eh, die Knödel werden ja sonst kalt", meint er.
Mit einem Lächeln.
„Aber ich freu' mich echt."
Und dreht sich dabei noch einmal zu ihr um vor der Schwingtür. Die Stefanie lächelt dieses Lächeln, greift sich zart an den Bauch, ihre Hand schützend.
Sein Lächeln löst sich plötzlich auf.
„Mein Gott", stammelt er.
Sein Gesicht wie aus Stein. Er stellt den Teller hastig ab.
„Was ist denn auf einmal?", fragt die Stefanie besorgt.
Der Mayer hat keine Zeit.
„Passt schon. Nur was wegen der Arbeit. Bis heut' Abend."
Er eilt bei der Tür hinaus.
„Aha", murmelt sie.
Senkt ihren Blick von der Schwingtür auf den abgestellten Teller.
„Und was ist jetzt mit den zwei Knödeln?", ruft sie hinaus.
Keine Antwort. Macht nichts, sie schupft die Knödel zurück ins heiße Wasser. Sie rührt sanft den Zwiebelrostbraten um. Legt wieder ihre Hand auf den Bauch, lächelt dieses bestimmte Lächeln.

Der Mayer stürzt in die Wirtsstube, hält sein Huawei in der Hand, ein Foto drauf. Die Habner ist nicht da, ihr Platz leer, der Jeep draußen am Parkplatz. Der Mayer blickt sich um, sieht sie nicht. Ungeduldig.

Er geht in den Gang. Weiter über den abgetretenen Steinboden, wo die Klos sind für die Gäste. Da ist es eiskalt drinnen, weil da nicht geheizt wird, wie überall. Die Fenster meistens offen, weil sie gehen hier auch aufs Klo, nicht oben in den Wohnräumen von seinem Papa. Und in ihr eigenes Haus, das gleich hinter dem Wirtshaus steht, ist es doch zu weit nur wegen dem Klo. Er ruft nach ihr. Nichts.
Aus dem Frauenklo, da hört er dann etwas. Jemand übergibt sich, das muss die Habner sein, ist ja sonst niemand da, nur die Stefanie in der Küche. Der Mayer mit Sorge, denkt nach, ob er ins Frauenklo hinein soll. Dann vorsichtig, öffnet die Tür einen Spalt, ruft hinein, ohne wirklich hinein zu blicken.
„Alles in Ordnung? Geht's Ihnen gut?"
Die Habner hängt über der Schüssel. Der Zwiebelrostbraten, der Knödel und die roten Rüben sind wieder da.
„Gehen Sie bitte!", ruft sie hinaus.
Der Mayer nickt.
„Ich wart' in der Stube", sagt er.
Schließt dann leise die Tür, besorgt ist er.

In der Stube steht er und wartet. Er blickt auf das Huawei, dann in Richtung Küche, dann wieder auf das Huawei. Er grübelt, macht sich Gedanken, ganz viele. Über die Habner, den alten Brandtner, die Stefanie schwanger. So viel auf einmal. Er kann es sich einfach nicht vorstellen, wie das ist, Vater zu werden, zu sein. Ist noch so weit weg, da kann er noch nichts anfangen damit, da braucht er noch Zeit. Das drängt er jetzt weg. Aber ein kurzes Lächeln ist schon in seinem Gesicht, dann wieder nicht.

Die Habner fängt sich, wischt sich den Mund ab, spült. Greift sich ans schmerzende Bein. Aus ihrer Umhängetasche kramt sie Tabletten hervor, wirft sich diese schnell mit zittriger Hand ein. Trinkt dann aus der Wasserleitung, wäscht ihr Gesicht. Dann geht sie hinaus.

In die Stube kommt sie. Es ist ihr unangenehm, dass der Mayer das mitbekommen hat.
„Das Essen kann es aber nicht gewesen sein, weil ich spüre rein gar nichts", erklärt er.
Als müsste er Stefanies Kochkünste verteidigen.
„Aber ich habe auch einen Saumagen", fügt er an.
Als wüsste er, dass es wie ein Vorwurf an die Habner geklungen hat.
„Vielleicht war's halt einfach zu viel auf einmal."
Und bemerkt in diesem Moment, dass er zu viel darüber redet.
„Ich habe da was", unterbricht er sich selbst.
Er hält sein Huawei hoch. Das Foto von den Brandtners vor dem Kirschbaum zeigt er, das er in der Stube abfotografiert hat.
Weil man das mal brauchen kann, hat er sich da gedacht.
„Und?", fragt die Habner.
Sehr aufmerksam. Ist noch geschwächt, aber ihr Verstand voll da.
„Sie war da schwanger, die alte Brandtnerin auf dem Foto", erklärt er.
Habner zieht das Huawei an sich ran, berührt den Mayer dabei an der Hand. Der bemerkt das. Sie nicht, weil sie so voller ungebremster Neugierde ist.
„Wie kommen Sie auf das?", will sie wissen.
„Das merk' ich einfach, an allem. Ich bin mir da echt ziemlich sicher."
Das Lächeln, das besondere Lächeln. Die Hand auf dem Bauch, ganz zart und doch schützend. Die Körperhaltung, wie sie dem Bruder zugewandt ist, Halt suchend und doch

so sie selbst. All das zeigt das Bild, das der Mayer jetzt lesen kann.
Er teilt der Habner nicht mit, dass die Stefanie schwanger ist. Das würde alles ändern, glaubt er. Sie würde ihn dann anders sehen, Rücksicht nehmen vielleicht, ihm nichts zutrauen, glauben, dass er dann zu bedächtig handelt, nicht mutig genug, wenn es darauf ankommt, dass er nicht alles gibt.
Die Habner studiert das Bild noch aufmerksamer. Ist beeindruckt vom Mayer. Blickt dabei vom Mayer zur Schwingtür, wo dahinter die Küche ist, in der die Stefanie arbeitet. Sie schaut wieder auf das Bild.
„Das kann sein“, meint die Habner, „aber was ist dann aus dem Kind geworden? Wo ist es?“
Wieder mehr Fragen als Antworten.
„Und wer ist der Vater?“, fragt er.
Die Habner und der Mayer blicken vom Huawei hoch. Schauen sich an. Sie wissen, von wem die Brandtnerin schwanger war… von ihrem eigenen Bruder, dem alten Brandtner.
„Mein Gott“, seufzt der Mayer.
Und die Habner nickt.

Der Jeep und der Polizeiwagen bremsen sich ein vor dem komischen Haus des Gemeindearztes.

„Ich habe echt keine Ahnung, was Sie da meinen“, gibt der Gemeindearzt von sich.
Zieht fest an seiner Marlboro. Die Habner kramt die Totenscheine hervor, die Kopien aus dem Gemeindeamt vom Bürgermeister, hält sie dem Gemeindearzt vor die Nase.
„Alles Lügen. Der Herbert Weiding wurde umgebracht, das war kein Unfall. Der alte Brandtner wurde umgebracht, das

war kein Selbstmord. Und dass der Norbert Gruber von einem Baum erschlagen wurde, ist nicht einmal gut erfunden", erklärt sie.
Kommt ihm dabei nah dem alten Gemeindearzt mit den übergroßen, überweißen Kronen im Mund und der schwarzen, zu engen Lederhose. Sie muss sich dabei überwinden. Sein teures Parfüm riecht billig, es stinkt. Aber sie bleibt ruhig, spricht eindringlich, besonnen.
„Wenn Sie nicht endlich den Mund aufmachen, ordne ich eine Exhumierung und eine gerichtsmedizinische Untersuchung an. Dann gehen Sie in das Gefängnis wegen Beihilfe zum Mord und nicht mehr nach Vietnam zum Kinderficken, Herr Doktor!", fügt sie an.
Der Mayer blickt überrascht auf die Habner. Sie kann also auch so sprechen.
Aber der Gemeindearzt schweigt beharrlich. Whiskyglas in der Hand, mit den vielen Ringen an den Fingern. Plötzlich und schnell kommt der Mayer näher, packt den Gemeindearzt am Kragen, drückt ihn gegen die Wand. Der Whisky wird verschüttet, ein Foto hinter Glas fällt zu Boden, das Glas zersplittert in tausend Teile.
Das Foto zeigt ein junges Mädchen lachend im Reisfeld, Kegelhut aus Palmenblättern auf dem Kopf, ein Baby am Rücken. Jetzt am Boden, im Scherbenhaufen des geborstenen Glases am Fischgrätparkett.
„Sag der Frau Leutnant endlich, was Sie hören will oder ich hau' dir mit der Faust mitten ins Gesicht! Und es ist mir jetzt scheißegal, dass du der Doktor bist", droht der Mayer.
Mit der geballten Faust, so hat die Habner den Mayer noch nicht erlebt, der Gemeindearzt schon gar nicht.
„Thomas, was ist denn mit dir auf einmal los?", fragt er.
So aufbrausend, so energisch, aggressiv.

Vielleicht hängt das beim Mayer auch damit zusammen, dass er zeigen will, dass er doch rangehen kann, dass er alles gibt, obwohl er Vater wird. Er will es sich selbst zeigen, sich beweisen. Nicht der Habner. Die weiß das ja gar nicht von der Schwangerschaft. Vielleicht ist er auch nur überfordert mit allem. Zu viele Gedanken machen ihn unruhig, zu viele Gedanken machen jeden Menschen unruhig. Und so viele Gedanken hatte der Mayer noch nie.

„Was ist jetzt? Sagst du jetzt endlich was oder nicht?", bohrt der Mayer nach.
Er spannt seine Faust noch mehr an, so fest, dass sich die Adern an seinem dünnen Unterarm deutlich von der weißen Haut abheben. Der Gemeindearzt denkt panisch nach, dann überwindet er sich.
„Es ist gestorben, gleich nach der Geburt", sagt er.
Der Mayer lässt ihn los, langsam.
„Es kam drei Monate zu früh. Das war nicht lebensfähig. Es war schrecklich entstellt, hatte schwere Fehlbildungen und einen offenen Rücken."
Wirkt ehrlich erschüttert. Trinkt aus, schenkt sich viel nach, Whisky. Aus der riesigen Bar.
Die steht da in der Ordination in der Ecke. Ist eigentlich für das Wohnzimmer. Aber der Gemeindearzt hat alles gerne ein bisschen anders.
„Ich habe so was vorher noch nie erlebt. Der alte Brandtner war der Vater. Die Brandtnerin war dann später noch zweimal da."
Die Habner und der Mayer blicken sich an, ruhig, schockiert.
„Noch zweimal?", fragt sie nach.
„Sie hat noch zwei Kinder auf die Welt gebracht. Die waren aber schon tot. Die haben grauenhaft ausg'schaut. Das könnt ihr euch gar nicht vorstellen."

Whisky.

Stille.

„Sie wollte Kinder haben, ein gesundes Kind wollte sie. Die Schwangerschaften, die waren kein Versehen. Ich habe dann eine laparoskopische Sterilisation durchg'führt. Dieser Wahnsinn hat aufhören müssen", fügt er an.
„Hat die Frau Brandtner davon gewusst?", fragt die Habner.
Der Gemeindearzt schüttelt ruhig den Kopf, nimmt noch einen Schluck.

Stille.

„Was ist mit den Kindern passiert?", fragt der Mayer.
„Wir haben sie auf dem Friedhof bestattet. Ich mit den Brandtners. Mit einem Gebet und allem, sehr feierlich war das. Nur wir drei waren dort. Das war dann auch das letzte Mal, dass ich den alten Brandtner g'sehen habe."
Er hustet stark. Das sind die roten Marlboro und der schottische Whisky. Johnnie Walker trinkt er, nicht den billigen, den sehr teuren.
„Mein Gott", sagt der Mayer, „wie furchtbar."
Und muss an die Stefanie denken, an sein Kind, das sie austrägt.
„Deshalb das Hexenbrett bei der alten Frau Brandtner. Die wollte mit ihren toten Kindern Kontakt aufnehmen, im Jenseits mit ihnen sprechen", versteht jetzt die Habner.
„Wie müssen sie gelitten haben, die alte Brandtnerin und der alte Brandtner", meint der Mayer.
„Der Wahnsinn wurde bei den beiden immer schlimmer, mit jedem toten Kind immer größer", schildert der Gemeindearzt.

„Weiß sonst noch jemand davon? Haben Sie das jemandem erzählt?“, fragt die Habner.
Der Gemeindearzt schüttelt den Kopf. Das kann man ihm glauben. Zu ehrlich, zu erschüttert schaut er drein.
„Ich bin erleichtert, dass ich das jetzt los bin“, gesteht er, „nach all' den Jahren.“
Großer Schluck. Der Mayer entschuldigt sich bei ihm dafür, dass er ihn so stark angefasst hat. Er hebt die Scherben auf.
„Pass auf, Thomas, dass du dich nicht schneidest!“, mahnt der Gemeindearzt zur Vorsicht.
Hilft ihm beim Aufheben. Die Habner beobachtet die beiden, sie hilft nicht.
Das Foto dann auf den weißen Tisch mit ausladenden, geschwungenen Beinen.
„Und das sind keine Kinder, das sind junge Frauen, jung, aber keine Kinder“, meint der Gemeindearzt dann.
Nicht entschuldigend, nicht rechtfertigend, sondern nur erklärend. Dabei wendet er seinen Blick vom Foto auf die Habner. Die zeigt keine Reaktion.
„Warum mussten sie sterben, der Weiding und der Gruber? Warum musste der alte Brandtner sterben?“
Der Gemeindearzt senkt seinen Blick.
„Ich weiß es nicht, und ich will es auch nicht wissen.“
Er wirkt auf einmal so schwach, so angreifbar, so ängstlich. Hat vorher viel überspielt. Oder er spielt jetzt etwas vor. Aber dann macht er das wirklich gut.
Er steht unter Druck, von den Großen hier, vom Steger wahrscheinlich. Oder auch von anderen von woanders, von Leuten, die sie noch nicht kennen. Oder von einem falsch verstandenen Gefühl für die Gemeinschaft hier verleitet. Vielleicht waren die Männer ja auch böse, der Weiding und der Gruber und der alte Brandtner, denkt sich der Mayer.

Die Habner und der Mayer haben keine Ahnung, was die getan oder nicht getan haben. Sie haben so einen Tod nicht verdient, niemand hat das, aber vielleicht waren sie schuldig, auf welche Weise auch immer.
Die Habner und der Mayer sind beim Gehen.
„Sag der Stefanie einen schönen Gruß von mir, Thomas!"
Der Mayer nickt.
„Wie geht's ihr denn, alles in Ordnung?"
Das fragt er immer, auch jetzt. Auch wenn das jetzt seltsam klingt, nach dem, was eben passiert ist. Ist wohl Routine.
„Gut, danke, passt alles", antwortet der Mayer ebenso routiniert.
Und denkt an die Schwangerschaft.
„Ihr Bein wird aber auch nicht besser, wie's ausschaut", stellt der Gemeindearzt jetzt fest.
Als er hinschaut zur Habner.
„Wird schon", antwortet sie.
Der Gemeindearzt bittet die Habner, dass sie und der Mayer das mit den toten Kindern für sich behalten. Nicht wegen ihm, aber wegen der alten Brandtnerin. Das würde sie nicht aushalten, nicht jetzt, so wie die beisammen ist. Er war nämlich unten bei ihr und dem Schwendinger.
„Schaut nicht gut aus", sagt er, „sie wird bald sterben. Und sie soll in Ruhe sterben."
Die Habner nickt, dann gehen sie. Sind draußen.
Der Gemeindearzt blickt auf den Tresor, der da unten an der Wand steht hinter dem Tisch.
Er öffnet ihn, da liegt eine blaue Mappe drinnen. Da drinnen, da steht was sehr Wichtiges. Wichtig für das Leben vom Mayer. Und ein Revolver ist auch im Tresor. Silberfarben, sehr klein für eine Handfeuerwaffe, eine handliche Lady Smith. Die nimmt er heraus und legt sie in die Lade seines

Tisches, griffbereit. Sechs Patronen sind drinnen. Nur eine wird er brauchen.

Zwei Lastwagen donnern laut vorbei, die mit dem Bausand. Die Habner und der Mayer lehnen schweigend an der Motorhaube des Polizeiwagens, nebeneinander. Der Jeep steht daneben.
Sie blicken hinunter auf die Teiche, und auf das verfallene Hotel schauen sie. Auch hinauf auf die Berge, auf die rostigen Masten mit den knarrenden Stahlseilen.
Die Sonne geht langsam unter, spiegelt sich schwach im Wasser. So richtig hell war es aber nur in der Früh, sonst den ganzen Tag über trüb.

Da war viel Erschreckendes zu hören beim Gemeindearzt. Da will man nicht mehr viel reden, aber auch nicht allein sein. Da sitzt man dann nebeneinander, teilt das eben Gehörte schweigend und schaut hinaus in die Weite. Das macht der Mayer immer, wenn ihm das Herz weh tut.

„Wollten Sie eigentlich nie Kinder haben?“, fragt er dann. Bricht so die Ruhe. Er fragt nicht, ob sie Kinder hat. Das weiß er irgendwie, einfach so, dass sie keine hat. Die Habner schüttelt den Kopf. Sie konnte nie welche haben.
„Da unten stimmt was nicht“, antwortet sie.
Zeigt mit der Hand flapsig auf ihre Körpermitte, lächelt kurz. Mit Trauer in der Stimme hat sie das gesagt, ungewollt.
„Aha“, sagt der Mayer darauf.
Mehr nicht. Unbeholfen ist er da.
Er ist ja auch nicht der Doktor, der sich da auskennt und Fragen stellen kann, denkt er sich.
„Hätten Sie welche wollen?“, will er wissen.

Und irgendwie kommt in ihm das Gefühl hoch, dass man das eigentlich nicht fragt. Aber wie sie da so beisammen sitzen, da spürt er in sich drinnen, dass er jetzt alles fragen kann. Und auch alles beantworten kann. Der Habner scheint es auch so zu ergehen. Dabei kennen sich die beiden erst so kurz.
„Ich weiß nicht, wenn alles anders gewesen wäre… vielleicht. Hat aber nie gepasst für mich. Ich habe wahrscheinlich zu viel gesehen in meinem Leben. Aber ich konnte eh nie welche bekommen, das wusste ich schon sehr früh. Also so gesehen, hat schon alles seine Richtigkeit."

Stille.

„Ich lass' mich da nicht abhalten von dem Ganzen hier. Sicher nicht, nie und nimmer! Ich wollte immer welche, zwei am besten oder drei. Und es kann ja immer was sein, das ist so. Aber bei mir nicht, nicht bei meiner Frau und auch nicht bei meinen Kindern."
Er blickt dann in die Weite. Das ist das erste Mal, dass er nicht die Stefanie, sondern meine Frau gesagt hat.
Das ist gut, dass er so denkt, denkt sich die Habner. Er ist jung, er muss so denken. Sonst hätte er nie welche. Sonst hätte nie jemand Kinder. Aber sie hat nie so gedacht.
„Sie haben doch den Bus g'sehen, den alten, den grauen, vom Schwendinger."
„Den Bulli?"
Ja, nickt der Mayer.
„Wissen Sie, der Schwendinger war für mich mehr als nur ein Lehrer. Der hat mir beigebracht, an das Große zu glauben. Der hat die Welt g'sehen und das will man dann auch, wenn man nur das hier von klein auf kennt. Er war mehr mein Vater als mein Lehrer und mein echter Vater war

mehr Schnaps als Mensch. Und jedes Mal, wenn ich den Bulli sehe, will ich einfach nur wegfahren, so wie der Schwendinger früher."

Stille.

„Hätte er mir nur nie was davon erzählt."
Er senkt seinen Kopf. Schaut nicht mehr in die Weite, schaut hinunter auf seine Schuhe, nebeneinander im Matsch stehen die.
„Die Stefanie ist schwanger."
Sie fragt das nicht, sie stellt das fest. Der Mayer nickt.
Sie hat das schon gewusst in der Wirtsstube, wie der Mayer das Foto deuten konnte von der alten Brandtnerin. Da hat sie es schon gewusst, aber nichts gesagt. Das hätte nicht gepasst.
„Freuen Sie sich darauf?"
Der Mayer blickt sie an.
„Ja, schon."
Man merkt, dass er mehr sagen will, dass ihm etwas am Herzen liegt, etwas Schweres.
„Aber kann ich denn überhaupt ein guter Vater sein?", fragt er.
Ängstlich ist er. Blickt hinauf auf die Berge, auf den Wald, hinunter auf die Teiche, wo der alte Brandtner ermordet wurde.
„Kann ich sie beschützen, wenn was ist, was Schlimmes, meine ich?"
Mit erstickter Stimme.
„Und was ist, wenn mein Kind das auch hat?"
Zeigt auf seine Narbe von der Gaumenspalte, von den Operationen.
„Das vererbt sich weiter, das weiß ich, das habe ich gelesen."
Hat jetzt Tränen in den Augen.

„Irgendwie ist von der Stefanie schon alles so geplant, sogar das Glück. Und was, wenn das eben nicht so wird? Da habe ich schon Angst."
Der Mayer ist so offen wie noch nie. Die Habner ist davon überrascht, ein bisschen verlegen auch, aber vor allem beeindruckt von diesen Gefühlen, vom Mayer.
Sie legt ihre Hand auf seine, zögerlich.
Sie hat bis jetzt alle Berührungen vermieden, sie mag das nicht. Nur einmal hat sie kurz seine Hand gestreift. Das war im Wirtshaus, wie sie schnell auf sein Huawei geschaut hat. Da hat sie ihn versehentlich berührt, abgelenkt war sie da von der Neugierde. Auf keinen Fall war das bewusst.
Aber jetzt legt sie ihre Hand auf seine, ganz bewusst. Weil er etwas Besonderes ist. Vom ersten Augenblick an war er das, das weiß sie jetzt bestimmt.
Der Mayer blickt auf seine Hand, dann auf sie. Die Habner lächelt.
„Ich würde Sie jetzt gerne umarmen und halten, aber ich kann das nicht", gesteht sie.
Der Mayer wischt sich die Tränen aus dem Gesicht mit den Ärmeln seiner Uniform.
„Ist in Ordnung", erwidert er, „alles ist wieder in Ordnung. Wie immer!"
So sitzen sie da, nebeneinander. Hand in Hand.

Stille.

„Warum können Sie mich eigentlich nicht umarmen?"
„Ich kann das nicht."
Mehr sagt sie nicht. Aber so, wie sie es gesagt hat, genügt das.
„Bei Ihnen ist aber auch viel verkehrt", stellt der Mayer fest. Mit einem versteckten Lächeln hinter der Hand.

„Ja, das ist sicher so“, sagt die Habner.
Auch mit einem Lächeln. Dabei trennen sich ihre Hände, unbewusst. Und dann schauen sie wieder hinaus.
„Es ist schon schön hier“, meint er.
Sie schweigt.
Dann sagt sie, dass der Mayer den Totengräber anrufen soll, den Alois, er soll morgen in der Früh am Friedhof sein, am Familiengrab der Brandtners.
„Glauben Sie, dass es da einen Zusammenhang gibt zwischen den Kindern und dem Tod des alten Brandtners?“
Die Habner weiß das nicht, aber sie will die Kinder sehen. Dann weiß man mehr, vielleicht ergibt sich etwas. Vielleicht ist da ja etwas.
„Was Schreckliches ist passiert, hat er gesagt am Telefon. Wenn wir das Schreckliche kennen, wissen wir um das Warum, dann kriegen wir auch den Mörder“, vermutet sie.
Der Mayer stimmt dem zu.
Dann sagt die Habner etwas, das dem Mayer nicht gefällt. Da erkennt er nämlich, dass sie doch ganz anders ist als er.
„Sie sollten nicht weinen, durch die Tränen sieht man nichts, schon gar nicht die Wahrheit.“
Der Mayer blickt sie an, nachdenklich. Sie ihn nicht.

Es gibt viele Zufälle im Leben, gute und schlechte und solche, die egal sind.
Die Wagen hört man nicht mehr, die sind ganz leise, die Lastwagen sind noch laut. Die Industrie hat sich da noch etwas herausgeschlagen, die dürfen noch lange verwendet werden. Da geht es ja um Arbeitsplätze, sagen die da oben. Und hinter den Lastwagen, oben auf der Straße, da fährt der Pickup. Da sitzt der Walter drinnen.

Dem fehlt ein Eckzahn. Da muss er sich erst einen neuen kaufen und einsetzen lassen. Den hat er bei einer Schlägerei verloren. Wie er wieder einmal für ein paar Tage unterwegs war, weil er wieder unruhig war. In einem Lokal, da wurden er und ein anderer blöd zueinander. Der war auch so unruhig wie der Walter. Und dann hat der Walter zugeschlagen, der andere auch, mit Fäusten. Da ging es um eine Prostituierte. So richtig hart haben die sich geprügelt. Mitten drinnen im Ganzen, da flog der Eckzahn in weitem Bogen aus dem Mund. Der Walter wurde dann verrückt vor Zorn. Hat den anderen fast zu Tode geprügelt, dessen Gesicht war ganz matschig. So wild war er.
Da hat er viel zahlen müssen der alte Steger. Und ins Gefängnis musste der Walter auch fast. Das war knapp, nur unzählige Telefonate haben ihm das erspart und Geld natürlich. Gefängnis wäre aber besser gewesen, da hätte er vielleicht etwas dazu gelernt. Aber so weiß er, er kann machen, was er will, da passiert nie wirklich etwas. Und das tut er auch. Weil ja auch die Gefängnisse so voll sind, da kommt man gar nicht mehr so leicht hinein. Selbst, wenn man es darauf anlegt. Da muss dann schon wirklich was sein, etwas Gescheites, wie sie hier immer sagen.

Genau jetzt fährt der Walter vorbei hinter den Lastwagen, weil die ein Problem hatten. Weiter hinten bei der Waldausfahrt, mit einem Zylinderkopf war da was. Und jetzt sieht er die beiden da so sitzen, die Habner und den Mayer, so eng nebeneinander. Das ist ein schlechter Zufall, weil der Walter wird das ganz aufgeregt dem Steger sagen. Der Steger wird sich darüber Gedanken machen, keine guten Gedanken. Und er wird diese Karte bestimmt ausspielen. Wenn der richtige Zeitpunkt da ist.

Von ihrer Mutter hat die Stefanie das Kochen nicht gelernt. Dazu ist die Mutter zu früh gestorben. Und gekocht hat die sowieso nicht. Die Haushälterin, die dürre Rosi vom Ort, die Tochter vom Tischler Rudi, die hat gekocht bei den Stegers. Und den Haushalt hat sie auch gemacht.

Das Essen präsentiert, das hat die Mutter. War da ein bisschen wie eine Gräfin. Und die Kinder groß gezogen hat auch die Rosi. Zuerst freiwillig, dann notgedrungen, aber immer gerne. Die hatte selbst keine Kinder, auch keinen Ehemann. Die ist übrig geblieben, vielleicht, weil sie geistig ein bisschen zurückgeblieben war. So haben die Leute das gesagt. Die Rosi war immer sehr gerne bei den Stegers, und der Steger war gut zu ihr. Der wusste, was er an ihr hatte. Bis kurz vor ihrem Tod war sie bei ihnen. Schwer zuckerkrank, dann Schlaganfälle. Der dritte war dann tödlich. Das viele fette und das viele süße Essen, sehr gut war das immer, aber es hat sie umgebracht. War noch gar nicht so alt, die Rosi. Dürr war sie ihr Leben lang, seltsamerweise.

Der Walter und der Franz, die waren nur draußen als Kinder, jetzt auch. Überall waren die, immer unterwegs. Die Stefanie war nur drinnen, zu laut und zu wild war ihr alles da draußen. Immer bei der Rosi war sie. Schon als kleines Mädchen mit einem riesigen Kochlöffel in den Töpfen umgerührt, sitzend auf der Arbeitsfläche neben dem Herd. Es gab nichts Schöneres für sie und für die Rosi auch nicht. Dabei hat die Rosi immer viel erzählt, so ganz nebenbei. Von ihren Träumen und Wünschen, die sich nie erfüllt haben. Dass sie ein schöner Mann heiratet, der sie liebt und der immer für sie da ist. Dass sie vier Kinder bekommt, alles Mädchen, denen sie jeden Tag ein neues Kleidchen anziehen kann, die sie aus bunten Stoffen selbst genäht hat. Dass sie in einem kleinen Holzhäuschen am See wohnt, dessen Wasser

so blau und klar ist, dass man sogar daraus trinken kann. Alles unerfüllte Wünsche. Trotzdem ist das Leben schön, hat die Rosi dann gesagt, wenn sie mit den immer gleichen Geschichten und mit dem Kochen fertig war. Die Stefanie hat nicht alles von dem verstanden, was die Rosi da so erzählt hat. Aber einen Satz hat sie sich gemerkt, den hat die Rosi immer gesagt. Beim Kochen, beim Abwasch, beim Rauswischen, beim Kloputzen. Sogar beim Staubsaugen hat sie das gesagt, die Stefanie hat das von ihren Lippen ablesen können: Zuhause ist es am schönsten.
Dabei war die Rosi ihr ganzes Leben noch nie woanders.
Als die Stefanie einmal Zwiebeln angeschwitzt hat in der Pfanne am Herd, von Miele war der damals, da hat sie sich am Handrücken verbrannt. Das haben sie aber dem Steger nie gesagt, das war ihr großes, gemeinsames Geheimnis. Der Steger hat das nie bemerkt. Da hat sie noch heute einen dunklen Fleck.
Da muss die Stefanie jedes Mal an die Rosi denken, wenn sie den Fleck sieht. Und weil sie oft auf ihren Handrücken schaut, egal, was sie tut, denkt sie sehr oft an die Rosi. Würde aber auch ohne den Fleck an sie denken, nicht an ihre Mutter. Von der Rosi hat sie das Kochen gelernt.

Der Jeep steht am Parkplatz vorm Wirtshaus. Finster ist es, Abend.
Der Wirt hinter der Ausschank, da trinkt er ganz allein unter der Neonröhre.
Die Habner tritt ein. Die beiden sehen sich an, weil der Wirt wollte schauen, wer da bei der Tür reinkommt. Nur kurz zögert die Habner, dann geht sie weiter. Sie muss ja bei der Ausschank knapp vorbei, dann über die Stiege nach oben zum Zimmer 7, zu ihrem Zimmer. Der Wirt schaut sie nicht an, der tut so, als wäre sie nicht da. Aber passen tut ihm ihre

Anwesenheit nicht. Das sieht man ihm an und das weiß sie auch. Hat der Steger ja auch gesagt, dass sie nicht mehr hier sein darf. Und wenn der Steger etwas sagt, dann gilt das erst recht für den Wirt. Er hasst die Habner. Die macht alles ganz anders, als es vorher war. Das mag man hier sowieso nicht. Aber sie geht vorbei, souverän, ganz normal versucht sie zu sein. Ist aber trotzdem froh, wie sie dann oben ist bei der Stiege und direkt vor ihrem Zimmer.
Der Wirt steht unten bei seinem Schnaps.

„Ist schon zu spät heut' zum Reden", sagt die Stefanie, „bist ja schon wieder so spät daheim, noch später als gestern."
„Ja", erwidert der Mayer, „viel zu tun, weißt eh."
„Aber morgen reden wir dann."
„Ja", nuschelt der Mayer mit der Zahnbürste im Mund, „und ich find' das echt super."
Sieht auf ihren Bauch, spuckt dann die Zahnpasta aus. Im Badezimmer fehlt noch die Duschkabine, die macht er auch bald, verspricht er schon sehr lange. Die Stefanie lächelt kurz, beiläufig. In ihrem Nachthemd dreht sich noch einmal zurück, bevor sie dann hinaus geht und zu Bett.
„Magst du morgen zum Frühstück auf'backene Semmeln oder ein Brot, das müsste ich nämlich auftauen?"
Aber diesmal nicht so, als würde sie sich selbst darauf freuen, mit viel Butter und Marillenmarmelade. Das hat sie sonst immer getan, sondern eigentlich mehr automatisch fragt sie das jetzt.
„Die Semmeln wären echt gut", antwortet er.
„Mag die die Frau von der Polizei auch? Oder isst die zum Frühstück auch nichts?"
„Die isst eh nichts, glaub' ich."
„Von was lebt denn die Frau, wenn die nie was isst? Von der Luft… oder nur von der Liebe vielleicht?", fragt die Stefanie.

Und geht dann, legt sich ins Bett und dreht sich gleich weg. Licht aus am Nachtkästchen, liest auch nicht mehr.
Die Stefanie schläft immer früh, wenn sie etwas bedrückt. Zuerst drüber schlafen, dann drüber reden und erst dann entscheiden, sagt sie auch zum Mayer immer.
Heute schläft sie besonders früh, muss viel nachdenken, vielleicht auch bald viel entscheiden.
Ihr Vater hat angerufen. Hat ihr das natürlich erzählt, was der Walter gesehen hat. Das mit dem Mayer und der Habner beim Wagen unten bei den Teichen, so ungewöhnlich nah beieinander.
Die Stefanie ist ein besonderer Mensch. Oft so weise, einfach so, von innen heraus. Sieht die Dinge, wie sie sind, nicht kompliziert. Wenn die Dinge schwierig sind, merkt sie das schon, aber sie macht sie nicht noch komplizierter.
Der Mayer schaut zu ihr, dann in den Spiegel. Er ist traurig und wütend auf sich selbst, weil er so wenig Zeit hat für die Stefanie, jetzt, wo es so wichtig wäre. Die beiden hatten immer alle Zeit der Welt zum Reden, sogar zu wenig zum Reden für die viele Zeit.
Und jetzt… alles anders.

Diskutiert wird da, gestritten, aber gedämpft, verschwörerisch. Nicht am Huawei, die sind unten in der Wirtsstube. Die Habner horcht auf, hört aber nicht mehr als das dumpfe Brummen von zwei Männerstimmen, das über die Stiege nach oben zu ihr dringt. Dann ist das vorbei.
Dafür tut sich was unten am Parkplatz. Die Habner steht auf und hantelt sich zum Fenster. Geschickt und schnell, ihre Beinprothese liegt vor dem Bett. Unterhalb ihres Knies fehlt das rechte Bein.
Deshalb zieht sie das Bein immer nach. Das war nicht der Unfall, sie hat sich nicht das Knie gestoßen. Aber das muss

nicht jeder wissen. Das lässt sie schwach erscheinen, hier in dieser Männerwelt, Steinzeit.
Sie beobachtet durch den Vorhang, ausgebleicht, mit Muster, da sind Rehe oben.
Unten sieht sie den Steger, der steigt in den Mercedes und fährt weg. Sichtlich zornig, ungeduldig, das erkennt man daran, wie er die Tür aufgerissen, zum Wirtshaus geschaut und zugeschlagen hat. Zurück zur Tür, sie horcht wieder nach unten in die Stube, alles ruhig. Nur eine Flasche wird zittrig auf ein Glas gesetzt, das wird der Schnaps sein.

Der Wirt steht an der Ausschank, Verzweiflung besäuft sich. Große Sorgen hat er, er steht unter Druck. Er denkt nach, blickt auf das Bild seiner verstorbenen Ehefrau, der Elisabeth, das Bild hinter der Ausschank an der Wand. Das tut er immer, wenn er nachdenkt. Wenn der Alkohol nicht die betäubende Wirkung zeigt, die ihn vergessen lässt, was wichtig ist im Leben. Dann schaut er dorthin, so als würde er sie um Rat fragen wollen. Seine Antworten muss er aber selbst finden. Nur kann er das oft nicht, eigentlich schon lange nicht mehr, so richtig noch nie, und jetzt sowieso nicht. Deshalb hört er auf das, was die sagen, von denen er glaubt, es ihnen recht machen zu müssen.
Der Wirt zieht eine Schrotflinte heraus, hinter einer Lade versteckt. Da sind zwei Patronen drinnen. Zimmer 7.

Sie hört leise Schritte, die sich über die Stiege nähern. Der Wirt pirscht sich heran wie auf der Jagd. Das kann er, hat er früher immer gemacht. Wie jeder hier, der als Mann gelten will. Da steht er mit der Schrotflinte in der Hand vor der Tür. Umfasst wieder und wieder den Griff und den Lauf mit feuchten Händen. Nervös ist er, denn das ist kein Wild, auf das er schießen will. Ihr nur drohen, sie verjagen will er.

Weil eine Kriminalbeamtin kann er nicht erschießen. Die würde fehlen, und dann würden noch viel mehr von denen kommen. Den Rest seines Lebens würde er hinter Gittern sitzen. Wenn er überhaupt noch so weit voraus denken kann, wenn der Druck nicht schon so groß ist, dass er gar nicht mehr weiß, was er tun und denken soll.
Die Habner greift nach ihrer Beretta, lädt leise durch und zielt auf die Tür. Die Beretta hat sie immer bei sich, am Hosenbund im Holster, unauffällig.
Zwei Waffen im Anschlag, nur durch die dünne Holztür getrennt. Schweres, unterdrücktes Atmen, von beiden. Angespanntes Warten.

Stille.

Dann knarrendes Holz. Der Wirt geht wieder nach unten, so leise wie er gekommen ist.
Die Habner atmet tief durch, leise. Senkt dann die Waffe, die bleibt jedoch griffbereit.
Der Wirt wirft seine Schrotflinte auf die Ausschank. Schnaps. „Der soll sich seinen Scheiß' doch selber machen", flucht er vor sich hin.
Der Wirt ist fertig mit allem, er hat nichts mehr zu verlieren. Die Leber kaputt, jetzt endgültig, er ist schon ganz grau im Gesicht, aufgedunsen, das Weiße in den Augen gelblich. Bald ist er tot. Sein Huawei läutet, der Steger. Der Wirt drückt den Anruf weg. Schnaps.

Die Habner horcht noch nach unten. Lehnt sich an die Tür, legt das Ohr an das Holz, um zu lauschen und wegen des Gleichgewichts. Nichts tut sich. Sie wartet noch, zur Vorsicht. Humpelt dann geschickt zurück und setzt sich auf die Bettkante, wartet noch. Horcht wieder, nichts. Dann legt sie sich hin. Die Prothese liegt davor am Boden, die Beretta neben ihr auf der verlausten Matratze. Am Nachttisch bleibt das Licht an. Die Habner beobachtet und lauscht, die ganze Nacht, wieder schläft sie nicht. Kein anderer Mensch würde das aushalten. Kein Essen, kein Schlaf. Aber die Habner schon.

In ihr muss es brennen. In ihr brennt es.

Ein Tag bis sie alle tot sind.

In der Früh steht der Mayer mit der Zahnbürste am Gang wieder vor der Weltkarte, schon in Uniform. Die Stefanie geht vorbei ins Badezimmer, kommt direkt aus dem Bett.
„Guten Morgen“, sagt sie schnell.
Verschlafen, zerknittert. Er bemerkt sofort, dass dieses Guten Morgen nicht so ist wie immer.
„Guten Morgen“, erwidert der Mayer.
Er spült den Mund aus im Badezimmer.
„Ich muss dann gleich aufs Revier, was schauen, am Apple“, teilt er mit.
„Passt schon“, meint die Stefanie kurz.
Sitzt am Klo, neben dem Waschbecken, neben ihm. Schnäuzt sich so nebenbei in ein Blatt Klopapier. Der Urin plätschert laut.
„Brauchst du jetzt eh kein Frühstück?“
Fragt sie, aber irgendwie nicht so bestimmt.
„Nein, ich esse dann eh später was anderes. Ist schon eilig.“
„Oft hast du's eilig seit Neuestem“, entgegnet sie und wirkt dabei etwas gereizt.
Weil dass er kein Frühstück und auch keine Jause will, ist auch neu. Und die Semmeln wären ja schnell aufgebacken, denkt sie sich.
„Ja, aber bald ist das vorbei“, meint er.

Stille.

Ungewohnt. Sonst reden sie schon immer viel am Morgen. Nichts Wichtiges, nur so, über das Wetter oft, über den Regen, oder wer wieder was gesagt hat über jemanden. Nichts Wichtiges, was man eben so redet. Aber diesmal.
Er blickt sie an.
„Ich muss das jetzt machen, weil da ist was passiert. Ich kann dir jetzt nicht so viel sagen, aber es ist echt wichtig.“

„Aha."
Die Stefanie fragt nicht weiter nach, weil sie will ihn nicht in die Verlegenheit bringen zu lügen oder etwas zu verschweigen. Er wird ihr schon irgendwann mal alles erzählen, denkt sie sich.
„Das kann man nicht einfach so lassen", ergänzt er, „weil das ist nicht in Ordnung."
„Aha."
Und sie wischt sich aus, lässt dann runter. Zieht sich die Unterhose hoch und wäscht sich die Hände. Nichts wird da jetzt geredet, nur das laufende Wasser hört man.
Der Mayer dreht die Stefanie sanft zu sich. Die dreht noch schnell das Wasser ab, damit muss man sparsam umgehen.
„Weißt du, es ist auch wegen uns und dem Kind", setzt er fort.
Er greift ihr sanft auf den Bauch.
„Weil wenn ich da nichts dagegen mache, dann glaub'n unsere Kinder dann einmal, das wäre normal. Und die tun dann nichts dagegen, oder die machen das dann auch. Und das geht doch nicht, dass die glaub'n, das wär' normal."
Die Stefanie sieht ihn an, legt ihre Hand auf seine auf ihrem Bauch. Ring an Ring.
„Das versteh' ich", erwidert sie, „und das ist gut. Wegen dem Kind auch."
Die beiden lächeln sich an.
„Und wenn was ist mit der Polizistin, musst du es halt sagen, dann können wir darüber reden. Dann können wir das klären, dann stört uns das auch nicht mehr", ergänzt sie.
„Was meinst du denn jetzt damit? Das ist nur eine Kollegin, die mit mir arbeitet, von der kann ich noch viel lernen."
Die Stefanie schaut und sagt nur, dass das gut ist, wenn er viel lernt.
Der Mayer nickt, versteht aber nicht wirklich, was sie meint.

„Ich muss jetzt aber echt los."
Die beiden geben sich ein schnelles Bussi.
„Brauchst du sicher keine Jause?", fragt sie noch hinterher. Diesmal wieder bestimmt, weil sie doch froh ist, dass sie geredet haben, ein bisschen zumindest. Aber da ist er schon weg, die Kappe auf dem Kopf. Die hat er nicht mehr verlegt, seit er so richtig ermittelt wie ein richtiger Polizist. Da braucht er die Stefanie nicht mehr, die ihm sagt, dass er die Kappe wahrscheinlich im Handschuhfach vergessen hat. Das hat die Stefanie auch schon bemerkt.

Durch den Spalt sieht sie sie. Zufällig beim Vorbeigehen, wie sie einen neuen Abwaschfetzen holt aus dem Schrank neben der Schwingtür. Die Habner sitzt da draußen ganz allein in der Wirtsstube in der Früh. Die Stefanie schaut genauer, schnäuzt sich, will ein bisschen Zeit gewinnen, ohne sich das einzugestehen. Geht dann aber doch hinaus, da ist ein Gast, der muss bewirtet werden, das ist ihr Beruf. Sie richtet sich vorher noch etwas die zerzausten Haare. Sie will sich nicht messen, das hat sie nicht nötig. Sie ist sie. Aber das tut sie dann eben doch.
„Guten Morgen", grüßt die Stefanie.
Sehr sicher. Die Schwingtür schwingt knarrend aus.
„Morgen", grüßt die Habner zurück.
Blickt dabei vom Huawei auf. Die zwei schauen sich an. Nicht so wie zwei Frauen, die verbittert um einen Mann kämpfen. Kitschig, so wie in den Filmen. Sondern schon anders, mit Respekt für das, was die andere ist, mit Distanz und gesundem Abstand. Wie ein Indianer und ein Blaurock, wenn sie sich das erste Mal sehen und vorher schon viel voneinander gehört haben. Wie in einem der Western, den der Mayer schon so oft gesehen hat gemeinsam mit der Stefanie.

„Bitt' schön, was darf's denn sein?"
„Ein Espresso bitte, schwarz, ohne Zucker!", antwortet die Habner.
„Die Maschin' ist kaputt, wir haben nur einen normalen Kaffee, passt das auch?", fragt die Stefanie.
Die Habner nickt.
„Sonst nichts? Nichts dazu? Vielleicht ein Semmerl mit Butter und Marillenmarmelad', selbst gemacht?"
Und sie studiert dabei die Habner.

Ihr zartes Gesicht mit den wenigen Falten, ihre feinen, roten Haare, ihre grünen Augen. Ihr Gewand, das nicht fremd, aber anders aussieht. Ihre Sprache, die nicht viel anders, aber doch anders ist. Wie sie sich bewegt, wie sie sie auf dem Huawei hat, ihre feingliedrigen Finger. Ihre komische Umhängetasche daneben, ihre klobigen Schuhe, in denen sie so fest steht. Alles sieht sie.
Kein Wunder, dass diese Frau dem Mayer gefällt. Die ist besonders. Nicht außergewöhnlich attraktiv, aber etwas Besonderes ist sie. Das kann man sich nicht kaufen oder operieren lassen. Das hat man oder man hat es nicht. Ganz wenige haben das eigentlich.

„Sonst nichts, danke!", erwidert die Habner.
Die Stefanie nickt.
„Dann bring' ich gleich den Kaffee."
Die beiden lächeln sich kurz an. Die Stefanie geht in die Küche.
Die Habner hat Gefühle für den Mayer, aber nicht so, wie die Stefanie vielleicht glaubt, Liebe oder so. Nur Wohlwollen, vielleicht mehr, Zuneigung höchstens, ein bisschen mehr als das.
Die Schwingtür geht wieder auf.

„Bitt' schön, ihr Kaffee!"
Sie stellt die Tasse auf den Tisch.
„Danke!"
Die Stefanie bleibt stehen. Eigentlich müsste sie wieder gehen, aber sie bleibt.
„Sie sind sehr schön", sagt sie dann zur Habner.
Die blickt verwundert auf. Das hat sie so unvermittelt noch nicht gehört. Vielleicht auch noch nie, zumindest noch nie von einer Kellnerin.
„Danke vielmals!", erwidert sie.
Irgendwie verlegen, ohne rot zu werden.
„Sie auch", ergänzt sie dann.
Und meint es so.

Nicht, weil die Stefanie besonders attraktiv ist, aber weil sie so wirkt, so anders wie sie selbst. So bestimmt wissend, was Glück für sie bedeutet, und das auch will. Selbstbewusst. Das kann man sich nicht kaufen. Das hat man oder man hat es nicht. Ganz wenige haben das eigentlich.

„Na geh, hören Sie auf!", erwidert die Stefanie.
Lächelnd mit einer wegwischenden Geste. Und setzt sich dabei so beiläufig, so selbstverständlich, wie sich eine Freundin zur anderen setzt, der Habner genau gegenüber. Da, wo der Mayer sonst immer sitzt. Die Habner ist überrascht, aber nicht angespannt deswegen, nur sehr überrascht.
Da sitzen sich jetzt die zwei Frauen gegenüber. Der schwere Holztisch zwischen ihnen.

Die Stefanie in der hellblauen Schürze, die Füße weit auseinander unterm Tisch. Die Socken hochgezogen in den Schlapfen. Selbst gehäkelt. Die häkelt sie immer, wenn es

draußen zu stark regnet. Sie hat schon viele Socken. Bei diesen jetzt ist viel Platz zwischen den Maschen, weil sie schon so alt sind. Im Kasten zu Hause im Haus da liegen viele neue, für später sind die, wenn die jetzigen dann ganz kaputt sind. Ein Taschentuch ist im Gummibund der weiten Hose eingeklemmt. Auf der Hose sind Blumen drauf, ausgewaschen sieht sie aus. Das braucht sie oft das Taschentuch aus Stoff. Sie schnäuzt sich viel, oft aus Gewohnheit und nur manchmal, weil sie wirklich muss. Da holt sie dann tief Luft, bläst ihre Backen groß auf und schnäuzt sich laut. Aus der Küche bis in die Wirtsstube hört man das.
Die Habner in ihrem üblichen Großstadtoutfit. Praktisch, sie hat immer alles dabei. Nicht modisch, aber Dinge, die es hier nicht gibt. Hierher fährt ja kein Amazon, das zahlt sich nicht einmal für die aus, da bestellt auch keiner.
Die Stefanie schon gar nicht, aber andere auch nicht, seitdem alles schon so knapp und deshalb auch sehr teuer ist. Und die Stefanie hat alles, was sie braucht. Das genügt ihr. Das passt auch zu ihr. So war sie, so ist sie, so wird sie immer sein.

„Ich weiß schon, Sie können mir nicht sagen, was Sie hier genau tun. Das versteh' ich auch… und ich will es auch nicht wissen. Aber ich find' das sehr gut, dass Sie hier sind. Sie hätten schon früher kommen sollen, viel früher. Ich weiß schon, dass vieles hier nicht richtig ist. Aber das hat sich alles so ergeben, da hat man nichts machen können. Ich zumindest nicht, das wollte ich auch gar nicht. Irgendwie kommt man ja immer durch, und uns geht's ja gut. Ich weiß nicht, ob Sie das verstehen, Frau Polizistin, aber uns geht's ja gut hier."
Die Habner nickt, sie versteht. Sagt aber nichts darauf.

Das ist alles, was die Stefanie sagen wollte. Hat alles mitgeteilt, alles auf einmal. Sie steht auf, will gleich wieder in die Küche. Vorher dreht sie sich noch einmal um.
„Machen Sie, was nötig ist. Und dann geh'n Sie bitte wieder!", fordert die Stefanie noch.
Und dann geht sie durch die Schwingtür.
Die Habner nachdenklich. Sie versteht, fühlt sich auch bestätigt. Das tut ihr gut. Dass die Stefanie das sagt, ist schon etwas Besonderes für sie. Weil die steht ja nicht nur am Rand beobachtend, wie manche oder sogar die meisten hier. Sie hat ihre große Liebe da mittendrinnen, trotzdem findet sie das gut. Und ihr Ehemann verbringt ja sehr viel Zeit mit ihr, mit der Habner. Respekt hat die Stefanie von der Habner dafür.
Auch wenn die Habner das Gespräch nicht wirklich gebraucht hat, um das zu tun, was nötig ist, denn sie wird ohnehin machen, was nötig ist. Für sich selbst. Dafür ist sie gekommen. Für nichts anderes.

„Am Apple habe ich nichts gefunden über die Weidings und die Grubers", teilt der Mayer mit, „wie vom Erdboden verschluckt sind die."
Am Huawei sagt er das im Wagen.
„Gut", erwidert die Habner.
Sie hat nichts anderes erwartet, und sie sagt auch nicht mehr dazu. Das wundert den Mayer. Denn die Weidings und die Grubers müssen etwas getan, gewusst oder gesagt haben, dass ihnen so etwas Grausames angetan wurde, denkt er sich. Aber die Habner wird schon wissen, was wichtig und richtig ist. Die hat ja viel Erfahrung mit Menschen, die nicht gefunden werden wollen.
„Ich bin dann eh gleich da", fügt er noch an.

Die Habner trinkt den letzten Schluck, der Kaffee ist sehr gut hier. Sie steht auf, geht hinaus auf den Parkplatz.

Ein Kreuz. Auf ihrem Jeep, ganz groß auf der Scheibe vorne und über die Motorhaube. Ein großes, rotes, aufgemaltes Kreuz. So eines wie am Friedhof.
Der Mayer parkt sich gerade ein, sieht das auch. Steigt aus, ist geschockt. Die Habner nicht, die hat damit gerechnet. Sie ist schon zu lange da.
„Das ist kein Hinweis, das ist eine Drohung. Nicht wie am Friedhof. Das hier war wer anderer", meint der Mayer.
Die Habner nickt.
„Das ist gut. Das bedeutet, wir werden ernst genommen", ergänzt sie.
Da ist wieder dieses Wir. Aber mit dem Kreuz, mit dieser Bedrohung, hat das jetzt eine andere Bedeutung für den Mayer, das gilt jetzt auch ihm. Das ist etwas anderes dann.
In der Garage, gleich neben dem Schlachtraum, wo der Hirsch an der Decke hängt, noch in der Schwarte, um saftig reif zu werden, da steht der rostige Kübel mit der geöffneten Lackdose drinnen und dem in Rot eingetauchten Pinsel, nicht einmal ausgewaschen. Den haben sie nicht versteckt, sondern nur hier in die Garage gestellt. Der Mayer ist darauf gestoßen. Ist einfach den Tropfen am Beton gefolgt.
Er blickt zum Wirtshaus. Da geht jetzt das Neonlicht an über der Ausschank. Das heißt immer, dass der Wirt da ist und trinkt. Der Mayer ist wütend.
„Sie warten hier!", fordert er die Habner auf.
Die wartet auch. Sagt aber noch, er solle ruhig bleiben, keine Gefühle zeigen, das bringe nichts.
„Das geht aber jetzt nicht anders", erwidert er.

Er geht zornig weiter. Der Habner missfällt das, sagt aber nichts. Da muss man ihn dann einfach gehen lassen. Weil sehr persönlich ist es für ihn.

„Warst du das, Papa, da draußen? Mit dem Kreuz am Jeep?" Der Mayer ist wütend. Der Wirt lässt sich sein erstes Bier runter. Sagt nichts, trinkt hastig.
„Warst du das?", wiederholt der Mayer.
Noch einmal, betont energisch.
„Ich war das nicht, aber ich habe dir ja g'sagt, die soll nicht mehr hier sein. Die hat hier auch nichts zu suchen. Die tut dir nicht gut und der Stefanie auch nicht", erklärt der Wirt.
„Die Stefanie hat damit gar nichts zu tun, also brauchst du auch nicht von ihr zu reden. Und das da draußen, das ist meine Kollegin. Kapierst du das nicht, Papa? Die ermittelt hier in einem Mordfall. Mit mir, ich bin Polizist! Und zwar solange, bis wir fertig sind, mit allem fertig sind. So lange bleibt die hier. Und oben im Zimmer kann sie auch bleiben. Hast du das verstanden, Papa?"

Stille.

„Hat der Steger damit was zu tun?", will der Mayer wissen. Der Wirt antwortet nicht, trinkt nur. Der Mayer sieht das als Bestätigung.
„Was ist mit den toten Kindern von der alten Brandtnerin, weißt du da was drüber?"
Jetzt blickt der Wirt auf, so, als wollte er fragen, woher der Mayer denn das weiß. Der bemerkt das.
„Ja, früher haben alle davon g'wusst, aber geredet worden ist da nichts. Das war ja nicht unsere Sache", antwortet der Wirt.

„Nicht unsere Sache? Genau das ist das Scheißproblem hier bei uns", meint der Mayer erbost.
Er dreht sich um, will gehen.
„Die Mama würde sich schämen für dich, dass du uns alle so im Stich lässt für diese Hure aus der Großen Stadt."
Der Mayer erstarrt, schockiert ist er. Langsam dreht er sich um.
„Was hast du da gesagt? Was war das?"
Der Wirt trinkt einen großen Schluck, wirkt nicht nervös, aber er weiß, dass er den Mayer da getroffen hat. Vielleicht ist er selbst so verzweifelt, dass er das sagen musste. Weil richtig kommt ihm das nicht vor, dass er das gesagt hat. Das merkt man.
Der Mayer geht langsam zum Wirt zurück, ganz nah an ihn heran.
„Papa, was ist denn hier los?"
Überraschend ruhig, ganz ruhig.
„Dass du so was sagst zu mir, das kann ich nicht glauben. Das bist doch nicht du. Dass du so über die Mama und über mich redest."
Der Mayer ist tief getroffen, er blickt auf das Totenbild seiner Mutter. Der Wirt senkt seinen Kopf, beschämt ist er, aber auch stur.
„Du musst ja viel Angst haben. Hast du was mit dem toten Brandtner zu tun?", fragt er.
„Die muss hier weg", betont der Wirt dann noch einmal. Dann trinkt er.
„Ich sag' dir eines, ich mache das mit der Habner hier bis zum Ende. Und wenn ich herausfinde, dass du damit irgendwas zu tun hast, dann ist mir das scheißegal, dass du mein Papa bist. Das schwör' ich dir. Ich bin hier der Polizist. Endlich bin ich das, nicht mehr der Trottel für euch alle. Und die Mama ist deshalb stolz auf mich, das weiß ich."

Er schaut eindringlich auf den Wirt, dann dreht er sich weg, will gehen.
„Bub!“, ruft der ihm nach.
Der Mayer schaut zurück.
„Pass auf, dass dir nichts passiert!“
„Willst du mir jetzt auch noch drohen?“
„Nein“, sagt der Wirt, „ich will nur, dass dir nichts passiert. Das ist das Ganze hier nicht wert.“

Stille.

„Doch“, erwidert der Mayer.
Noch ein kurzer Augenblick Blickkontakt, dann geht er hinaus und weiter auf den Parkplatz. Der Wirt sieht ihm nach durch das Fenster, besorgt.
Mein Gott, denkt er.
Dann trinkt er, nicht mehr Bier, Schnaps. Das mit der Schrotflinte war ihm zu viel gewesen, das wollte er nicht. Aber die Habner muss weg, also hat er das Kreuz da auf den Jeep gemalt. Er wusste schon vorher, dass das nicht viel bringen wird, aber irgendetwas musste er ja tun. In seiner Verzweiflung.

Es gibt Momente, auf die wartet man sein Leben lang, unbewusst. Und dann sind sie da, unerwartet. Der Mayer hat auch gewartet. Dann war er da der Moment, ist gekommen mit der Habner. Und er hat zugegriffen. Hätte er es nicht getan, hätte er so weitergelebt, vielleicht glücklicher im Nichtwissen. Aber im Wissen, ganz tief drinnen, dass ihm etwas fehlt, nämlich die Wahrheit. Über den Tod vom alten Brandtner und über noch viel mehr, über sich. Das kann dann später oft sehr weh tun, die Wahrheit nicht zu kennen.

Das kann man verdrängen, aber es kommt immer wieder hoch. Also hat er keine andere Wahl. Jetzt nicht mehr.

„Alles in Ordnung?“, fragt die Habner den Mayer.
Wie er zu seinem Wagen geht.
„Ich glaub', das war mein Papa.“
Ein bisschen entschuldigend deutet er auf den Jeep, den weißen mit dem roten Kreuz. Wie bei den Kreuzrittern schaut das aus. Die Habner nickt, als würde sie mitteilen wollen, dass sie das nicht stört.
„Das mache ich dann später. Ich hoff', das geht wieder ab“, sagt der Mayer, „wäre ja echt schade um das schöne Auto.“
Steigt in seinen Wagen, die Habner in ihren. Der Polizeiwagen und der Jeep, mit dem Kreuz oben, fahren weg.

Der Alois steht schon da mit dem Bier in der Hand. Die Schaufel in einem Haufen frischer, schwarzer Erde. Vor dem offenen Grab, das hat er schon geschaufelt, für den alten Brandtner, der kommt bald da hinein.
„Nein, sonst war da nichts drinnen. Nur die alten Knochen halt, von den ganz alten Brandtners und von denen davor und von denen davor auch noch“, erklärt er.
Extra tief gegraben hat er, heute in der Früh schon, für den Mayer, aber da war sonst nichts. Deshalb hat er auch stark geschwitzt, das riecht man. Der Alois wäscht sich überhaupt nicht so oft. Er ist ja eh meistens allein, da stört das auch niemanden. Ihn selbst schon gar nicht. Der durchgeschwitzte Blaumann ist eng hinten am Gesäß, den zupft er dann da raus aus der nassen Gesäßfalte. Nicht versteckt, sondern einfach so, wie selbstverständlich.

Soll ich ihn das fragen?, überlegt sich der Mayer. Das mit den toten Kindern, die hier begraben liegen? Das hat der Doktor zumindest so erzählt.
Aber er überwindet sich. Er will es wissen. Sofort.
„Du Alois, setzt der Mayer an, hast du da Knochen gefunden, von… Babys?"
Die Frage fällt ihm schwer, weil er Knochen und Babys erwähnt, in einem Satz, vor einem offenen Grab.
„Nein", sagt der Alois gar nicht aufgeregt, „die liegen ja unten im Hotel. Die haben's dort damals im Keller vergraben."
Er richtet sich dabei seine dicke Brille. Die Habner und der Mayer blicken ihn an, überrascht. Der Mayer fragt nach.
„Im Hotel haben's die vergraben? Im Keller?"
„Ja, freilich!", antwortet der Alois.
Sonst sagt er nichts. Er antwortet auf jede Frage. Sagt aber nur das, was gefragt wird, nicht mehr. Sonst redet er oft viel, aber Fragen beantwortet er immer knapp. Das ist seine Art. Von vielen ist das hier die Art. Nur nicht zu viel erzählen, wenn man nach etwas Bestimmtem gefragt wird.
„Wer hat das gemacht?", fragt die Habner.
„Der Doktor", antwortet der Alois.
„Woher weißt du denn das?", will der Mayer wissen.
„Das weiß ich vom Willi."
„Wer ist das schon wieder?", flüstert die Habner dem Mayer zu.
„Weiß ich auch nicht", antwortet er.
„Wer ist denn das?", gibt er die Frage weiter an den Alois.
Der senkt seinen Kopf, blickt über den Rand der dicken Gläser, seinen dichten Schnauzbart streicht er sich mit dem Daumen und dem Zeigefinger glatt nach unten. Schaut auf den Mayer so, als müsste der das wissen. Aber der Mayer ist doch noch jung, der Willi schon lange tot.

„Der Willi liegt da hinten. Der ist sogar hier g'storben", erzählt er dann.

Das war im Sommer, da war es noch richtig heiß, da ist er in der Grube gestanden, hat geschaufelt. Fast war er fertig mit dem Schaufeln, und plötzlich ist er umgefallen. Tot, das Herz. In der Hitze die Anstrengung, das viele Bier, das viele Rauchen der Milden Sorte. Und dann standen die Leute beim Begräbnis mit ihrem Sarg vor dem offenen Grab, und dann lag der Willi da schon drinnen, hat die Grube besetzt. Der Willi hat vorher niemandem gefehlt. Der war oft mal weg für ein paar Tage oder sogar Wochen in seiner Fischerhütte weiter unten, wo der Bach schon ein Fluss ist. Und dann lag der da drinnen. Da haben sie erst den Willi aus dem Grab herausheben müssen, damit der Sarg Platz hatte. Da haben schon die ersten geschmunzelt und leise gekichert, später wurde dann viel und laut darüber gelacht. Schon beim Leichenschmaus ging das los, die Gaudi mit dem toten Willi.
Den Willi hat der Mayer gar nicht mehr gekannt. Geredet hat über den anscheinend auch keiner. Außer über seinen lustigen Tod.

„Der war vor mir da, der Willi. Der hat mir alles beigebracht, was man als Totengräber halt so wissen muss. Der hat mir das gesagt mit den Kindern, dass die im Hotel unten liegen. Und dass das keiner wissen darf. Früher halt. Aber das ist jetzt schon so lang' her, da ist das heut' schon egal", teilt der Alois mit.
Jetzt hat er doch ein bisschen ausschweifender geantwortet als sonst. Vielleicht weil er auch merkt, dass das seltsam ist mit den Kindern.
„Danke!", sagt der Mayer zum Alois.

Der nickt nur. Die Habner und der Mayer gehen.
Der Mayer, der blickt dann wieder ganz kurz auf das Grab seiner Mutter, im Vorbeigehen. Die Trauer ist verebbt, aber die Leere geblieben.
Der Alois trinkt sein Bier, zündet sich eine HB an.
Nach der schweren Arbeit habe ich mir das aber echt verdient, denkt er sich.
Lässt den Blick schweifen über seinen Arbeitsplatz, über die Gräber, an die Schaufel gelehnt.
Der Alois denkt sich, dass alle Menschen im Tod gleich sind, nämlich tot. Das gefällt ihm. Ihre Gräber sind natürlich nicht gleich. Weil was zum Beispiel die Stegers sich aufgestellt haben, ist schon fast ein Tempel. So mächtig. Konsequenz der Eitelkeit. Bis hierher auf den Friedhof.

Die Ehefrau vom Steger, die liegt ja schon lange dort in dem Tempel. Die Gräfin, so haben sie die Arbeiter in der Firma genannt. Hat im Winter immer schweren Pelz getragen, viel Schmuck, elegant geschminkt. Wie eine Gräfin halt. Zumindest glaubten die Arbeiter, dass eine Gräfin so auszusehen hat. Wie die sie da angeschaut haben, wenn sie betont langsam zu ihrem Audi stolziert ist. Hat sich gerne anschauen lassen. Ist so sogar öfters über das ganze Firmengelände gestöckelt, ohne beruflichen Grund. Nichts hat sie dabei unter ihrem Pelz angehabt, ist nackt gewesen. Haben die Arbeiter zumindest immer gemunkelt, sich dabei zugezwinkert. Aber da weiß man nicht, ob das gestimmt hat. Vielleicht nur verschwitzte Männerfantasien bei der harten Arbeit. Im Sommer in ihrem Dirndl hat sie immer viel Busen gezeigt. Der war sehr groß und sehr schön, da haben alle nur so geschaut. Dem Steger hat das gefallen, dass alle geschaut haben. War ja in seinem Besitz, der Busen. So hat er gedacht.

Der Steger hat seine Frau sehr geliebt. Sie ihn auch. Vor allem sein Gehabe, seine Macht, sein Geld. Wenn der Ehemann was ist, dann ist auch seine Frau was. Wenn die Frau was ist, dann ist der Mann ein Nichts. So denkt man hier. Vieles hat der Ehefrau aber auch nicht gefallen am Steger. Vor allem das mit den Prostituierten, wenn er in der Stadt war. Aber da hat sie einfach weggeschaut, dafür war sie ja die Gräfin hier. Und manchmal, wenn der Steger länger weg war, war auch sie nicht da. War mit ihrem Audi auch über Nacht weg, woanders. Wo genau sie gewesen ist, weiß man bis heute nicht. Das hat auch der Steger mal erfahren, aber er hat nichts gesagt, nicht hingeschaut. Kaum zu glauben für viele hier. Da war er ganz anders bei seiner Frau. Die hat sich einfach nichts gefallen lassen. Das hat ihm gefallen, dass die so stark war, so stark wie er.
Wie der Franz gekommen ist, das war schon seltsam. Der war plötzlich da, den hat der Steger mitgebracht. Den Franz hat sie aber trotzdem geliebt, vom ersten Moment an. Das hat sogar den Steger überrascht. Hat sich vorher lange überlegt, was er sagen soll. Er, der sonst immer nur handelt, egal, was andere denken oder sagen. Bei seiner Frau aber, da hat er sich viele Gedanken gemacht. Dabei hätte er das gar nicht tun müssen, die hat den Franz einfach genommen und fertig. Vielleicht wollte sie sich einfach keine dritte Geburt antun. Weil die von der Stefanie war sehr kompliziert, brutal war die. Und dann nach all den Schmerzen und Sorgen, kein zweiter Sohn, nur die Stefanie war da. Einen zweiten Sohn haben sie schon gebraucht, schon allein wegen der Firma. Der Franz war sofort wie ihr eigenes Kind. Da hat der Steger gemerkt, dass seine Frau etwas Besonderes ist. Sie haben sich geliebt. Als sie dann so früh gestorben ist, hat das den Steger bis ins Mark getroffen. Eine Wunde, nur verkrustet, nie wirklich verheilt. Bis heute nicht. Manche hier sagen sogar,

dass der Steger erst seit ihrem Tod so hart ist wie ein Stein, vielleicht härter.

Auf einmal steht er da, der alte Steger mitten in der Küche, breitbeinig. Schon ewig her, dass er da gewesen ist. Die Stefanie erschrickt, kommt gerade aus der Speisekammer. Eine Plastikschüssel in der Hand, Stachelbeeren sind da drinnen. Die wachsen heuer gut, eigentlich immer, die trotzen hartnäckig den widrigen Umständen. Für den Kuchen sind die. Das Blech mit dem goldbraunen Biskuitteig steht schon auf der Arbeitsfläche.
„Servus Dirndl!“, grüßt der Steger.
„Servus Papa!“
„Jetzt schaust du aber, dass ich auch wieder einmal da bin bei dir.“
„Ja, da schau' ich.“
„Wollte nur mal wissen, wie's dir so geht.“
„Aha.“
Nicht wirklich interessiert, aber überrascht über ihren Vater, dass er hier ist. Er kommt näher. Die Stefanie stellt die Schüssel ab, zieht eine andere mit Puddingcreme zu sich und streicht diese sanft auf den Teig. Der Steger lehnt sich an die Arbeitsplatte aus Stein, nah bei ihr. Sein schwerer Mantel riecht sauer nach Regen. Das vermengt sich mit dem zarten Geruch des frischen Teigs zu einer unangenehmen Mixtur.
„Erzähl! Wie geht's dir? Hast viel Arbeit?“
Dabei interessiert ihn nicht, wie es ihr geht oder was die Arbeit macht. Er will etwas, deshalb ist er hier. Nur deshalb. Das weiß auch die Stefanie.
„Ja, schon. Eh wie immer. Aber das passt schon“, antwortet sie.
Sehr akkurat macht sie alles. Sehr gleichmäßig verstreicht sie die luftige Masse bis in die Ecken.

Der Steger nimmt sich eine Stachelbeere, steckt sie in den Mund. Seine Finger sind kurz und grob. Harte Hände. Haben die Stefanie nie berührt, nie gestreichelt, nie gehalten. Nie an der Hand genommen, nie etwas erklärt, nie ein kleines Stück von der Welt gezeigt. Aber auch nie geschlagen.
„Ich bin gerade beim Haus vorbeigefahren, da geht aber nicht viel weiter, was ich so g'sehen habe", teilt er mit.
Er zerbeißt die Beere.
„Das wird schon, dauert halt alles."
„Wenn ihr Hilfe braucht, musst du es halt sagen, weil dann geht doch alles ein bisschen schneller."
„Nein, geht schon. Aber danke!"
Die Stefanie nimmt ihren Blick nicht von der Arbeit. Der Steger nickt, bemerkt, dass sie nicht drauf einsteigt. Nimmt sich noch eine Beere.
„Iss nicht so viel, die brauch' ich für den Kuchen!"
Sie zieht die Schüssel zu sich.
Der Steger schaut missmutig. Sagt aber nichts weiter, blickt auf den Teig.
„Gut machst du das. Das Kochen hast du von deiner Mutter gelernt", meint er.
Die Stefanie sagt gar nichts dazu. Sie schaut auf den dunklen Fleck auf ihrem Handrücken und denkt an die Rosi, ganz fest, das gibt ihr viel Kraft.
„Und mit dem Enkel? Tut sich da was?"
Er zeigt auf ihren Bauch.
Enkel hat er gesagt. Die Stefanie wünscht sich in diesem Augenblick nichts sehnlicher, als ein Mädchen zu bekommen.
„Sicher, wird schon was werden."
„Dann ist es ja gut", antwortet der Steger.

Er richtet sich auf, geht einen Schritt weg, wendet sich ihr wieder zu.
„Machst du dir keine Sorgen wegen dieser Frau, dieser Habner?"
„Das hast du mich auch schon am Telefon gefragt", stellt sie fest.
„Aber du hast nichts drauf gesagt."
„Was soll ich denn drauf sagen?"
„Siehst du das nicht, was da läuft zwischen den beiden? Die ficken doch bestimmt schon miteinander."
Die Stefanie blickt auf, jetzt das erste Mal. Schaut ihn direkt an.
„Du musst ja ganz schön die Hosen voll haben, dass du so einen Scheißdreck erzählst."
Der Steger grimmig. Kommt schnell näher, schlägt mit der Faust hart auf die Platte. So fest, dass es das Blech mit dem Kuchen hebt. Brüllt.
„Pass auf, was du sagst! So redest du nicht mit deinem Vater!"
Das ist das erste Mal, dass der alte Steger so laut wird. Da muss dann schon was sein, dass er so die Fassung verliert.

Dann Stille.

Die Stefanie, ganz ruhig, wie immer.
„Das war das erste Mal, dass du zu mir gesagt hast, dass du mein Vater bist."

Stille.

Der Steger richtet sich langsam auf.
„Sag deinem Mann, dass er damit aufhören soll, aber sofort!"
„Womit soll er aufhören? Dass er Polizist ist?"

Ungewohnt provokant ist sie. So kennt sie der Steger gar nicht. Ganz eindringlich ist er jetzt, aber wieder ruhig.
„Das nimmt alles kein gutes Ende, wenn das so weitergeht, das sag' ich dir, Dirndl, als dein Vater."
Und das betont er, als dein Vater.
Die Stefanie nickt.
„Aber endlich ein Ende", ergänzt sie.
Der Steger erkennt, er kommt nicht weiter. Er wendet sich ab, zur Schwingtür geht er. Dreht sich um.
„Ist eh gut, wenn das Haus nicht fertig wird, weil der Bub bringt eh nichts zusammen."
Und er wirft einen betont verächtlichen Blick auf ihren Unterleib. Dann geht er hinaus.
Die Stefanie blickt auf, ihm hinterher. Dann grinst sie breit, greift sich an den Bauch. Aber dann schaut sie auch besorgt. Macht schnell den Kuchen fertig, nicht um sich abzulenken, sondern um nachzudenken. Für sie selbst und den Mayer ist der Kuchen.

Gleich bei den Teichen vorbei, da steckt der Polizeiwagen fest. Im tiefen Matsch durchdrehende Räder. Auf dem Weg zum Hotel bei der zugewachsenen Zufahrt, auf der schon ewig keiner mehr gefahren ist.
„So eine Scheiße!", schimpft der Mayer.
Er steigt aus seinem Auto in den peitschenden Regen und dann in den Jeep. Der Jeep kommt überall hin. Durch den Regen wäscht sich das Rot ab, das Kreuz zerrinnt. Die Farbe läuft über die Windschutzscheibe, über die Motorhaube und über die Stoßstange auf die Erde.
„Eigentlich könnten wir öfters gemeinsam mit einem Wagen fahr'n", meint der Mayer, „das spart Strom."
Er wischt sich die Nässe aus dem Gesicht.

„Ich fahre aber lieber allein", stellt die Habner ganz sachlich fest.
„Aha."
Er blickt wieder nach vorne zum Hotel. Er wollte nur ein bisschen reden, weil er nervös ist wegen der toten Kinder, nach denen sie hier suchen.

Er war noch nie hier. Das war auch streng verboten von seinem Vater, seit der Mayer ein Kind war. Von allen hier und für alle war das streng verboten. Einsturzgefahr. Angeblich verflucht war das Hotel, das hat der Pfarrer gesagt, sogar in seiner Predigt und beim Religionsunterricht in der Volksschule, den wenigen Kindern, die da waren, hat er das eingebläut. Richtig Angst hat der denen gemacht. Das konnte er richtig gut, der Pfarrer. Der Schwendinger und der Pfarrer haben darüber sogar oft gestritten. Heftig ging es da zu. Der Schwendinger war ein guter Lehrer, der machte keine Angst, sondern neugierig auf alles. Aber dass die Kinder nicht hierher sollen, das hat sogar der Schwendinger gesagt.

Das alles denkt sich der Mayer, als er das Hotel aus der Nähe sieht.
Auf einem Schild steht: Betreten verboten! Einsturzgefahr! Eltern haften für ihre Kinder.
Ein Drudenfuß, das Teufelszeichen, wurde darüber gemalt, in Schwarz. Im Mittelalter wurde es als Zauberzeichen gegen böse Geister verwendet. Man weiß nicht, wer das drauf gepinselt hat. Der Habner ist das egal, beim Mayer zeigt es schon Wirkung.
Es erinnert ihn an den Pfarrer und dessen drohende Worte. Dass das Hotel verflucht und vom Teufel besessen sei. Das bleibt ja hängen, was man als Kind erlebt hat.

Und dann blitzt und donnert es jetzt auch noch, als würde der Himmelvater sie warnen wollen. Könnte man glauben, wenn man abergläubisch wäre. Der Mayer lässt sich aber nichts anmerken. Das wäre ja kindisch, wenn er an den Teufel glauben würde und an den Himmelvater.
Also schneiden sie das Vorhängeschloss am massiven Metallzaun durch. Mit einer Metallschere, die die Habner hinten im Kofferraum hat, in ihrer Werkzeugbox. Wo noch viel anderes Werkzeug drinnen liegt.
Dann betreten sie das Grundstück. In ihren Gummistiefeln, weil da überall riesige Regenlachen stehen, wie kleine Seen. Sie gehen hinein, durch den ehemaligen Haupteingang, der jetzt inzwischen halb verschüttet ist.
Dunkel ist es drinnen. Es riecht nach Schutt, Asche, moderndem Beton, nach altem Wasser, Vogelscheiße überall. Ein Großbrand hat alles mit einer Rußschicht überzogen. Das riecht man immer noch nach so vielen Jahren. Das geht nie wieder weg, der Geruch von Feuer. Der Mayer riecht das nicht so gut wegen den vielen Operationen an seiner Nase wegen der Hasenscharte. Die Rezeption ist sogar noch grob erkennbar. Ein Wink aus der Vergangenheit.
Hier waren früher viele Menschen. Auf Urlaub zum Vergnügen, um sich zu entspannen, Spaß zu haben. Das waren damals gute Zeiten für alle. Man glaubt sogar, noch das Stimmengewirr zu hören hier in den weiten Hallen.
Wie sich Dinge ändern können, denkt sich der Mayer. Während er sich umsieht mit seiner Taschenlampe, vorsichtig und beeindruckt von der bedrückenden Atmosphäre, auch fasziniert vom Eindruck der Vergangenheit und Vergänglichkeit.
Manche Dinge sind so kaputt, dass sie nicht mehr repariert werden können, denkt er sich.
„Alles hin. Das kann man alles nur noch abreißen", sagt er.

Nur um zu reden, um sich selbst abzulenken. Als würde er im dunklen Wald pfeifen.
„Alles kaputt hier“, wiederholt er.
Die Tauben haben sich hier versteckt vor dem Unwetter. Schrecken immer wieder auf, während die beiden weiter gehen. Über die eingefallene Stiege nach unten in den Keller. Von der brüchigen Decke bröckelt Dreck. Ihre Schritte auf den Stufen wirbeln Staub auf, der dann wie eine feine Wolke durch den Raum schwebt, durch die sich die Lichtkegel der starken Taschenlampen durchkämpfen. An den Wänden viele aufgesprühte Zeichen wie Teufelssymbole, Kreuze, Totengrüße. Hier wurden auch satanistische Rituale abgehalten. Tierknochen sind da am Boden von Vögeln. An den Wänden aufgemalte Penisse, und Fut und Pussy und Ficken steht da.

Nicht alle Kinder und Jugendliche waren wohl so gehorsam wie der Mayer. Die waren schon hier, waren pubertär, haben sich hier ausgelassen. Mit Spraydosen und Lack. Viel getrunken und geraucht wurde hier auch, zig leere Flaschen liegen herum, Alkohol, und leere Zigarettenschachteln. Die haben bestimmt zum Mayer gesagt, dass er feig ist, weil er nicht mitkommt. Dass er feig ist wie ein Hase, deshalb auch so aussieht wie einer, mit seiner Hasenscharte. Aber er wollte einfach nicht mehr so hart verprügelt werden von seinem Vater. Angst hatte er, die konnte er nicht überwinden.
Heute schon.

Die Habner geht voraus, neugierig, zielstrebig.
„Da finden wir nie was“, meint der Mayer.
Umherblickend, sein Licht schwirrt ziellos herum. Reißt Tunnel in die staubige Dunkelheit.

Dass sie zurückgehen sollen, schlägt er aber nicht vor. Die Habner würde darauf auch nicht eingehen, so konzentriert wie sie ist. Wie aufmerksam sie alles studiert. Angespannt ihr ganzer Körper, fokussierte Augen, sie will alles sehen.
Noch weiter hinten, wo keine Graffitis mehr an der Wand sind, wo keiner von den Halbwüchsigen jemals hingekommen ist, da taucht ein Fass auf, ein blaues Metallfass, ein Ölfass. Gut versteckt hinter einem Mauervorsprung. Ein Piktogramm ist oben, leicht entflammbar heißt das. Die Habner nähert sich. Sie spürt, dass da etwas sein muss. Sie leuchtet hinein. Da sind alte Stofffetzen drinnen, angesengt, beschwert mit Steinen. Die nimmt sie heraus. Der Mayer leuchtet mit seiner Taschenlampe. Sehr nervös ist er, das Licht wackelt. Die Habner bemerkt das, sagt aber nichts. Unter den Fetzen, da ist Asche, und in der Asche Knochen. Kleine Knochen sind das. Die Habner atmet kurz durch, der Mayer auch. Die Betroffenheit macht Stille. Sie haben gefunden, wonach sie gesucht haben.
„Sie müssen das nicht sehen", meint die Habner.
Der Mayer besteht darauf.
Das kann er sich nicht erlauben, jetzt einfach zu gehen. Das will er sich nicht erlauben. Das wäre anmaßend, glaubt er. Und das ist er nicht. Das tut er sich nicht an, anderen schon gar nicht, der Habner sowieso nicht. Also macht er weiter. Keine andere Wahl hat er, will er auch nicht haben.
„Ich muss!", erwidert er nur.
Die Habner legt das Fass vorsichtig um, gemeinsam mit dem Mayer. Schaufelt mit den Händen die staubige Asche heraus, sehr bedächtig. Knochen, ganze Skelette sind da, Babyskelette. Verkrümmte Wirbelsäulen, verbogene Knochen, missgebildete Gelenke. Und dann sehen sie die

drei Totenköpfchen. Die Habner wischt die Asche vorsichtig weg, mit Würde und Respekt. Alle drei haben an der Schädeldecke Löcher, Einschusslöcher.
„Mein Gott!“, stammelt der Mayer.
Sonst nichts. Er kann nicht glauben, was er da sieht. Ist atemlos. Entstellte, deshalb getötete Kinder.
Schockiert greift er sich an seine Narbe zwischen Oberlippe und Nase. Wäre er als eines dieser Kinder geboren, wäre er auch tot. Ermordet worden, verbrannt in einem Ölfass und hier in diesem Keller abgestellt in einer dunklen Mauernische. Würdelos. Da wird das Unfassbare für ihn greifbar.
Er dreht sich weg und übergibt sich. Fällt dann auf die Knie, atmet schwer. Die Habner beugt sich zu ihm, reicht ihm ein Taschentuch. Der Mayer nickt dankend, mit Tränen in den Augen. Er braucht eine Weile.
„Ich muss Fotos machen, wir brauchen Beweise.“
Er versucht professionell zu sein, selbst jetzt ein Polizist zu sein.
„Das hat Zeit“, meint die Habner ganz ruhig.
Der Mayer nickt, nur schweres Atmen jetzt.
„Warum hat der Doktor das g’macht? Wie konnte er das nur machen? Wie schafft man das?“
Aber die Habner kann keine Antwort auf etwas geben, auf das es keine gibt.
„Wir werden alles tun, um das herauszufinden“, erwidert sie.
Der Mayer nickt, wütend.
„Er hat sie nicht einmal begraben, diese Drecksau.“
Und zieht den Rotz durch die Nase hoch. Atmet tief, fängt sich. Er muss weitermachen. Das fühlt er. Sein Zorn spornt ihn jetzt an. Und sein Verlangen nach Gerechtigkeit für die

toten Kinder. Er kann jetzt nicht aufhören, er darf nicht aufhören.

Hier hat also der Gemeindearzt damals die Leichen versteckt. Da darf schon ewig keiner hinein, hat deshalb keiner bemerkt. Nicht einmal die Brandtners wollten da hinein. Die Gerüchte machten ja auch vor ihnen nicht halt. Die wussten wahrscheinlich auch, dass die Kinder da unten liegen im Keller. Wollten es aber vielleicht nicht wissen, nicht wahrhaben. Aber mit ihrem Hotel haben die Brandtners nie wieder etwas gemacht.

Auf einen Friedhof, mit einem Begräbnis, wären die Kinder ja nie gekommen. Der Pfarrer hätte das niemals zugelassen, die anderen auch nicht. Die Kinder waren ja Bastarde vorm Herrn.
Der Gemeindearzt, er hat gewusst, dass die Habner und der Mayer sie finden würden. Früher oder später. Trotzdem hat er nichts getan, sie ganz verschwinden lassen. Vielleicht weil es zu spät ist für ihn. Vielleicht will er das sogar, dass das Ganze ein Ende hat, dass alles vorbei ist für ihn.

„Ich werde es der Frau Brandtner sagen", teilt die Habner mit, „das mit dem Doktor… dass er sie getötet hat."
Der Mayer nickt, dankbar. Er könnte das nicht.
„Wir holen uns dieses Schwein", sagt der Mayer.
Er richtet sich auf.
„Wir müssen ruhig bleiben, trotz allem", meint die Habner.
Der Mayer nickt, er versucht sich zu beruhigen.
„Geht schon wieder", versichert er.
Das kann die Habner gut. Souverän bleiben. Und noch etwas kann sie. Da bricht die Seele der Welt zusammen, und sie

schaut trotzdem, was noch ist. Was sonst noch zu sehen ist. Und da hinten ist etwas, da ist noch etwas.
Hinter einem Haufen aus alten Ziegeln und aus Schutt. Da ist oben ein Spalt, eine alte Eisentür sieht man da, das obere Ende. Dahinter muss ein Raum sein. Etwas, was man verbergen will. Weil die Mauer davor ist nicht von allein eingefallen, da wurde gestemmt oder gar gesprengt, das sieht man. Und da will die Habner hin. Der Mayer aber kann nicht mehr, das weiß sie. Sie muss noch einmal hierher, später, allein. Sie muss wissen, was da ist, was da verborgen ist.
„Geht schon wieder", wiederholt er.
Wie zur Bestätigung für sich selbst. Die Habner nickt, lächelt ihm aufmunternd zu.
„Wir gehen zurück."
„Ja, raus hier!"
Der Mayer dankbar. Ein letzter Blick auf das Grauen. Er weiß, er wird wiederkommen, er wird sich um die Kinder kümmern. Sie versorgen, sich ihrer annehmen. Die Habner legt behutsam die Stofftücher über die Skelette.
Der Mayer kann kaum erwarten, aus dieser finsteren Unterwelt ans Licht zu kommen. Nach oben an die frische Luft, weg von diesem Abgrund, diesem erbärmlichen Schlund. Das wird ihm guttun. Vor allem das Licht, der Himmel, die Weite.

Gerade als sie draußen sind, da fährt schon der Mercedes vor. Und der Pickup, mit dem Walter und dem Franz. Die Hunde auf der Ladefläche, angekettet. Die Jagdflinte hängt hinten bei der Heckscheibe.
Die meisten hier haben Waffen, alle möglichen Arten davon. Wenig Polizei, viele Waffen, das hält die Politik für sinnvoll.

Die Wagen graben sich durch den Dreck, immer wieder drehen die Räder surrend durch, werfen Schlamm hoch, kommen aber voran. Der Regen ist nicht mehr so stark. Das wechselt oft und schnell hin und her.
Der Jeep und der Polizeiwagen fallen auf. Die hat bestimmt wer gesehen hier unten am Hotel. Und der hat dann wen angerufen und der vielleicht wieder jemanden, bis es halt der Steger erfahren hat. Und der ist jetzt hier.
„Seid ihr total deppert?", ruft der Steger.
Gleich beim Aussteigen.
„Ihr habt da drinnen nichts zu suchen. Die Bude kann jederzeit einstürzen", setzt er fort.
„Die Kinder sind nicht gestorben. Der Doktor hat sie umgebracht, die Kinder von den Brandtners. Hast du das gewusst?", fragt der Mayer.
Der Steger ist überrascht.
„Was hat der?"
„Er hat sie erschossen, alle drei."
Überraschend ruhig und gefasst teilt der Mayer das mit.
Der Walter und der Franz, die schauen auch ganz anders drein als sonst. Wie sie das hören, vor allem der Franz, der hat ja selbst Kinder.
„Bub, bist du dir da auch sicher mit dem, was du da sagst?"
„Ja", erwidert der Mayer, „die liegen da unten, du kannst selbst nachschauen, wenn du willst. Du weißt ja, wo sie sind. Oder etwa nicht?", fragt er provokant.
Jetzt sagt der Steger nichts mehr darauf. Er hat gewusst, dass die da unten liegen. Das hat irgendwie jeder gewusst, aber das andere nicht.
Der Franz macht einen Schritt nach vorn. Den hört man jetzt das erste Mal reden.
„Dann hat er auch den alten Brandtner umgebracht, weil der wollte das kurz vor seinem Tod aussagen. Dann ist der Fall

ja abgeschlossen, wie ihr bei der Polizei sagt, der Doktor war's also."
„Vielleicht haben Sie damit recht", stimmt die Habner zu.
Der Mayer blickt sie an, ist ein bisschen verwundert.
War es das jetzt?, denkt er sich.
„Dann war's das, Gott sei Dank", meint der alte Steger, „Sie wissen ja, wo Sie ihn finden."
Die Habner nickt.
„Ihr dürftet da eigentlich gar nicht drinnen sein. Wisst ihr das eh?", übernimmt der Franz wieder das Wort.
Zeigt auf das durchgeschnittene Schloss am massiven Metallzaun.
„Rein rechtlich gesehen, wenn es also vor Gericht darauf ankommt, schaut das gar nicht gut aus für Sie."
Mit einem Grinsen fügt er das an, zur Habner.
Er ist ein recht ein Zyniker, der Franz, weil er gescheit ist und glaubt, er sei allen anderen immer weit voraus.
Der Mayer fixiert ihn.
„Ist das alles, was dir dazu einfällt? Die rechtliche Scheiße, sonst nichts? Willst du den Doktor da raushaben aus allem, dass er davonkommt?"
Der Mayer aufbrausend.
„Die rechtliche Scheiße sollte dich als Polizist aber schon interessieren. Aber so ein richtiger Polizist bist du ja gar nicht", entgegnet der Franz.
Wieder mit diesem Grinsen.
Der Mayer wird zornig, als er das hört. Geht auf den Franz drohend zu. Da wird auch der Walter sofort unruhig, sein Gesicht grimmig. Er macht sich groß, hat eine Schlägerei in Aussicht.
„Passt schon wieder", sagt der Steger zum Franz.
Spricht dabei lauter als gewohnt. Mit brennenden, braunen Augen.

Passt schon wieder, das bedeutet, dass der Franz seinen Mund halten und dass der Walter wieder seinen Hund streicheln soll, dass sich alle beruhigen sollen.
Das wirkt auch, alle beruhigen sich.
„Ich glaube, Sie irren sich", erwidert die Habner ganz ruhig zum Franz.
Und zum Steger auch.
„Dieses Grundstück gehört der Frau Brandtner, und wir haben deren mündliches Einverständnis, das Grundstück zu betreten. Rechtlich gesehen geht sich das also aus."
Sie alle wissen, dass das nicht stimmt, dass die Habner lügt. Aber wenn es darauf ankommt vor Gericht, könnte sie damit durchkommen.
Der Walter blickt zwischen den Parteien hin und her. Der kennt sich nicht aus mit diesen Dingen, deshalb schaut er auch nur und sagt nichts. Er beobachtet alles seitlich an der Ladefläche stehend, wartet auf etwas Gröberes, streichelt dabei den Ari unter dem breiten, Speichel tropfenden Maul.
„Da liegen Sie aber gewaltig falsch", meint der Steger.
Und nickt dem Franz zu.
Der zieht einen Zettel hervor aus seiner Mappe, die er immer bei sich trägt.
„Der alten Brandtnerin wurde schon vor zwei Jahren die Geschäftsfähigkeit entzogen. Vor vier Monaten hat sie auch eine Vorsorgevollmacht unterschrieben. Und die ist hier."
Er zieht noch einen Zettel heraus.
„Alles gerichtlich beeidigt und bestätigt, mit Stempel und Siegel, so wie es sich gehört", fügt der Steger hinzu.
Sichtlich zufrieden ist er mit allem, vor allem mit sich. Die Habner blickt darauf. Tatsächlich, alles korrekt.
„Und das hat der Herr Brandtner zugelassen?", fragt sie.
Keine Antwort. Die Habner versteht.
„Er hat also gar nichts davon gewusst", stellt sie fest.

Keine Antwort. Der Mayer reißt die Zettel an sich, sieht diese hastig durch, die Unterschriften sucht er, und er findet eine. Der Bevollmächtigte ist der Schwendinger. Der einzige, dem die Brandtners vertrauten, besonders die alte Brandtnerin. Der Schwendinger, dem auch der Mayer vertraute, der mehr war als nur der Lehrer. Der Schwendinger, der alles war für den Mayer. Der ihn neugierig auf die Welt machte, der ihn zu dem machte, der er heute ist. Und jetzt das, ein dreckiger Erbschleicher. Das trifft den Mayer hart.
„Das hast doch du eingefädelt, du bekommst das dann alles", wirft der Mayer dem Steger vor.
Zeigt auf die Teiche, auf das Hotel.
„Vom Schwendinger kriegst du das, wenn die alte Brandtnerin dann auch tot ist. Wieviel muss man denn dem Schwendinger zahlen, dass er sich selbst so verkauft?"
Der Mayer kann gar nicht glauben, dass er so etwas fragen muss. Ausgerechnet der Schwendinger.
Keine Antwort. Nur der Franz versichert noch einmal, dass das alles seine Richtigkeit hat mit dem Rechtlichen.

Der Franz macht das anders wie der Walter. Der Walter haut einem aufs Maul. Man blutet, man wird verarztet, dann ist es auch wieder vorbei. Wenn man ein paar Mal darüber geschlafen und mit wem darüber geredet hat. Manche hauen dem Walter ein paar Tage später eine aufs Maul, dann ist es für die auch wieder gut. Der Franz haut nicht zu. Der nimmt einem alles, mit seinem Hirn, seinem Wissen um die Lücken und Tücken im Gesetz. Da kann man dann nichts dagegen tun, weil er ja im Recht ist. Wenn alles weg ist, wird das auch nicht mehr gut. Sooft kann man gar nicht darüber schlafen, das tut ewig weh. Wissen und Moral, kein Zusammenhang beim Franz. Gelernt ist gelernt.

Der Mayer blickt auf den Mercedes. Wortlos geht er hin und reißt die Nummernschilder runter.
„Mit der Schrottkiste fährst du jetzt nicht mehr, die sind nämlich schon lange verboten, das sagt auch das Recht."
Der Walter will ihn davon abhalten, aber der Steger hält ihn mit einer kurzen Handbewegung zurück. Und der Sohn folgt widerwillig. Er will dem Mayer eigentlich eine mit der Faust mitten ins Gesicht geben, aber sein Vater will das nicht. Also entspannt sich seine Faust.
„Geh, Bub", meint der Steger, „was soll denn das werden? Glaubst du wirklich, dass ich dann damit nicht mehr fahr'? Was glaubst du denn, wer du bist, dass du mir das verbieten kannst, nur wegen dem blöden Kapperl auf deinem Schädel und den depperten Schildern da?"
Zeigt auf die Nummernschilder in der Hand vom Mayer.
„Nur ein Anruf von mir und du bist nicht mehr da", ergänzt er noch.
Der Mayer hört das, aber reagiert nicht. Er greift an seinen Gürtel, zieht ein Fixiermesser und sticht damit den Vorderreifen des Mercedes kaputt. Luft entströmt.
Jetzt will der Walter aber endgültig auf ihn los, ihn hauen. Wieder hält ihn der Steger zurück.
„Lass ihn!", befiehlt er forsch.
Der Walter pariert gerade noch, zähneknirschend.
Dann dreht sich der Mayer um, wortlos, und geht weg zum Polizeiwagen weiter hinten im Matsch. Ganz allein, mit den Schildern in der Hand.
So allein war er noch nie in seinem ganzen Leben. Nicht einmal, wie er oben lag in seinem Zimmer als krankes Kind, da hatte er zumindest die Stimmen von unten aus der Wirtsstube.
„Sie müssen aufhören damit. Der Bub hält das nicht aus, das sehen Sie doch", meint der Steger nun zur Habner.

Er klingt vernünftig, fast einfühlsam. Bittend sagt er das zu ihr. Der Steger kann viele Rollen, immer die, die er gerade braucht. Aber das hier meint er auch ein bisschen ehrlich.
„Sie hätten damit nicht anfangen sollen. Sie wissen nie irgendwas, Sie haben nie etwas getan und Sie kriegen immer alles. Das geht sich nicht aus. Nicht für mich und nicht mehr für ihn", entgegnet die Habner trocken.
Sie dreht sich um und geht zum Jeep, ganz ruhig.
„Aber was hat das Ganze hier mit mir zu tun?", schreit der Steger.
Und zeigt zum Hotel, dorthin, wo die toten Kinder liegen.
„Gar nichts, rein gar nichts!"
Und beantwortet damit die Frage selbst. Die Habner reagiert nicht, geht weiter. Der Steger sieht ihr nach, sieht ihren schiefen Gang, ihr hinkendes Bein.
Da ist dann etwas in seinem Gesicht. Etwas, das sagt, da ist mehr. Er blickt auf das Hotel, dann wieder zurück auf die Habner. Sagen tut er nichts, aber sein Gesicht verrät nichts Gutes. So hat er noch nie geschaut, der Steger. Der Franz bemerkt das.
Die Habner steigt in den Jeep. Fährt los, sieht den Mayer zum Polizeiwagen trottend. Sie macht sich Sorgen um den jungen Mann, echte Sorgen. Da hat der Steger gar nicht so unrecht. Und sie weiß, dass das, was kommt, noch viel schwerer sein wird für ihn. Aber sie kann nicht aufhören. Wie der Mayer selbst auch nicht. Niemand hier kann aufhören. Alles in Bewegung, in Bewegung geraten mit ihr. Er ist jetzt das, was er immer sein wollte. Und er muss das schaffen. Das gehört dazu.

Später wird die Habner das anders sehen, wenn sie wissen wird, was sie noch nicht weiß. Da wird sie es anders sehen.

Zutiefst bedauern, dass sie jetzt so gedacht hat. Nicht für sich, für den Mayer.

„Das ist nicht gut, das mit dem Doktor. Wir sollten ihn warnen", meint der Franz.
Der Steger richtet sich seinen Hut.
„Vergiss den Trottel, der ist praktisch schon tot!"
Steigt in seinen Mercedes. Der Franz versteht nicht, der Walter sowieso nicht.
„Wart' noch, Papa!", ruft der Franz hinterher.
„Was ist denn noch?"
Der Steger lässt dabei das Fenster einen Spalt herunter.
„Ist da was, das ich wissen muss?", fragt der Franz.
„Sag gleich, was du willst!"
Der Franz druckst etwas herum.
„Naja, weil du vorher so… ich meine, weil so habe ich dich auch noch nie g'sehen. Ist irgendwas?"
So hat der Franz noch nie geredet mit seinem Vater, hatte dazu noch nie auch nur den geringsten Anlass. Der Steger zögert etwas.
„Ich weiß es nicht", antwortet er dann.
Schaut dabei etwas zweifelnd, sogar ein wenig unsicher. Auch so etwas hat der Franz bei seinem Vater noch nie erlebt.

Der Steger war immer sein eigener Gott, seine eigene Regierung, sein eigener Richter. Ein Mann der totalen Überzeugung. Kein guter Mensch, aber genial in seinen Taten in seinem Sinne, für seine Absichten. Über jeden Selbstzweifel erhaben. Muss ein zufriedener Mensch sein. Bis jetzt ist er das gewesen. Jetzt ändert sich etwas. Nach und nach wird alles anders.

„Aber das wird schon wieder", meint der Steger, „ist immer noch alles recht geworden."
So hat er das immer gesagt, wenn es irgendetwas gegeben hat, das nicht so gelaufen ist wie geplant. Er war davon auch immer wirklich überzeugt. Die anderen dann auch. Aber diesmal ist der Franz nicht überzeugt. Weil der Steger es auch nicht ist.
Er kurbelt das Fenster wieder hoch. Fährt weg, ohne Schilder und mit einem platten Reifen. Ist ihm egal, er kommt immer durch, immer voran.
Der Franz blickt ihm hinterher, besorgt.

Die Wagen stehen beim Gemeindearzt vor dem Haus. Alles dicht, hermetisch abgeriegelt. Da gibt es nur ein Draußen und ein Drinnen, nichts dazwischen. Alles zu, auch die Garage. Am Huawei keine Antwort, der Mayer legt auf.
„Der ist schon weg, den sehen wir nicht mehr", stellt die Habner trocken fest.
„Ich will da rein", fordert er.
Und tritt ungestüm gegen die Tür.
„Die brechen wir auf. Sie haben eh das Werkzeug im Auto dabei."
Das will die Habner nicht, sieht da keinen Grund.
„Der ist schon weg, glauben Sie mir", wiederholt sie nur.
„Bestimmt in seinem Scheiß-Vietnam", flucht der Mayer.
Die Habner nickt.
„Die verdammte Drecksau. Geht der jetzt frei, oder was?"
„Nein, die Rechnung muss er bezahlen, da bin ich mir sicher. Früher oder später. Das kriegt er nicht mehr los", erwidert sie.
Der Mayer sagt nichts darauf. Er hätte ihn gerne erwischt, persönlich, mit Verhaftung. Sein sehnlichster Wunsch.

Daraus wird jetzt nichts mehr. Das tut ihm weh, beschäftigt ihn.
„Aber das mit dem alten Brandtner war der Doktor nicht. Das Kreuz im Fleisch, das wär' ja ein unnötiger Hinweis gewesen. Und die alte Brandtnerin, die lebt ja noch. Die hätt' doch dann auch gleich sterben müssen", grübelt er.
„Das hier ist nur ein Teil, aber da ist mehr", gibt ihm die Habner recht.
Der Mayer nickt. Dabei versucht er, einen Blick hineinzuwerfen durch die vergitterten Fenster, durch die dichten Vorhänge, durch die geschlossenen Jalousien. Vergeblich, er kann nichts erkennen.
„Wir sind einfach zu spät", stellt die Habner fest.
Die wieder zum Jeep geht. Mehr sagt sie nicht.
Als würde es ihr nicht viel ausmachen, dass der Todesarzt weg ist, dass sie ihn nicht erwischen. Aber das stimmt nicht. Der Mayer, sein sehnlichster Wunsch, er wollte ihm in die Augen sehen und wissen, warum er das getan hat.

Der Gemeindearzt, der auch vielen geholfen hat. Fürsorglich war er da, zumindest früher. Im Alter hat er dann etwas nachgelassen. Aber das tun viele. Nichts Ungewöhnliches. Auch dem Mayer, wenn er krank war, hat er geholfen. Vor allem als Kind, vor allem nach den Operationen, auch dazwischen. Da hat er sich um ihn gekümmert, gut war er da zu ihm. Seltsam, dass man weiß, dass er da so war, wenn man auch weiß, was er sonst noch war. Ein Monster sieht niemals wie ein Monster aus.

„Alle sind sie deppert geworden, alle miteinander", meint der Mayer.
Er eilt zurück zum Wagen, sie fahren weg.

Der Gemeindearzt sitzt drinnen am weißen Tisch in der Ordination, in seinem Ohrensessel, mit weißem Leder überzogen, die Knöpfe und die Nähte, die polierten Holzfüße sind kitschig golden. Mit den Bildern um ihn herum. Junge Frauen, die Kinder, der Dschungel, Vietnam. Im dunklen Raum. Nur etwas Licht fällt herein, spätes Nachmittagslicht durch die engen Ritzen bei den Jalousien. Der Tresor steht offen, die blaue Mappe drinnen, medizinische Papiere sind das, Patientenakten. Nicht bei den anderen, im Schrank aus importiertem Ebenholz. Weggesperrt waren die im Tresor all die Jahre. So wichtig sind die für den Gemeindearzt. Nicht für andere bestimmt, bestimmt nicht für den Mayer, auch für die Habner nicht, besonders nicht für die beiden. Sie werden sie aber lesen, und es wird ihre Sicht auf ihr Leben verändern.
Am Tisch eine Flasche Johnny Walker, ein gefülltes Glas. Ein Aschenbecher aus Kristall steht da, da raucht eine rote Marlboro vor sich hin. Und die Lady Smith liegt am Tisch. Die Habner hat schon recht. Er wird die Rechnung bezahlen. Er hätte weggehen können, sogar zurück in den geliebten Dschungel hätte er es schaffen können. Aber er will, dass das hier ein Ende hat. Auch mit ihm soll es ein Ende haben.

Vielleicht hat er sogar geglaubt, das Richtige zu tun, damals. Den entstellten Kindern das Leid ersparen, das schwere Leben. Aber sie haben gelebt, sie hatten ein Recht auf das Leben. Er nicht das Recht, Leben zu nehmen.
Es war ihm dabei egal, dass der Pfarrer sagte, die Kinder wären böse, vom Satan geschaffen durch die heimtückische, sündige Lust auf Fleisch, auf das Fleisch des Nächsten, in der Familie sogar. Sogar im Gottesdienst hat er das gepredigt. Die Brandtners verurteilt, verteufelt, von oben herab, von der Kanzel, vor allen Kirchgängern. Das war es

nicht. Die Kirche war dem Gemeindearzt immer egal. Er glaubte vielleicht sogar, als Mediziner gehandelt zu haben, etwas Gutes getan zu haben. Aber er lag falsch. Das weiß er jetzt, hat er eigentlich schon immer gewusst.
Jetzt endgültig.

Er sitzt nur da, die Arme seitlich auf der Lehne. Schaut vor sich hin, nur die Finger mit den Ringen in schneller Bewegung. Der Daumen reibt vom Zeigefinger bis zum kleinen und dann wieder zurück. Er ist nicht mehr da, nicht mit allen Sinnen. Er ist paralysiert, fokussiert auf den Revolver, die silberfarbene Lady Smith. Griffbereit liegt sie vor ihm, nur eine Patrone wird er brauchen. Er wartet noch. Isst auch nichts mehr. Geht nicht einmal aufs Klo. Er wartet, das kann noch dauern, das weiß er. Er scheint auf jemand Bestimmten zu warten. Den hält eine verschlossene Tür nicht auf. Auf jemanden, der ihm die letzte Gewissheit gibt, die letzten Worte. Keine Absolution, die gibt es nicht für ihn, das weiß er. Das Geschehene kann nicht rückgängig gemacht werden. Kein Weg zurück. Nur auf die letzten Worte wartet er. Geduldig und sehr ruhig.
Er ist bereit.

Der Bulli ist nicht da vor dem Hof der Brandtners.
Der Schwendinger hat sich schon abgesetzt. Wie der Gemeindearzt. Schon wieder zu spät, denkt der Mayer. Kann das immer noch nicht glauben, das mit dem Schwendinger. Muss er aber jetzt wohl. Der Schwendinger wieder unterwegs in die große Welt hinaus, so wie früher. Das wollte er doch lange schon, wieder weg sein. Jetzt geht das mit dem Geld vom Steger. Und er denkt auch jetzt daran, dass er es eigentlich ist, der mit dem Bulli die Welt sehen will. Mitten in diesem ganzen Kuddelmuddel, in

diesem Sog aus Wahnsinn, in den er da hineingezogen wurde, da fällt ihm das ein. Das ist immer in ihm, selbst jetzt. Dass er die Welt sehen will.
Dem Schwendinger will er das aber nicht erlauben, jetzt nicht mehr.
„Verdammte Scheiße", flucht der Mayer.
Noch vor kurzem hätte er Aha gesagt, wenn ihn was überraschte, wenn er was nicht gleich zuordnen konnte. Jetzt sagt er Verdammte Scheiße und Die Drecksau.
„Den hol' ich mir, der kann noch nicht weit sein."
Die Habner nickt.
„Ich spreche mit der Frau Brandtner", kündigt sie an.
„Sie soll endlich reden, bevor sie uns wegstirbt."
So sagt er das. Er ist ungeduldig, fast unbeherrscht.
„Wenn sie tot ist, wissen wir nämlich gar nichts", ergänzt er noch.
Und springt in den Wagen. Ist dann schon weg, dem Schwendinger hinterher. Die Habner blickt ihm nach, ruhig. Sie weiß mehr als der Mayer, das sieht man ihr an.

Sie geht ins Haus. Bedächtig, nicht eilig. Als wolle sie wieder umdrehen. Als stünde ihr etwas Schweres bevor. Etwas, das man abwenden will, aber das sein muss. Etwas Bewegendes.

„Mama, ich bin es", sagt die Habner.
Sie kniet sich vor die alte Brandtnerin, schaut sie an.
„Ich bin es", sagt sie, „die Maria, deine kleine Tochter."

Stille.

Die alte Brandtnerin schweigt, sitzt nur da, regungslos.
Keine Reaktion, auch nicht im Gesicht.

„Du musst nichts sagen, auch nichts hören, du musst nur da sein. Der Doktor hat deine Kinder getötet. Ich habe sie gesehen. Sie sind nicht einfach gestorben, ermordet wurden sie."
Keine Reaktion.
„Aber ich bin jetzt hier, ich bin hier. Ich bin nicht tot, Mama. Ich nicht. Ich habe überlebt, alles habe ich überlebt."
Die Habner nimmt die alte Hand ihrer Mutter in ihre, streichelt sie.
„Sie haben mich dir weggenommen, aber jetzt bin ich da... bei dir."

Sie ist hier. Um wieder richtig zu machen, was falsch ist. Zu viel haben die Bestien getan, um nur das Wenigste zu verdienen. Mitleid. Und das will sie ihnen auch nicht geben. Nicht einmal die Möglichkeit einer Antwort auf die Frage nach dem Warum. Sich selbst ermöglichen zu erfahren und zu erkennen, dann vielleicht sogar Vergebung. Auf nichts davon will sie sich einlassen. Nichts bekommen sie, nichts will sie ihnen erlauben. Nur Gerechtigkeit und Rache.
So schlimm steht es um die Habner, dass sie das eine nicht mehr vom anderen zu unterscheiden vermag. Nimmt Gift gegen ihre Schmerzen. Vieles muss da passiert sein, zu viel für jeden Menschen. Für sie zumindest.
Dass sie sogar den alten Brandtner umgebracht hat, ihren Vater, sogar das hat sie sich selbst angetan. Da braucht es große Kraft, den kristallklaren Willen zur Unmenschlichkeit. Ihren eigenen Vater hat sie getötet, grausam. Und ihrer Mutter das zugemutet, ihre Liebe hat sie getötet, ihre Liebe wider die Natur. Nichts hat sie mit ihm geredet. Geplante Brutalität. Ihn abgepasst da unten am Teich. Er war ja immer dort, das wusste sie.

Hat sie herausgefunden, alles beobachtet, vorher. Ist schon oft hier gewesen. Immer nachts, unbemerkt, wenn niemand sie sehen konnte. Weil alle drinnen waren bei diesem dunklen Regen. Hat vieles beobachtet aus dem Wald heraus. Im Jeep geschlafen. Dann ist sie zurückgefahren in die Große Stadt. Kam wieder, um zu schauen und zu beobachten. Bis sie alles gewusst hat, was sie wissen musste. Um das zu tun, was sie getan hat.

Sie hat ihn nichts gefragt. Sie hätte so viel fragen können. Aber sie wollte gar nichts wissen von ihm. Was sie erfahren hat, was sie erfahren hat müssen, das hat genügt. Da braucht es keine Erklärung mehr, nicht für sie. Sie wollte nur, dass er tot ist. Nichts hätte sie abhalten können. Er hat auch nichts gesagt. Kam auch gar nicht dazu, das Messer war ja gleich in ihm. Das Fischmesser mit dem kantigen, bleichen Holzgriff, das da unten lag beim Teich beim Steintrog, wo die Fische immer ausgenommen werden. In die glitschigen Fische, da sticht man auch hinein, die Klinge muss also sehr scharf sein. Das war sie auch. Die schnitt das Kreuz, schnell und tief. Und dann wurde er hineingestoßen. Die Fische waren gleich da, gierig auf das Blut. Die Wunden quollen rasch auf, füllten den Körper mit Wasser. Und er ist nicht mehr aufgetaucht. Erst später.

„Du kannst jetzt sterben, Mama, ich bin bei dir. Bei dir als Frau, aber immer als dein Kind."
Die alte Brandtnerin kann jetzt loslassen. Sie kann nicht mehr lächeln oder weinen. Vor Glück, weil ihre Tochter lebt. Vor Trauer, dass ihre Tochter so Schlimmes getan hat. Und tun wird. Von der sie glaubte, sie sei schon tot, wie alle anderen. Über das Hexenbrett wollte sie mit ihren Kindern reden, voller Verzweiflung und Trauer, im Jenseits. Jetzt ist

sie da, ihre Tochter. Die Einzige, die lebt. Die alles überlebt hat.

Als die Habner das erste Mal da war, hat sie gleich das Haus durchsucht, auf der Suche nach sich selbst. Nach einer Puppe, nach einem Bild, nach der rotblau karierten Decke, nach dem blauen Kleidchen mit dem lachenden Mädchen mit dem übergroßen Strohhut in der Hand. Das Kleidchen, das sie so gerne getragen hat, wenn sie sich schön gemacht hat für ihre Mutter und ihren Vater.
Sie wollte wissen, ob sie noch da war für ihre Mutter, in ihren Gedanken, in ihren Erinnerungen, in etwas Greifbarem. Das Hexenbrett war da. Sie war also nicht vergessen für sie. Niemals. Das wollte die Habner wissen. Jetzt ist es gut für sie. Niemand will vergessen werden.

Die alte Brandtnerin kann jetzt sterben. Weinen oder lächeln, das kann das Gesicht nicht mehr, zu wenig Kraft. Aber erleichtert sieht sie aus, weil alles vorbei ist, das wenige Gute und das viele Schlechte. Die lebenslange Anspannung verschwindet. Weil das falsch war mit ihrem Bruder, den sie geliebt hat, nie aus der Enge der absoluten Zweisamkeit heraus, wahre Liebe. Gegen den Willen des Himmelvaters. Mit ihren Kindern, das schlimme Schicksal, weil sie nichts verhindern konnte, nichts tun konnte. Weil ihr Bruder dann Schlimmes getan hat, das sie nicht abwenden konnte. Weil sie zu schwach war und er dann den Tod verdient hat. Froh ist sie, dass ihre Tochter nichts mehr von ihr will, keine Worte, keinen Trost, keinen Segen, keinen Zuspruch für ihr Tun. Verwerflich ist das, ja, aber er hat den Tod verdient. Gegen den Himmelvater ist das auch, aber verdient haben sie den Tod, alle von denen.

Alles Bittere in ihrem Gesicht weicht. Wärme. Eine Hand in der anderen. Mutter und Tochter. So zart. Das hatten sie nur kurz die beiden. Ganz früher, Ewigkeiten von hier. Dann ein ganzes langes Leben nicht mehr, bis jetzt. Und schon gleich nie wieder. Jetzt stirbt sie. Leicht fällt ihr das Loslassen von allem. Endlich alles gut. Ein sanfter Tod. So geht sie von dieser Welt.
Die Habner küsst die zerfurchte Hand und lässt sie los, legt sie in den Schoß der Mutter, zur anderen, aufeinander.
Das Bild sieht sie an der Wand, ihre Eltern, wie sie glücklich waren damals. Ihre Mutter mit ihr im Bauch. Sie nimmt das Foto aus dem Glas und an sich, will rausgehen, blickt noch einmal zurück zur Mutter. Dann weint sie. Sie will nicht, aber sie muss. Schaut nochmals das Foto an. Geht auf die Knie, so schwach ist sie vom Weinen.

Vier Jahre alt war sie, als sie gekommen sind in der Nacht. Die Bestien. Vier Jahre alt, die Habner. Nach oben zu ihr, ins Zimmer, aus dem Bettchen geholt, die nach Schweiß riechende Männerhand an ihren kleinen Mund gepresst.
In das reißende Wasser ist sie gefallen und weg war sie. Haben alles probiert, alles abgesucht, sind hineingetaucht, haben sie aber nicht gefunden… das haben sie dann der alten Brandtnerin erzählt… ein Jahrhunderthochwasser war das, so viel schnelles Wasser, da hatten sie keine Chance sie zu finden. Die alte Brandtnerin hat das geglaubt, ihr Mädchen war ja oft unten am Bach, Frösche fangen. Früh am Morgen, da findet man die meisten und die größten. Ihr einziges Kind, ein gesundes Kind, das überlebt hat, die Geburt, und dann angeblich ertrunken. Tot. Die alte Brandtnerin musste ja verrückt werden.

Sie sagen noch heute Jahrhunderthochwasser. Obwohl sie jetzt schon alle drei, vier Jahre so ein Hochwasser haben. Jedes Mal schlimmer als vorher.

Das Huawei. Sie horcht auf, fängt sich. Ist sofort wieder da.
Die Habner hebt ab, ihre Stimme wieder fest.
Der Mayer erschüttert. Hat den Schwendinger gefunden, nicht weit von hier, beim Revier ums Eck beim großen Birnenbaum. Tot ist er.
Keine Neuigkeit für die Habner, sie war unterwegs in der Nacht.
„Bin gleich da", teilt sie dem Mayer mit.
Geht hinaus, ohne sich noch einmal umzudrehen.
So entschlossen ist sie jetzt.

Der Mayer wischt sich über den Mund, hat sich übergeben müssen. Kreidebleich steht er da.
Die Habner kommt. Die zwei stehen hinter dem Bulli, vorm Schwendinger, vor dem Rest seines Körpers.
„Haben Sie so was schon mal gesehen?"
Die Habner sagt nichts.
„Das ist doch nicht normal", ergänzt der Mayer stammelnd.
Er schaut noch immer völlig schockiert.
Auf den Schwendinger. Die Haut zerfetzt durch die vielen kleinen Steine. Aufgebrochen, abgescheuert, weggeschabt, nur noch Fetzen. Rohes Fleisch. Mit viel dunklem Schmutz, mit den kleinen Steinchen drinnen bis ins Innerste. Kieselsteine, die hier überall liegen. Zu Tode geschleift. Ein Seil um den Hals, an die Anhängerkupplung festgezurrt. Durch die groben Steine und den Beton alle Knochen zerschmettert. Die Beine hängen lose am Kniegelenk, unnatürlich abgebogen. Die Arme auch. Alles eigentlich. Kein Gesicht mehr. Der Kopf gerade noch am Rückgrat, an

ein paar dünnen Sehnen hängt er noch. Der Schwendinger ist nicht mehr, nur noch ein klebriger Klumpen. Das Kreuz in die Brust geschnitten, kaum erkennbar in dem schmutzigen Haufen Fleisch.
„Mein Gott."
Die Habner schweigt. Sie war es.

In der Nacht, aufgeputscht durch Tabletten. Hat ihn abgeholt von der alten Brandtnerin, herausgelockt, nur angeschossen, nicht erschossen. Mit Absicht, sollte viel spüren. Dann angebunden an den Bulli, dann gefahren. Zuerst ganz langsam, dann schneller, dann ganz schnell. Hat alle Unebenheiten im Asphalt gesucht, die Schotterstraßen im Wald im Scheinwerferkegel, weit draußen. Ist lange gefahren, lange genug, viel zu lange. Das Schreien war schon verstummt hinter ihr. Das hört keiner, wenn der schwarze Regen prasselt in der Nacht.

„Wir schaffen das nicht allein", meint der Mayer.
Muss sich fast wieder übergeben.
„Er ist uns voraus. Wir brauchen mehr Leute, Frau Leutnant."
So hat er sie noch nie genannt… Frau Leutnant.
Das klingt distanziert, mehr als gewollt. Das bemerkt er auch und wiederholt es deshalb auch nicht. Nur jetzt hat er das gesagt. Weil er vor dem toten Schwendinger steht, den er sehr gern gehabt hat, auch jetzt noch gern mag, trotz allem.
„Warum ist da niemand da von der Spurensicherung? Spezialisten. Solche Leute brauchen wir. Warum ruf'n Sie die nicht an?", will er wissen.
Eigentlich will er sie nicht bevormunden. Er ist nicht einmal ein richtiger Polizist, sie sein Vorbild, seine Lehrerin, sein Alles im Beruf. Und noch viel mehr.

„Warum kommt denn da niemand?“, drängt er auf eine Antwort.
Er will ihr nicht zu nahetreten, aber er will ihr sagen, dass sie das alles nicht verhindern, nicht aufhalten konnte.
Die Habner sagt, dass sie den Fall unterschätzt hat. Ja, sie wird das klären, da werden welche kommen. Aber das könne dauern, die seien immer beschäftigt, da gäbe es so viel zu tun.
Der Mayer nickt, ungeduldig. Aber gibt sich vorerst damit zufrieden. Natürlich wollte die Habner ihn nur beruhigen. So berechnend ist sie, selbst dem Mayer gegenüber, den sie sehr gern hat. Sie ordnet alles und jeden ihrer Rache unter. Nur die zählt.

Der Mayer schaut in den Bulli, hat die Seitentür aufgeschoben. Leuchtet mit der Taschenlampe hinein, weil die Vorhänge an den Fenstern zugezogen sind und es schon Abend geworden ist. Im Bulli, da kann man hinten schlafen. Den hat der Schwendinger selbst umgebaut, so ist er um die Welt gefahren.

Einmal war er damit sogar in Afrika, als er jung war.
Das hat er dem kleinen Mayer in der Schule mal erzählt. Wie er sich dort in der Steppe verfahren, sich verloren hat in der Nacht. Und in der Früh ist er aufgewacht durch die grelle Sonne durch die Vorhänge. Als er hinausgeschaut hat, stand da ein Neger direkt vor seinem Fenster und hat hineingeschaut mit faustgroßen Augen, direkt auf den Schwendinger. Und der Negerkönig, so hat der Schwendinger das den aufgeregten Kindern erzählt, hatte einen Knochen durch die Nase. So einen richtigen Knochen, wie man das vorher nur von den Geschichten kannte, wo man nicht geglaubt hat, dass das wirklich stimmt. Und einen

Speer hatte der in der Hand. Mitten auf dem Dorfplatz ist der Schwendinger gestanden mit seinem Bulli. Umringt von allen Dorfbewohnern, von Männern, Frauen, Kindern und auch Tieren. Und der Schwendinger hat sich gefürchtet, aber die waren alle sehr freundlich zu ihm. Die haben gleich eine Ziege geschlachtet für ihn. Ein Fest hat es gegeben.
Die Kinder in der Klasse haben da viel gelacht über diese Geschichte und sich auch gefürchtet vor dem Neger mit dem Knochen in der Nase und dem Speer. Ist ja auch eine Kindergeschichte.
Frei erfunden und sehr einfallslos, aber für die Kinder hat es gereicht. Dafür hatte der Schwendinger ein gutes Gespür.

Die Geschichte hat sich der Mayer gemerkt. Die fällt ihm jetzt wieder ein.
Im Licht der Taschenlampe, da liegt ein großer Seesack hinten drinnen auf der Holzpritsche, fertig gepackt. Der Mayer zieht sich seine Einweghandschuhe über. Durchwühlt den Bulli vorsichtig, im Handschuhfach ein Umschlag. Geld. Fünfundzwanzigtausend.
„So wenig“, sagt der Mayer.
Blickt auf die Habner. Die leuchtet auch mit ihrer Taschenlampe hin. Steht aber sonst nur daneben und schaut. Das wundert den Mayer ein bisschen, dass sie nicht mehr tut und nach Spuren Ausschau hält. Aber die zugezogenen Vorhänge sieht sie.

Die waren auch zugezogen, als man sie da reingesteckt hat, hinten in den Bulli. Als man sie abgeholt hat. Alles verschwommen, weil der Gemeindearzt ihr vorher etwas gegeben hat, damit sie sich nicht wehren kann. Aber die Vorhänge sind noch da, in ihrem Kopf sind die immer gewesen. Haben ihr den Blick nach draußen genommen, auf

die Welt, auf das Schöne. Ihr Leben lang nur diese braunbeigen, dreckigen Vorhänge mit dem Geruch nach Schlaf und Männerschweiß vor ihren Augen. Der Schwendinger und der Gemeindearzt waren da. Der Steger draußen, hat gewartet.
Vieles ist wieder da. Nach und nach kommt das. Und der Habner fällt es immer schwerer, das wegzudrücken. Der Kampf gegen das Erinnern wird immer härter. War ja immer alles in ihr. Die Zeit heilt nicht alle Wunden. Die begleiten einen durchs Leben. Viele werden dabei sogar größer. Übergroß. Wie bei der Habner.
Wie die Männer sie über die Stiege nach unten getragen haben, wo der alte Brandtner gestanden hat. Nichts getan hat. Das Kind seiner verbotenen Liebe zu seiner Schwester an ihm vorbei. Der Pfarrer war da, hat den alten Brandtner bearbeitet. Ihm gesagt, dass das sein muss. Für alle Seelen, vor allem für das kleine Mädchen. Eine Frucht vom verbotenen Baum habe er gegessen, dafür müsse der alte Brandtner jetzt büßen. Solche Sachen hat er gesagt, der Pfarrer. Der alte Brandtner hat das Mädchen geliebt, wollte dann doch etwas dagegen tun. Der Pfarrer hat ihn zurückgehalten, ihn in die Stube gedrängt, beschwichtigt. Geweint hat der alte Brandtner sogar. Und damals weinten Männer nicht.
Es wird alles gut und Gottes Wille geschehe und das Werk muss vollbracht werden und solche Sachen hat der Pfarrer unentwegt gesagt.
Und wenn der Pfarrer das sagt, dann muss es schon stimmen. So dachte der Brandtner, so schwer ihm das auch gefallen ist.
Der Pfarrer handelte im Glauben. Im Glauben daran, dass sie den Bastard in die Stadt bringen würden, weit weg von hier. Das war das Wichtigste für ihn, weil ja der Teufel in dem

Mädchen gesteckt ist. Das hat er wirklich geglaubt. Er war ein Mann Gottes, der glaubt an den Teufel. Aber er lag falsch, schrecklich falsch. Später dann, da hat er dann etwas geahnt, der Pfarrer. Aber nie etwas gesagt, auch weil ihm ein neues Kirchendach versprochen wurde. Hat er dann auch bekommen, aber nicht mehr erlebt.
Der alte Brandtner hat es auch geahnt, aber die Gedanken nie zugelassen. Hat sich auch nichts zu sagen getraut zum alten Steger. Wegen der tot gefahrenen Zilli. Eine Seele für die andere, hat er versucht, sich einzureden. Sein eigenes Verbrechen geleugnet, ein anderes zugelassen. Seine eigene, kleine Seele wollte er retten. Dafür wurde er getötet.

Der Herbert Weiding und der Norbert Gruber haben das damals gesehen, wie das kleine Mädchen in den Bus gezerrt wurde. Sind vorher von der Fischerhütte gekommen. Keinen einzigen Fisch gefangen, aber stockbesoffen. Mit dem Wagen gegen einen Baum gekracht, liegengeblieben mitten in der Nacht. Und dann haben sie das gesehen. Den Diesel des Bullis gehört. Aus dem Wald heraus beobachtet, ungläubig. Nicht weit weg waren sie, zu weit, um etwas zu tun. Ist alles ganz schnell gegangen. Durch das gelbe Licht im Bulli haben sie die Bestien gesehen. Der Weiding und der Gruber, sie waren da, kurze Zeit später am Friedhof. Ihre Familien vertrieben, weil sie nicht schweigen wollten, weil sie aufrechte Männer waren. Dann tote Männer.
Der Jugo hat das für den Steger erledigt. Der ist damals gerade aus Serbien hier angekommen. War das Töten gewöhnt von da unten, da war gerade Krieg. Erschlagen hat er sie einfach, stark wie er war. Den Rest hat der Gemeindearzt erledigt, das mit den Totenscheinen. Ging alles ganz schnell. Das eine hat das andere ergeben. Notwendig war das für die Bestien. Wenn man Böses tut,

muss man dann oft noch Böseres tun, damit das Böse nicht aufgedeckt wird. Das war für die Bestien logisch. Wie sie darüber diskutiert haben, wie das jetzt mit dem Weiding und dem Gruber weitergehen soll. Sie hatten ja nichts zu befürchten vom Gesetz her. Es hat ja auch funktioniert, die längste Zeit.

Das Zittern kommt immer öfter, immer heftiger, braucht schon so viele Tabletten. Der Magen schon kaputt. Lange kann sie nicht mehr durchhalten. Die Habner muss sich aber dagegen wehren, so tun, als wäre nichts gewesen, als wäre nichts mit ihr. Für den Mayer und alle anderen. Nicht für sich, weil das hat sie ihr Leben lang probiert. Vergeblich probiert. Ausschinderei der Seele. Das geht nie wieder weg. Das Leben kann kein Kompromiss sein, nicht so einer. Also hat sie es aufgegeben. Die müssen weg und mit ihnen vielleicht auch die Erinnerungen, denkt sich die Habner. Aber damit liegt sie falsch, das weiß sie auch. Sie kann sich nur nicht anders helfen, will sie auch nicht mehr. Zu spät für andere Wege.

Der Mayer ist entsetzt, dass sich der Schwendinger so billig hat abspeisen lassen. Für so wenig Geld dem Steger so viel einbringen. Sich selbst demütigen, erniedrigen, für so wenig. Einer gebrechlichen Frau, der alten Brandtnerin, etwas aufzwingen, kurz vorm Tod, und dann zurücklassen. Für Fünfundzwanzigtausend, so billig. Ein komischer Gedanke. Wäre es mehr Geld gewesen, hätte das den Schwendinger auch nur ein bisschen besser dastehen lassen für den Mayer?

Vom Lenkrad die Fingerabdrücke nehmen, das schlägt der Mayer vor.

„Das sollen die Profis machen“, erwidert die Habner, „da darf kein Fehler passieren.“
Der Mayer ist kein Profi, das weiß er. Aber es stört ihn, dass die Habner ihm das so sagt.
„Wir müssen den Bus wegen der Spurensicherung versiegeln“, schlägt er vor.
Die Habner steht davor, nickt. Er zieht vorsichtig den Schlüssel aus dem Zündschloss, sperrt damit den Bulli ab, dann in Plastik. Der Umschlag mit dem Geld kommt in ein anderes Säckchen. Mehr kann er vor Ort nicht tun. Und mehr kann er auch nicht, vom Wissen her.
„Was tun wir mit ihm?“
Er deutet dabei kurz auf den zerfetzten Schwendinger.
„Der Totengräber soll ihn holen“, ordnet die Habner an, „und in einen Sarg legen. Aufbewahren für die Obduktion.“
Der Mayer nickt.
„Ja, der Alois soll kommen und ihn holen.“
Die Habner nickt.

Am Revier sperrt der Mayer den Metallschrank auf, dann den Tresor. Da liegt eine Pistole drinnen. Er legt das Plastik mit dem Geld hinein, den Schlüssel auch. Dann zögert er, nimmt schließlich die Pistole raus, schnallt sie mit dem Holster an seinen Gürtel. Die Glock 17. Die Habner beobachtet das argwöhnisch.

Nach der hätte er fast gegriffen, als er vor dem Mercedes gestanden ist. Er wollte in den Reifen schießen, hatte aber gar nicht die Glock am Gürtel. Das hat er gerade noch bemerkt, bevor es peinlich werden hätte können. Hat dann nach dem Messer gegriffen, ganz kurz gezweifelt, ob die Klinge hält. Hat gehalten, Gott sei Dank. Da wäre er sonst blöd dagestanden.

In manchen Momenten hat der Mayer seltsame Gedanken. Da geht es ihm viel um seine Wirkung nach außen. Wie er vor jemandem dasteht. Selbst in solchen Situationen hat er diese Gedanken, wo es wirklich um etwas Wichtigeres geht als um das. Wahrscheinlich, weil er immer schon allen etwas beweisen wollte, von klein auf. Aber nie einer etwas dazu gesagt hat, wenn er etwas gut gemacht hat, sondern immer nur, wenn er etwas falsch gemacht hat.
Das sagt er der Habner aber nicht.

„Nur für alle Fälle", meint er zu ihr ganz ruhig.
Und nimmt die Glock an sich. Die Habner nickt.
Es gefällt ihr nicht, dass er jetzt eine Waffe trägt, immer bei sich hat. Seine Nerven sind nicht mehr gut, er ist erschöpft. Er hat auch schon lange nicht mehr vom Essen geredet. So überfordert ist sein Geist, so überdreht.
Das merkt er auch, will das gar nicht verbergen. Kann er sowieso nicht mehr.
Der Mayer schaut sie an, wie sie diese Gedanken hat.
Er fragt, was sie denn denkt.
„Nichts", erwidert sie, „nichts."
Er nickt, setzt sich müde an den Schreibtisch. Die zwei Tupperwareboxen sind noch da, die er liegen gelassen hat, vor einer gefühlten Ewigkeit. So viel ist mit ihm seitdem passiert. Ist aber eigentlich noch gar nicht lange her. Aber ein bisschen runzelig ist sie schon, die Haut der Knacker. Da beißt er hinein. Weil wie er die gesehen hat, ist ihm dann doch eingefallen, dass er etwas essen könnte. Er hat den ganzen Tag noch nichts gegessen, nicht einmal gefrühstückt, dabei ist ihm das sonst so heilig. Die Habner will nichts essen, das weiß er. Sie setzt sich zu ihm, genau gegenüber. Trinkt nur ein Glas Wasser, damit sich im kaputten Magen die vielen Tabletten auflösen, die sie vorher unbemerkt

eingeworfen hat. Die beiden reden nichts. Das tut gut, die Ruhe. Am Abend, nach so einem langen Tag. So nah, so vertraut sitzen die beiden da.

Der Polizist und die Mörderin. Der Mayer und die Habner. Sogar küssen hat er sie wollen, von Anfang an. Aber da hat er sich nicht getraut. Oder er wollte sich damals nicht trauen. Wie sie beim Sonnenuntergang gesessen sind, nebeneinander, und auf die Teiche runter und die Berge hinaufgeblickt haben, da hat er sie küssen wollen. Aber er hatte so ein seltsames Gefühl, dass das falsch wäre. Nicht wegen der Stefanie oder dem Altersunterschied oder den Leuten hier, sondern irgendetwas in ihm drinnen hat ihm das gesagt, eine natürliche Stimme. Dieses seltsame Gefühl, das hat er die ganze Zeit gehabt, sonst hätte er nämlich seinen ganzen Mut zusammengenommen, irgendwann, und es gewagt, sie zu küssen.
Die blendende Habner, die vor ihm sitzt, die er verzweifelt sucht, als Mörderin. Die gekommen ist, unbedingt Unverzeihliches und Böses zu tun. Menschen zu töten, die der Mayer entweder mag oder nicht so gerne mag, jeden auf seine Weise. Die jedenfalls aber ein ewiger Teil seines Lebens sind und waren.
Die Habner hat ihn gerettet aus seinem erschöpfenden Trott, aus dem ewig Selben, aus dem Vorhersehbaren herausgeholt, ihn aus dem Käfig der langweiligen Gemütlichkeit und der zufriedenen Selbstaufgabe befreit. Aus seinem eigenen Schatten hat sie ihn gezogen. Wie ein starker Atem in der schwachen Glut, das ist sie für ihn. Eine Mörderin ist sie. Das wird ihn sehr treffen, wenn er das erfährt. Und es wird ihn sein ganzes Leben lang begleiten, nicht als Schicksal, aber als schwere Erinnerung, die er danach und viel später nicht missen will.

Nicht naiv, primitiv sind sie, die Menschen. Das hat die Habner bei einer Gelegenheit einmal gesagt zum Mayer. Der Mayer hat darauf nichts gesagt, aber so sieht er das sicher nicht.

„Hat die Brandtnerin schon was g'sagt?“, fragt der Mayer. Beißt in die Knacker.
„Nein, sie ist gestorben, ganz ruhig war sie.“
Der Mayer blickt auf. Zu müde, um aufgeregt zu sein.
„Wann? Vorhin?“
Die Habner nickt.
„Sie hat nichts mehr gesagt, ist einfach eingeschlafen.“
Die Habner lässt sich nichts anmerken von ihrer tiefen Trauer.
„Dann hat sie das Geheimnis mit in den Tod genommen. Dann wissen wir gar nichts. Nichts, was uns dem Mörder näher bringt“, stellt er fest.
Und beißt in die alte, ausgetrocknete Brotscheibe, die er aus der Tupperwarebox kramt. Die Habner nickt, blickt ihn an. Der Mayer ist am Ende, aber essen kann er. Sein Überlebenselixier, das tut ihm jetzt auch gut. Das merkt man.
„Der Steger hat damit nichts zu tun, auch wenn alles dafür spricht“, meint der Mayer, „warum sollte er denn den Schwendinger umbringen? Warum sollte er ihm das Geld geben? Und das dann dort lassen, wenn er ihn umgebracht hat? Das würde ihn doch nur verraten.“
Der Steger ist das nicht gewesen. Er nimmt dir alles, er zerstört dich, aber so etwas tut er nicht, denkt sich der Mayer.
„Nicht einmal der Walter macht so was. Der haut dir einfach eine aufs Maul und fertig, so ist der. Aber doch nicht jemanden zu Tode schleifen“, ergänzt er.
Die Habner nickt, nippt an ihrem Glas.

„Das glaube ich auch."
„Niemand von hier macht so was, da bin ich mir echt sicher."
Dabei schaut der Mayer die Habner direkt an. Ohne Verdacht, nur so. Gerade, als er von der Knacker abbeißt. Augenkontakt.
„Der Mörder läuft da draußen rum, und wir sitzen nur blöd da."
Spricht er mit vollem Mund.
„Was haben der alte Brandtner und der Schwendinger gemacht, dass sie jetzt tot sein müssen?"
Sehr leise, fast als würde er mit sich selbst reden.
Die Habner schweigt.
„Und wer ist der Nächste? Sollen wir die Leute warnen? Sie beunruhigen? Oder hört das jetzt endlich auf?"
Und er weiß, dass es nicht aufhört. Wunschdenken.
Sie schweigt noch immer.
Die runzelige Haut bleibt zwischen seinen Zähnen hängen, die zieht der Mayer mit den Fingern wieder raus. Legt sie in die Tupperwarebox zur schrumpeligen Paprika. Er hält inne, dann blickt er auf.
„Glauben Sie, dass ich ein richtiger Polizist werden kann, wenn ich immer speiben muss, wenn ich was Grausliches sehe?", fragt er dann.
Aus dem Nichts heraus kommt diese Frage, mit der Knacker in der Hand. Da kommt der Habner ein Lachen aus, weil das komisch aussieht und dann auch noch diese Frage dazu. Die Habner lacht das Lachen einer Mörderin. Der Mayer dann auch, als er endlich kapiert, worüber sie sich amüsiert. Das Lachen tut ihm gut nach dem Schweigen vorher. Der Mayer hält sich die Hand vor den Mund, will seine Narbe nicht zeigen.

„Sie müssen sich die Hand nicht vor den Mund halten. Sie haben ein schönes Lachen", sagt die Habner unerwartet.
Der Mayer blickt sie an, lächelnd. Zieht die Hand dann langsam zurück.
„Danke!", erwidert er dann.
Mehr sagt er nicht.

Die Hand vor dem Mund. Die sie hatte, als man sie aus dem Bettchen gezerrt hat mitten in der Nacht. Dieser Gedanke schießt ihr in den Kopf. Ganz plötzlich ist er da. Ein Impuls aus der Vergangenheit, reflexartig. Das war schon immer so. Egal, in welchen Situationen im Leben sie sich gerade befunden hat, irgendwas gab es immer, das sie an das Böse erinnert hat. Und sei es nur eine Hand vor dem Mund. Eine Qual. Unentwegt. Immer. Grausam.

„Es tut mir leid, dass Sie das alles durchmachen müssen. Vielleicht hätte ich Ihnen das alles ersparen sollen, aber ohne Sie wäre ich nicht weit gekommen", erklärt sie.
Das meint sie nicht zynisch. Sie hat ihn benutzt, um andere Menschen zu töten. Aber sie weiß seine Arbeit als Polizist zu schätzen und vor allem als Mensch. Wie er sich bemüht, sich anstrengt, sich selbst erschöpft. Auch wenn sie ihn missbraucht.
Der Mayer blickt sie dankbar an.
„Ich bin hier der Sheriff, schon vergessen?"
Müde lächelt er dabei. Nicht zum Scherzen aufgelegt, eigentlich. Hält sich wieder die Hand vor den Mund. Eine von Kind an sich selbst eingetrichterte Reaktion.
Die Habner will ihn nicht gerne haben, den Mayer. Das wollte sie nie, aber irgendwie kann sie nicht anders. Sie hat noch nie jemanden gerne gehabt, nur als kleines Mädchen ihre Mutter und ihren Vater. Da war dann niemand mehr in

ihrem ganzen Leben. Aber beim Mayer ist das nicht so. Ganz einzigartig ist das für sie.

Internet, Datenbanken, Archive, Verzeichnisse, Grundbuch. Die alten Brandtners anrufen und sie konfrontieren, ohne ihr wahres Ich preiszugeben. Nachts unbemerkt vor Ort sein, aus dem Wald heraus beobachten, die Gegend auskundschaften, die Menschen und ihre Gewohnheiten, ihre Wege studieren. Das war nicht schwierig für die Habner. Das hat sie auch alles getan.
Aber sich hier am Tag frei bewegen, von A nach B kommen, wie es der Mayer einmal gesagt hat, das könnte sie nicht ohne ihn ohne aufzufallen. Oder nur so aufzufallen, dass sie sich nicht verrät. Sie missbraucht ihn für ihre Zwecke. Das tut ihr leid für den Mayer, für den jungen Mann, für den werdenden Vater.
Aber das ändert für sie gar nichts.

„Ich muss jetzt heim", ächzt der Mayer, „ich kann nicht mehr."
Beim Aufstehen richtet er sich seine Glock am Gürtel, die ist noch sehr ungewohnt für ihn. Er stapelt die Tupperwareboxen übereinander und klemmt sie unter den Arm.
„Ich checke am Apple das mit den Spezialisten", teilt die Habner mit.
„Das Passwort heißt Stefanie, alles klein geschrieben."
Die Habner nickt, setzt sich hinter seinen Apple. Der Mayer dreht sich vor der Tür noch einmal um.
„Danke noch mal für..."
Er zeigt zögernd auf seine markante Narbe zwischen Oberlippe und Nase. Die Habner lächelt, der Mayer ebenfalls.

„Drehen Sie dann bitte das Licht ab, wenn Sie gehen! Weil das sieht man in der Nacht ganz weit und dann rufen die Leute wieder bei mir an und sagen, dass das Licht brennt, Stromverschwendung und so. Und dann muss ich deshalb extra herfahr'n."
Die Habner nickt. Wartet. Er ist draußen. Hört den Polizeiwagen starten, dann wegfahren. Sieht verstohlen durch das Fenster, die roten Lichter verschwinden in der Dunkelheit am Horizont.
Sie dreht das Licht ab, geht hinaus. Ihr leeres Wasserglas bleibt am Tisch.
Das wird der Mayer später noch brauchen, nicht zum Trinken.

Sitzt im Jeep, zum Gemeindearzt will die Habner. Der wartet auf sie, wie eine stille Abmachung zwischen den beiden, ohne vorherige Vereinbarung. Die haben das gespürt. Schon beim ersten Treffen. Dann noch einmal gesehen. Da waren sie sich endgültig sicher. Und bald treffen sie aufeinander. Nur die beiden.

Durch den Matsch. Vorbei an den Fliesen, die draußen neben der Tür liegen. Drinnen ist alles finster.
Die Stefanie schläft noch nicht, tut aber so. Liegt mit dem Rücken zu ihm, wie er da vor dem Bett steht und hinblickt. Geht dann ins Badezimmer aufs Klo, dann Zähneputzen.

Legt sich zu ihr, schmiegt sich an. Wie unten in der Küche das Besteck, sorgfältig geschlichtet, ein Löffel am anderen. Legt seine Hand auf ihren Bauch, die Stefanie die ihre auf die seine. Ring an Ring auf ihrem Kind im Bauch. Der Mayer den ganzen Tag im Kopf. Das Viele, alles was passiert ist. Er will eigentlich was sagen, kann aber nicht, bricht in Tränen

aus. Er umarmt die Stefanie ganz fest und weint dann bitterlich. Die Stefanie dreht sich zu ihm, die Gesichter ganz nah. Sie wischt ihm die Tränen von den Wangen, ganz still ist sie dabei. Streicht mit dem Finger zart über die Narbe. Mehr tut sie nicht, und sie sagt nichts. Sie hält ihn ganz lange, so lange er das braucht. Ein Leben lang auch, wenn er das will. Das würde sie gerne tun. Ein langes, zärtliches Lächeln zueinander.
„Hoffentlich wird bald alles wieder so wie es war. Es war vielleicht nicht so super für dich, aber es hat auch nicht wehgetan. Das ist schon was Wichtiges im Leben", flüstert sie.

Die Sterne kann man nicht immer sehen. Nicht einmal vor einem Zelt liegend, in der Nacht irgendwo in einer großen Wüste in Afrika oder in Asien oder von hier aus. Aber manchmal kann man sie dann doch sehen, dort aber auch hier. Nur hier hat sie ein schützendes Haus und dort nur ein windiges Zelt. So denkt die Stefanie.

Der Mayer nickt, still ist er. Küsst die Stefanie, sie küsst ihn mit offenen Lippen. Die Stefanie zieht ihre Unterhose hinunter bis unter die Oberschenkel, dann wuzelt sie sie mit den Füßen weiter. Die bleibt aber immer an den breiten Knien hängen. Das ärgert die Stefanie. Muss sich dann etwas aufrichten, bemüht sich. Da muss der Mayer lachen, die Stefanie dann auch. Endlich ist die Unterhose weg. Der Mayer legt sich auf sie.
„Tut das eh nichts… wegen dem Baby, meine ich jetzt?"
Er nickt nach unten. Die Stefanie lacht.
„Mein Gott, du lebst aber auch noch woanders. Da unten ist immer genug Platz für dich, das kannst du mir glauben", erwidert die Stefanie lächelnd.

„Dann ist ja gut", meint er.
Die beiden küssen sich, kommen sich nah.
Der Mayer ist beim Sex ja immer schnell und auch ein bisschen ungeschickt. Das weiß die Stefanie, und sie hat sich darauf sehr gut eingestellt. Der Mayer hebt seine Hüfte dann immer seitlich etwas an, damit die Stefanie zu sich kann, an seinem dicken Bauch vorbei. Sie hat da ein paar geschickte Griffe und starke Gedanken im Kopf. Dann geht es bei ihr auch ganz schnell.
Diesmal ist der Mayer aber nicht so sanft. Fast faul ist er ja sonst eigentlich, aber diesmal nicht. Ganz heftig stößt er hinein. Zuerst nicht, dann aber immer mehr. So unruhig ist er, so aufgewühlt. Die Stefanie mag das nicht. Sie nimmt sein Gesicht in ihre Hände, beruhigt ihn.
„Schschsch!"
Der Mayer wird ruhiger, schaut entschuldigend. Und dann machen sie noch ein bisschen weiter, und dann sind sie eh schon fertig, alle zwei haben es geschafft.
Da liegen sie dann nebeneinander, erleichtert. Die Stefanie holt sich ihre Unterhose wieder zurück. Zieht sie über, mit dem Rücken in die Höhe gedrückt. Weil ohne Unterhose kann sie nicht schlafen, da fehlt ihr etwas, da fühlt sie sich so schutzlos. Sie hat auch immer ihre dicken Socken an, sogar im Sommer, auch wenn die Sonne einmal geschienen hat den ganzen Tag.
„So, ich muss jetzt schlaf'n. Morgen ist auch noch ein Tag", meint sie.
„Ich auch."
„Gute Nacht!"
Sie geben sich ein Bussi und drehen sich voneinander weg. Rücken an Rücken, so schlafen sie immer. Jeder auf seiner Matratze, mit Spalt dazwischen. Sonst dreht sich einer um mitten in der Nacht, dann wackelt das Ganze, und dann

wacht der andere auf. So nebeneinander, ganz nah, mit dem Arm irgendwo über dem anderen, das geht nicht. Deshalb auch die zwei Matratzen.
Ganz kurz vorm Einschlafen, als letzter Satz gedacht, so beiläufig von der Stefanie.
„Aber schon gut, wenn die Polizistin fertig ist mit dem, was sie hier tut, und dann wieder weg ist."
„Ja, schon", murmelt er im Halbschlaf.

Stille.

Und dann sind seine Augen weit offen. Der Mayer richtet sich auf. Denkt nicht mehr viel. Ihm ist alles klar, auf einmal, mit diesem Satz von der Stefanie. Er springt aus dem Bett und in die Uniform.
„Was ist denn jetzt noch?", fragt sie.
„Ich muss noch mal weg."
Ganz aufgeregt ist er auf einmal.
„Das seh' ich auch, aber wohin?"
„Das sag' ich dir später, aber du bist echt super."
„Aha", meint die Stefanie.
Zu sich, weil der Mayer ist schon draußen aus dem Zimmer, hat es sehr eilig.
„Pass auf dich auf!", ruft sie ihm hinterher.
Aber da ist die Tür schon zugemacht von außen. Sie grübelt, was das jetzt gewesen ist. Kommt auf nichts, legt sich wieder hin, besorgt.
Der Mayer eilt noch schnell und leise in den Keller. Holt sich das Holster mit der Glock. Hat er dort versteckt zwischen den staubigen Getränkekisten für die Kracherl. Weil die Stefanie mag die Glock gar nicht, schon gar nicht in ihrer Nähe.

Aus dem Metallschrank am Revier, da kramt er hastig eine Plastikkiste hervor. In der ist alles, was er braucht für Fingerabdrücke.
Einweghandschuhe anziehen, er nimmt die Abdrücke vom Wasserglas, das am Tisch steht, die Abdrücke von der Habner.
Das Nehmen von Fingerabdrücken hat er noch nie gemacht. Noch nie gebraucht, aber gelernt hat er das einmal im Kurs für Hilfssheriffs, wie er einmal im Spaß gesagt hat. Ist zwar schon lange her, aber er kann das noch.
Steckt die Klebefolien ein. Kramt die Schlüssel vom Bulli aus dem Tresor.
Eilt zum Polizeiwagen.

Reißt die Schlüssel aus dem Plastik, sperrt den Bulli auf. Vom Lenkrad nimmt er die Fingerabdrücke. Mit Rußpulver sichtbar gemacht, wie schon beim Glas vorher. Bei Glas und Plastik nimmt man Rußpulver, mit einem Pinsel aufgetragen, dann Klebefolie drüber, versiegeln. Wie man das schon seit hundert Jahren macht. Da hat sich nicht viel verändert. Das kann noch kein Huawei.
Sorgfältig und vorsichtig vergleicht er die Klebefolien, legt sie übereinander auf seinem Schoß auf der Vorderbank sitzend, mit der Taschenlampe im Mund. Das verrutscht alles ein wenig, aber es geht sich aus. Er sieht genug.
Bingo! Das fällt ihm jetzt ein. Hat er mal gehört in einem Film.
„Mein Gott."
Die Habner. Das macht ihn fast gedankenlos, so schockiert ist er. Blickt hinaus in die Finsternis, nur kurz, weil er muss handeln. Steckt die Folien weg, sperrt ab, Schlüssel zurück ins Plastik, nur keinen Fehler machen in der Eile. Wie ein richtiger Polizist eben keinen macht.

Zurück zum Polizeiwagen.

Vorm Wirtshaus bremst er sich ein. Da steht der Mercedes. Mitten in der Nacht.
„Verdammte Scheiße."
Der Steger ist da. Der weiß das vielleicht auch, dass die Habner alle umgebracht hat. Wie fremd dieser Gedanke in seinem Kopf ist, dass die Habner die Mörderin ist.

Er stürzt hinein in die Wirtsstube.
Da steht der alte Wirt hinter der Ausschank unterm Neonlicht, mit dem Bild der Mutter daneben. Die Schrotflinte in seiner Hand, nach unten zeigt der Lauf, beide Hände an der Waffe. Er blickt dabei nach oben, die Stiege hinauf.
„Papa, was machst du denn da?"
Und der Mayer fixiert die Schrotflinte. Der Wirt schaut ihn an, überrascht.
„Bist du deppert? Was tust du da mit dem Gewehr?", fragt der Mayer noch einmal.
Schaut zur Stiege, die nach oben führt zu den Zimmern, zu Zimmer 7.
„Geh weg, Bub, bitte geh weg!", erwidert der Wirt.
Bitte hat der Wirt schon ewig nicht mehr gesagt, eigentlich überhaupt noch nie.
„Wir reden nachher", kündigt der Mayer an.
In einem scharfen Ton mit ausgestrecktem Zeigefinger.

Über die Stiege nach oben, den schmalen, engen Gang entlang. Zimmer 4, 5, 6, 7. Atmet tief durch, zieht seine Glock, horcht angespannt, hört nichts. Er stößt die Tür auf, macht einen Schritt hinein, zielt auf.

Die Habner und der Steger schauen ihn an. Sitzen am Tisch, einander schräg gegenüber. Sie haben gerade geredet.
Da ist der Mayer überrascht.
„Was macht ihr da?“, fragt er.
Senkt die Waffe. Wundert sich über das, was er sieht.
„Wir haben geredet“, antwortet die Habner.
Der Steger nickt.
Sitzt da, seelenruhig, mit seinem schweren, olivgrünen Mantel mit den Schulterklappen aus festem Leder, sein Hut liegt vor ihm auf dem Tisch, eine Hand an der breiten Krempe. Als wäre der Steger eben erst gekommen und würde gleich wieder gehen. Der Mayer macht einen Schritt ins Zimmer.
„Und was habt ihr geredet, wenn ich fragen darf?“
Völlig verwirrt.
„Wir haben nur geredet“, wiederholt die Habner.
„Und worüber? Über die Morde, die Sie begangen haben?“
Der Mayer kann gar nicht glauben, dass er das sagen muss.
„Sie hat sie alle umgebracht“, teilt der Mayer dem Steger mit.
Dieser nickt unbeeindruckt, ganz ruhig. Auch die Habner bleibt gelassen. Und der Mayer kennt sich gar nicht mehr aus.
Warum scheint das keinen zu interessieren? Warum ist der Steger nicht überrascht? Schockiert? Warum fühlt sich die Habner nicht überführt? Ertappt zumindest?
Ganz ruhig sitzen sie da und schauen ihn an.
Eine seltsame Welt tut sich hier für den Mayer auf.

Der Wirt ist unten gestanden mit der Schrotflinte. Der Steger hat gesagt, er soll sich dort hinstellen, falls die Sache aus dem Ruder läuft, anders läuft als geplant. Der Wirt hat sich dann bei der Stiege postiert.

Der Steger ist über die Stiege nach oben gegangen, den Gang entlang. Nicht leise, normal.
Die Habner hat ihn schon gehört, hat auf ihn gewartet, hat den Mercedes gehört am Parkplatz. Ist ja wach gewesen, wie immer in der Nacht. Ihre Beretta gezogen, auf die Tür gezielt. Der Steger hat geklopft. Hat gesagt, dass er da ist, unbewaffnet und allein. Die Habner hat gegrübelt, hat ihre Beretta gehabt. Schussbereit. Hat dann vorsichtig geöffnet. Der Steger ist draußen gestanden, hat um ein Gespräch gebeten, in Ruhe, über alles. Damit das Ganze ein gutes Ende nimmt. Und die Habner hat ihn gecheckt, mit einem Blick auf Gefahr. Ihn dann reingelassen.
Sie haben sich gesetzt, an den Tisch schräg gegenüber. Jeder den anderen im Blick.
„Sie haben also tatsächlich überlebt", hat der Steger dann gesagt.
Hat dabei ganz kurz den Zeigefinger von der Krempe des Hutes gehoben, der vor ihm auf dem Tisch gelegen ist. Hat auf ihr Bein gezeigt.
„Ich habe überlebt", hat die Habner geantwortet.
Der Steger hat genickt. War nur eine Ahnung, die er gehabt hat, gleich am Anfang. Aber dann, als er sie ein bisschen erlebt hat, da war er sich dann sicher, dass sie es ist. Die roten Kreuze überall, die Morde, das hinkende Bein. Da ist es für ihn klar gewesen.
„Wie haben Sie das nur geschafft? Unglaublich!"
Und da ist Respekt durchgeklungen. Aber das hat die Habner nicht berührt.
„Jetzt bin ich hier, nur das zählt."
Der Steger hat genickt. Seinen Hut dabei hin und her geschoben auf der wackeligen Tischplatte.

„Es sind genug gestorben", hat er gemeint, „Sie können wegfahr'n, dann könnte alles vergessen werden. So, als wär' nichts gewesen."
Das ist der Steger. Da gibt es Ermordete und für ihn ist nichts gewesen. Er hat ihr sogar Geld geboten. Der Steger glaubt, dass man mit Geld alles richten kann. Geld für ein neues Leben, für einen Neuanfang. Als könnte es den für die Habner geben. Er hat zwar damit gerechnet, dass das für sie nicht zählt, aber er wollte es versucht haben.
Dann hat er von der Habner wissen wollen, ob sie damit aufhören oder ob es weitergehen würde, das Morden.
Die Habner hat keine Sekunde gezögert.
„Das Ende ist noch nicht da."
Der Steger hat genickt, dann aufgesehen von seinem Hut.
„Warum haben Sie den Buben da mitreingezogen?"
„Er ist hier der Polizist."
Kalt hat sie das geantwortet.
Warum fragt er jetzt nach dem Mayer?, hat sie sich dabei gedacht.

Stille.

Für viele Sekunden. Wo die beiden kurz in sich gegangen sind, nach Worten gesucht haben. Abgewartet haben, was vom Gegenüber kommt. Mit den Augen abgetastet, studiert. Versucht, die Körperhaltung zu lesen.
„Sie wollen mich also auch tot sehen?"
Die Habner hat genickt, entschlossen. Hat die Beretta hinten in ihrem Hosenbund gespürt, die hat ihr Sicherheit versprochen.
Dann hat der Steger etwas erwähnt, dass die Habner erstarren ließ. Seine brennenden Augen zu Schlitzen verengt.
„Dann müssen Sie den Vater Ihres Sohnes töten."

Da hat die Habner aufgesehen zum Steger. Zum ersten Mal in diesem Gespräch haben sie sich in die Augen geschaut. Und in ihren Augen Unsicherheit, aufgeflammter Unglaube. Schwäche in ihrem Gesicht. Plötzlich große Verletzlichkeit.
„Ihr Kind ist nicht g'storben, das war eine Lüge. Der Thomas Mayer ist Ihr Sohn", hat der Steger dann behauptet.
Die Habner benommen, aber willensstark. Trotz allem.
„Sie bluffen, weil Sie Angst haben, um ihr kleines, beschissenes Leben."
„Ich habe keine Angst. Nicht vor Ihnen, nicht vor Ihrer Beretta am Rücken, vor gar nichts. Niemals!"
Und dieser Mann kennt wirklich keine Angst.
„Sind Sie schon so blind und taub, so kaputt, dass Sie Ihren eigenen Sohn nicht erkennen?", hat der Steger dann nachgebohrt.
Genüsslich den Sieg über die Habner auskostend. Und sie hat es in diesem Moment begriffen. Hat ihn vorher nicht gespürt, ihr eigenes Fleisch und Blut. Den Thomas. Ungewohnte Verbundenheit, ungewohnte Gefühle gehabt, immer, vom ersten Moment an, aber nicht mehr. Nichts geahnt. Der Steger hat das wahrgenommen, in ihrem Gesicht diese Blöße, dass sie ihren eigenen Sohn nicht erkannt hat.

Alles plötzlich wieder da für die Habner. All das Verdrängte. Wie der Gemeindearzt zu ihr gesagt hat, dass ihr Kind gestorben wäre gleich nach der Geburt. Ein Kind hat ein Kind der Gewalt geboren, unten im Verlies. Schockiert war sie, aber auch erleichtert. Weil sie ihr Kind niemals diesen Bestien überlassen wollte. Lieber tot als das. Fast wäre sie selbst gestorben dabei. Der Gemeindearzt hat sie gerade noch zurückgeholt ins Leben, das keines war. An dem die Habner trotzdem hing. Bedingungslos allem und allen trotzend. Unendliche, alles ertragende Kraft unbekannter

Herkunft. Sogar dem Schwendinger war das dann alles zu viel, sogar ihm. Hat mit dem Steger geredet. Freilassen, aussetzen irgendwo wollte er die Habner. Der Wirt, der war nicht oft unten im Verlies. Der wollte aber auch, dass das Ganze vorbei ist, nachdem er das neugeborene Kind an sich genommen hat. Aber der Steger und der Gemeindearzt, die waren dagegen. Zu viel verbrochen haben sie, das wussten sie. Für immer wären sie hinter Gittern gesessen als Kinderschänder. Das hätten sie nicht überlebt. Also mussten sie dagegen sein. Eine sich immer schneller drehende Spirale der pervertierten Vernunft. Kein Entrinnen über Jahre, für den Rest ihres Lebens. Großer, selbst auferlegter, selbst verbrochener Druck. Für den Steger egal, der ist damit zurechtgekommen. Der Gemeindearzt nur mit Alkohol und Tabletten. Der Schwendinger hat sich dann gefügt, mehr hat er nicht getan. Feigheit. Aber ist dann nie wieder unten gewesen bei der Habner zum Lehrerspielen. Das konnte er dann nicht mehr, Skrupel auf unterstem Niveau, tiergleich. Und als die Habner dann weg war, war er erleichtert. Und besorgt war er ob dem, was kommen würde.
Jetzt ist sie wirklich wieder da, die Habner, und der Mayer auch. Mutter und Sohn. Nach einer Ewigkeit miteinander. Ohne es gewusst zu haben, ohne die geringste Ahnung. Der Mayer weiß noch immer nichts. Woher auch.

Der Steger ist immer überlegen. Hat immer Trümpfe in der Hand, egal, wie lange das Spiel dauert. Wie beim Bauernschnapsen in den endlosen Nächten unten in der Stube, wie er allen das Geld aus der Tasche gezogen hat. Mit unheimlicher Präzision hat er die richtigen Karten zur richtigen Zeit ausgespielt. Ein Sieger. Sein Leben lang.
Auch hier. Die Habner hat sich zwar bemüht, sich nichts anmerken zu lassen, aber vergeblich. Wie sollte sie das auch

schaffen? Zu wuchtig das Gesagte. Zu tief, zu groß die Schande. In ihr, sich selbst gegenüber. Sie hätte jetzt viel Zeit gebraucht, um nachzudenken, das alles zu verstehen. Mit etwas fertig werden, mit dem man nicht fertig werden kann. Aber keine Zeit, der Steger ihr gegenübersitzend, lauernd auf einen Fehler.
„Fahren Sie wieder nach Hause in die Große Stadt, dort gehören Sie hin!"
Beinahe fürsorglich hat das geklungen.
„Hier… gehören nur wir her."
Und nach einem ultimativ letzten Angebot. Sie hat gekämpft mit ihren letzten Kräften. Das letzte aus ihrer Seele, aus ihrem Verstand hervorgeholt. Hat versucht, Kontrolle zu behalten in dem brodelnden Wahnsinn.
„Können Sie mir einen Gefallen tun?", hat sie gefragt.
Da hat der Steger neugierig hochgeblickt.
„Lassen Sie den Thomas aus dem Spiel, er kann nichts dafür!"
Zum ersten Mal hat sie Thomas zum Mayer gesagt.
Dabei war sie es, die ihn benützt hat, den Mayer, den Polizisten hier, den Thomas. Ihren Sohn. Für ihre Rache. Unwissend war sie.
Der Steger hat über die Bitte nachgedacht, gegrübelt. Sich Zeit gelassen, zurückgelehnt, Macht gezeigt.
„Sie wollen also wirklich weitermachen? Bis zum Ende?"
Die Habner hat genickt.
„Für alles andere ist es jetzt zu spät", hat sie entgegnet.
Der Steger hat sich wieder nach vorne gelehnt. Hat gar nicht glauben können, dass die Habner nicht zurücksteckt. Er hat noch einmal nachgefragt. Und er hat sein ganzes Leben lang nicht ein zweites Mal gefragt, wenn er etwas wollte.
„Sie wollen das wirklich? Auch jetzt noch? Wo Sie wissen, dass Sie einen Sohn haben?"

Die Habner hat dazu genickt.
„Sie haben wohl wirklich nichts mehr zu verlieren."
„Nein", hat sie darauf nur gesagt.
Der Steger hat das zwar noch immer nicht glauben können, aber dann sind seine Eitelkeit und sein Drang zum Sieg wieder hervorgekommen.
„Dann bis zum Ende", hat er gemeint.
Und wieder hat er sich zurückgelehnt. Ganz ruhig, langsam. Und die Habner auch. Für beide alles abgemacht, die Frontlinien klar gezogen. Eine Erleichterung, wenn man weiß, wie es weiter geht.
„Also, kein Wort zu Thomas! Ihm darf nichts passieren", hat die Habner dann noch wiederholt.
„Ist wohl das Beste, wenn alles so bleibt, wie es ist für unseren Sohn", hat der Steger darauf pervers erwidert.
Dabei haben sich wieder ihre Augen getroffen. Täter und Opfer, Todfeinde und Eltern eines gemeinsamen Sohnes haben sich in die Augen gesehen. Die Wahrheit soll nicht ans Licht kommen. Bizarre Einigkeit zwischen den Welten.
Dann hat der Steger etwas gesagt, von dem die Habner nie geglaubt hätte, dass er so etwas sagen würde, niemals. Deshalb hat sie ihm diese Frage auch gar nicht gestellt.
„Wissen Sie, gewisse Dinge hätten einfach nie passieren dürfen."

Keine Frage hat sie vorher gestellt nach dem Warum. Das kennt sie, alles altbekannt aus ihrer Erfahrung, in jeglicher, sehr brutaler Hinsicht. Macht, Verfügbarkeit, unkontrolliert. Keine Konsequenzen, kein Recht, keine Gerichtsbarkeit. Macht greift dann nach noch mehr Macht. Immer. Grenzenlos gierig wird sie. Moral wird angepasst, zu Recht gemacht, selbst festgelegt. Auf menschlich getrimmt für einen selbst, das passt dann immer irgendwie. Das geht alles. Nach und nach passiert das. Steter Tropfen höhlt den Stein.

Der Steger hat dann zu seinem Hut gegriffen. Ohne Reue im Gesicht oder Einsicht oder Zorn oder Verständnis oder Zweifel. Oder irgendetwas. Er hat nicht die geringste Ahnung, was er ihr angetan hat, was er ihr genommen hat. Für den Rest ihres Lebens. Einfach so hat er das gesagt. Mit seiner ruhigen, leisen, durchdringenden Stimme. Unfassbar unmoralisch das Ganze.

Dann hat der Mayer die Tür aufgerissen und ist hereingestürmt mit seiner gezogenen Glock.
Und eine seltsame Welt hat sich für ihn aufgetan.

Jetzt steht er da und kennt sich nicht aus, was hier läuft zwischen den beiden. Ganz ruhig sitzen sie da und schauen ihn an.
„Was ist denn hier los?", fragt er dann.
Der Steger steht auf, greift nach seinem Hut auf der Tischplatte.
„Bub, das hier geht dich nichts an, das ist was von früher", erwidert der Steger.
Schaut dabei die Habner an, die blickt ihn an. Die Abmachung steht.
Die Habner muss ihrem größten Feind dankbar sein. Sie will ihn töten, aber sie ist ihm in diesem Moment dankbar, dass er Wort hält und nicht diese eine Karte spielt.
Der Steger will gehen, der Mayer stellt sich ihm in den Weg.
„Das soll mich nichts angehen? Das muss du mir erst erklären. Sie hat alle umgebracht! Ist dir das scheißegal?", brüllt er.
Fuchtelt mit seiner Glock herum.

Der Steger sagt zuerst nichts darauf, dann nur das.
„Am besten ist, Bub, du gehst nach Hause, zur Stefanie, da kann dir nichts passier'n."
„Was meinst du mit passier'n?"
Der Steger antwortet ihm nicht. Setzt sich seinen Hut auf, bedächtig, als sei der Hut eine goldene Krone.
„Bis später", sagt er zur Habner.
„Bis später", sagt die zurück.
Ganz besondere Blicke zwischen ihnen. Sie sprechen eine eigene Sprache, stumm, die der Mayer nicht versteht.
„Seid ihr total deppert? Was heißt hier bis später?", will er wissen.
Schaut fassungslos zwischen den beiden hin und her. Keine Antwort. Keine Reaktion.
Der Steger geht hinaus.

Stille.

Der Mayer ist verwirrt, senkt seine Glock, blickt auf die Habner. Viele, lautlose Gedanken. So sieht also eine Mörderin aus. So jemand wie die Habner kann Menschen töten. Ein unglaublicher Gedanke für ihn.
„Was war früher?", will er unbedingt von der Habner wissen.
Die Habner schweigt. Ihre Gedanken sind woanders.
Sie studiert den Mayer, der plötzlich nicht mehr der Mayer ist, sondern ihr Sohn. Versucht, sich in ihm zu finden, sich zu entdecken, eine Ähnlichkeit, ein Merkmal zu sehen, sich selbst zu sehen. Ihr Fleisch und Blut ihr gegenüber. Der Mayer. Nicht zu fassen für sie. Zu viel.
„Mir reicht's jetzt schön langsam, verdammte Scheiße!"
Der Mayer ungeduldig. Hebt seine Glock, zielt auf die Habner.

„Im Namen des Gesetzes, Sie sind verhaftet!"
Laut und deutlich. Energisch. Entschlossen.
Die Habner ist wieder da, zurück aus tausend Gedanken.
„Was haben Sie gesagt?", fragt sie.
Mit ganz vielen Falten auf der Stirn. Der Mayer ist überrascht über die Habner, in so einem Moment nicht da zu sein. Sehr ungewöhnlich für sie.
„Sie sind verhaftet, habe ich gesagt."
Die Habner sitzt still da, zeigt keine Reaktion, starrt nur ins Leere.

Stille.

„Ist was mit Ihnen? Geht's Ihnen nicht gut?"
Er senkt die Waffe.
„Brauchen Sie Hilfe?"
Kommt dabei näher, er will die Habner berühren. Diese blockt ab.
„Nein, geht schon wieder."
„Irgendwas stimmt doch nicht. Was hat der Steger Ihnen gesagt? Was hat er denn gemacht?"
Fürsorglich. Er vergisst für eine Sekunde, was sie getan hat.
Die Habner fängt sich.
„Ihr Schwiegervater hat recht, Sie sollten nach Hause gehen, Herr Mayer."
Und sie hat Herr Mayer gesagt.
„Vergessen Sie das! Was ist hier los?", erwidert er.
Und nach einer kurzen Weile.
„Warum haben Sie die beiden umgebracht?"
Die Habner weiß, dass sie den Mayer nicht aufhalten kann, nicht jetzt. Zu weit ist sie gegangen, auch mit ihm.
„Ich denke, Sie haben ein Recht darauf, es zu erfahren", erklärt sie.

„Ja, das habe ich."
Der Mayer sehr bestimmt. Die Habner nickt. Sie hebt ihr Hosenbein. Der Mayer sieht die Prothese. Ist überrascht, versteht nicht.
„Wir müssen zum Hotel", teilt die Habner mit, „dann werden Sie alles verstehen."
Der Mayer blickt sie an. Er hasst das Hotel, aber er wird hinfahren. Er würde in die Hölle fahren, um zu erfahren, was mit der Habner los ist, warum sie das getan hat, was sie getan hat.
„Ich glaube, ich werde das niemals verstehen."
Verzweifelt. Deprimiert.
„Aber egal was war. Ich werde Sie nicht gehen lassen, das kann ich nicht tun."
Die Habner nickt zustimmend, steht dabei auf.
„Geben Sie mir zuerst Ihre Beretta!", fordert er.
„Ich werde Ihnen nichts tun, das wissen Sie."
„Es ist nicht wegen mir, sondern wegen den anderen, die Sie anscheinend noch umbringen wollen… so wie die Sache ausschaut… und warum auch immer", entgegnet der Mayer. In seinem Gesicht die schiere Unwissenheit und blanke Ungewissheit.
Die Habner nickt. Es freut sie, dass der Mayer das weiß, dass sie ihm niemals weh tun könnte. Sie greift in ihren Hosenbund, überreicht ihm ihre Beretta. Er steckt sie weg. Dann denkt er nach. Ist sich einen Moment unsicher. Er steckt dann aber doch seine Glock zurück in das Holster.
„Ich werde Ihnen nicht weglaufen", meint die Habner. Deutet dabei auf seinen Gürtel, wo die Handschellen sind. Der Mayer glaubt ihr. Die Handschellen bleiben, wo sie sind. Die beiden gehen über die Stiege nach unten.

So wie der Steger vorher runtergegangen ist. Da wollte dann der Wirt ganz aufgeregt wissen, was oben passiert ist. Der Steger hat nicht reagiert. Und noch etwas hat der Wirt ihn gefragt.
„Hast du es ihr erzählt, das mit dem Thomas? Weiß der jetzt auch alles?“
Der Steger hat verneint, dann nur gesagt.
„Ich bring' sie um.“
„Aber ohne mich“, hat der Wirt gesagt.
Hat seine Flinte gesenkt.
„Ist das der Dank dafür, dass ich dir den Buben geschenkt habe?“, fragt der Steger.
„Schleich' dich raus!“
„Du warst schon immer eine feige Sau“, hat der Steger dann kalt erwidert.
„Ich sag' es jetzt das letzte Mal. Schleich' dich raus! Das ist mein Wirtshaus.“
Hat dann seine Schrotflinte auf den Steger gerichtet.
Der Steger hat ihn höhnisch angegrinst in dem Wissen, dass der Wirt niemals auf ihn schießen würde. Hatte damit natürlich recht. Ist dann rausgegangen. Der Wirt hat zum Schnaps gegriffen.
Er ist immer zwischen allen Fronten gestanden. Und wenn er sich auf eine Seite geschlagen hat, dann auf die falsche.
Damit wird er nicht fertig, dass er immer so feig, so ein feiger Trottel gewesen ist. Da hat der Steger schon recht.

Jetzt hört er die Schritte von oben. Die Habner und der Mayer kommen runter. Gehen an ihm vorbei, wortlos. Auch der Mayer schaut den Wirt nicht an.
„Bub!“, ruft der Wirt hinterher.
Wir reden später, habe ich g'sagt, ich habe keine Zeit jetzt“, erklärt der Mayer.

„Thomas!“, ruft er.
Macht einen Schritt nach vorne. So dringend muss das sein, was der Wirt ihm mitteilen will.
„Ja?“, fragt der.
Wendet sich ihm zu, ungeduldig.
„Ich wollte dir nur sagen, dass… du machst das schon richtig, was du da machst. Die Mama glaubt das bestimmt auch“, meint der Wirt.
Das Bild der Elisabeth neben ihm. Er schaut dabei die Habner an und die ihn. Und sagt nichts und das ist gut so.
Der Mayer macht einen Schritt auf ihn zu, mit sanftem Gesicht.
„Wir reden nachher, Papa, wir reden nachher.“
Der Wirt nickt. Die beiden lächeln sich kurz an.
Sie haben sich noch nie angelächelt. Nicht so. Wie Sohn und Vater.
Der Wirt, er hätte dem Mayer jetzt alles erzählen können, jetzt wäre die Zeit gekommen. Hat er aber nicht.

Wie er ihn genommen hat den Thomas, das verhutzelte Baby. Vom Gemeindearzt in der Ordination überreicht, in einer warmen Decke eingewickelt. Gesund ist er gewesen und kräftig. Geschrien hat er laut. Liebevoll hat der Wirt ihn genommen, übervorsichtig, ungeschickt mit seinen groben Männerhänden, ungewohnt zärtlich.
Zu seiner Ehefrau Elisabeth gebracht. Ein Geschenk. Aus dem Verlies.
Schnell geeinigt haben sich die Männer vorher im Wirtshaus. Bei vielen Bieren und Schnäpsen. Dass das Baby die Elisabeth kriegen soll, die hätte sich das verdient. Das gestohlene Kind. Kranker Hochmut kennt keine Grenzen.
Aber das Baby sollte ihnen kein Glück bringen. Zu viele Schatten auf den Umständen. So viel hat sie ertragen, die

Elisabeth. Den Thomas genommen, als Neugeborenes zu ihr gebracht. Sie hat keine Fragen gestellt, gar keine. Ist nur glücklich gewesen. Ein eigenes Kind ging nicht, hat alles versucht. Sie wollte immer eines haben im Glauben, das würde sie retten, ihre dunkle Seele gut machen. Aber alles ist anders gewesen. Hat sie nicht ertragen, das fremde Kind und dessen Schicksal. Den Wirt als Ehemann. Alkohol. Die Arbeit. Die Unvernunft. Die sture Dummheit. Die harten Männer hier. Alles hier. Nichts ist vom kleinen Glück geblieben. Zu viel für sie. So sensibel war sie. Also hat sie nicht leben können, Krebs hat sie bekommen. Aus Kummer. Das haben die Menschen hier laienhaft, aber eifrig getuschelt.

„Servus Bub!“, verabschiedet sich der Wirt.
Wie die beiden gehen wollen.
„Servus Papa!“
Gestresst, abgelenkt. Aber eigentlich so, wie er das immer gesagt hat. Nur diesmal ist es das letzte Mal. Das weiß der Mayer aber noch nicht.
Und dann sagt der Wirt zur Habner.
„Ich wünsch' Ihnen alles Gute.“
Der Mayer blickt verblüfft auf die Habner und zurück auf den Wirt. Die Habner und der Wirt, die schauen sich an. Der Wirt will damit sagen, dass ihm das alles sehr leid tut, was da passiert ist, und was man nie wieder gut machen kann. Mehr kann er dazu nicht sagen, aber für seine Verhältnisse ist das unendlich viel.
Dem Mayer gefällt das von seinem Vater… weil er aber auch so wenig darüber weiß, was er getan hat.
„Das wünsche ich Ihnen auch“, erwidert die Habner.
Sie wirkt weich dabei. Aber nur für eine Sekunde. Dann senkt sie ihren Blick von seinen Augen auf die Schrotflinte in

seiner Hand. Eiskalt ist sie da, die Habner. Der Wirt nickt. Die Habner dann auch. Eine stille Abmachung über den Tod. Dann gehen der Mayer und die Habner weg, raus zum Jeep. Der Wirt blickt dem Mayer noch nach, dann auf das Bild seiner Elisabeth. Das tut er immer, wenn er nachdenkt. Aber jetzt denkt er nicht nach, er hat schon eine Entscheidung getroffen. Er schaut auf sie, um ihr diese Entscheidung mitzuteilen, mit der Flinte in seiner Hand. Er wird sich an die stille Abmachung mit der Habner halten. Und sich den Kopf wegschießen.

Die Habner fährt. Sie sitzen im Jeep, nebeneinander. Der Polizeiwagen könnte wieder stecken bleiben im Dreck. Kein Wort sprechen sie. Die beiden schauen sich nicht an, starren hinaus in die weite Dunkelheit, die vor ihnen liegt. Nur das leise Summen des Motors hört man. Kein unangenehmes Schweigen, sondern ein angebrachtes, gewolltes, bewusstes Schweigen. Das ist jetzt das Beste für die beiden.

Stille.

Die Ruhe tut der Habner gut. Wenn keiner spricht. Wenn nichts Neues von außen kommt. Genug los in ihr drinnen. Es ist genug. Alles. Nur hinterm Steuer sitzen. Monoton. Nachdenken. Nur kurz. Über alles. In die Lichtkegel schauen. Was wäre, wenn. Diese Gedanken machen es ihr schwer. Wegdrücken muss sie das, durchhalten muss sie. Das denkt sie. Der Mayer neben ihr. Nicht ihr Sohn darf er sein, muss ein Kollege bleiben, mehr nicht. Was wäre, wenn. Diese Gedanken würden sie nur aufhalten. Sie vielleicht sogar zum Umdenken bringen. Aber es gibt kein Zurück. Zu spät dafür. Mit allem hat sie gerechnet. Sich vorbereitet.

Trainiert. Versiert sein wollte sie, gerüstet sein für das Schlimmste. Und sie wusste, dass es schlimm kommen würde. Ihren Vater töten. Eine schier unüberwindbare Hürde. Geschafft. Absolviert. Die nächste wird leichter. So hat sie für sich gedacht. Krank ist das. Den Schwendinger gequält, zu Tode geschliffen, einen Fetzen Fleisch aus ihm gemacht. Geschafft. Absolviert. Sehr krank ist sie. Und sie weiß das. Auf alles wollte sie vorbereitet sein.
Aber mit dem Mayer hat sie nicht gerechnet, mit ihm als Sohn. Nicht mit so etwas. Darauf kann man sich nicht vorbereiten, niemals. Niemals hätte sie ihn damit belastet, hineingezogen in ihren ureigensten Sumpf aus absoluter Rache und Verderben. Ihren Sohn nicht, den Mayer schon. Nur ihrem Entschluss, ihrem Willen gehorchen. Wie der Steger ist sie da eigentlich. Alles dem Ziel unterordnen. Aber ihren Sohn, niemals. Aber jetzt ist alles anders. Und sie muss damit umgehen können, muss handeln. Noch hat sie Zeit, wenn auch nur eine kurze Autofahrt lang, bis das Hotel aus der Finsternis auftaucht. Ihren Sohn schützen, raushalten aus dem Chaos aus Feuer und Sturm, von ihr entzündet, angefacht. Unschuldig, das soll er bleiben, bis ins Mark hinein unschuldig. Das will sie, bedingungslos.

Die Räder, die Matsch zerdrücken, Dreckswasser, das hochspritzt, das Rumpeln, unebener Weg, Schlaglöcher im Schotter. An den Teichen vorbei. An der Stelle, wo alles begonnen hat.

Wo er seine Treue geschworen hat. Gesagt hat, dass er ihr helfen will. Uneingeschränkt. Gegen alle Widerstände der Seinigen. Überwunden hat der Mayer sein Gefühl von Heimat, das ihn oft betrogen hat, das ihm aber wichtig gewesen und noch immer wichtig ist.

Soll er etwas sagen? Kann er überhaupt? Warum sie eine Mörderin ist? Sogar einen alten Mann umgebracht hat? Sein Hals wie zugeschnürt. Sprachlos ist er. Zerstört. Weil die Habner so ist, wie sie ist. Weil sie ihn benutzt hat für ihre tödliche Sache. Rücksichtslos und egoistisch. Obwohl sie gewusst hat, was sie für ihn ist. Von Anfang an muss sie das gespürt haben, so wie er es gespürt hat. Gefühle hat er gehabt und sie auch, dessen ist er sich gewiss. Jetzt sitzt er neben ihr. Will wissen, warum das alles. Alles will er erfahren über sie, ihre Gründe. Es muss etwas Großes sein, wenn sie ihn so missbraucht. Das weiß er, da ist er sich sicher. Etwas wirklich Großes, weil so einen Umgang hat er nicht verdient von dieser Frau, von dieser großartigen Frau. Die er küssen wollte, und es nicht getan hat. So denkt er sich das. So ist der Mayer als Mensch.
Wie er in die Lichtkegel schaut, in die Nacht hinaus. Wie das Hotel immer näher rückt. Und damit die Antworten auf seine brennenden Fragen.
Eine Frage kommt ihm über die Lippen, ganz plötzlich.
„Sind Sie eigentlich wirklich von der Polizei?"
Die Habner nickt zustimmend.

An die Gerechtigkeit kann man nicht glauben. Das hat die Habner noch nie getan. Wie konnte sie auch. Aber an das Recht, daran hat sie schon geglaubt, als Polizistin. Aber nach und nach ist ihr auch das verloren gegangen. Nicht durch etwas Bestimmtes, schleichend ist das gekommen über die vielen Jahre. Zu viele Böse haben gewonnen, zu viele Gute verloren. Die Justiz hat keine Kraft mehr. Unrecht wurde zu Recht, durch zu viel Geld. Irgendwann war das dann zu viel für sie. Den Glauben verloren, den sie eigentlich nie hatte. Kein Urvertrauen in ihr. Niemals gewesen. Keine starke Quelle, wie der klare Bach eine hat, der erst später gelb

gemacht wird. Hat hart dagegen angekämpft. Mit allen Kräften, schier unerschöpflich. Immer. Jeden Tag. Jede Stunde. Jede Sekunde. Vergeblich. Denn jede Nacht ist für sie ein weiterer Stern vom Himmel gefallen. Bis der Himmel pechschwarz war.
Jene Sterne, die sie am Nachthimmel gesehen hat, wie sie aus dem Verlies herausgestiegen ist, als Mädchen. Zum ersten Mal nach den vielen Jahren da unten, ganz betäubt ist sie da gewesen vor Glück. Die Sterne, die Nacht, der Himmel. Unglaublich ist das gewesen. Da wollte sie leben. Eingeatmet, frische Luft. Leben. Nach all dem, was ihr angetan worden war. Ein besonderer Mensch. Auch später dann, wenn die bösen Geister zurückgekommen sind, hat sie wieder hinaufgeschaut. Jedes Mal, sehr oft zu den Sternen. In Erinnerung an diesen einen Moment. Leben.
Doch plötzlich sind die Sterne weg gewesen. Für sie nicht mehr zu sehen. Kein Grund mehr, hinaufzublicken. An das Gute zu glauben, weil das Schlechte zu groß und mächtig geworden ist in ihr. Das Verlangen dann unaufhaltsam. Der Zeitpunkt war da, der irgendwann da sein musste. Die Zeit war für sie gekommen. Und für die Bösen. Für Rache. Für ihre heilige Selbstverwirklichung im schlechtesten Sinn. Hat dann das größte Verbrechen begangen, das ein Mensch einem anderen Menschen antun kann, Leben nehmen. Sie weiß das. Es ist ihr nicht egal, aber für sie tolerierbar. Moralische Ohnmacht in der Macht. Niemand ist im Recht, wenn alles Unrecht ist.

„Jetzt bin ich keine Polizistin mehr“, fügt sie dann noch an. Der Mayer will nicht wissen, warum sie Polizistin geworden ist. Ob sie anderen Menschen helfen, Unrecht bekämpfen, das Böse schlagen, besiegen wollte, vielleicht aus naivem Denken heraus, aus Verzweiflung am fehlenden Guten.

Etwas zurechtrücken wollte, die Welt und auch sich. Er will wissen, warum sie eine Mörderin geworden ist.
„Seit wann wissen Sie es?“, fragt die Habner.
„Ich habe die Fingerabdrücke vom Lenkrad genommen, beim Bulli.“
Die Habner nickt anerkennend.
„Ich habe Ihnen doch gesagt, dass Sie ein guter Polizist sind.“
„Die haben Sie mir geschenkt, das war nicht schwierig.“
„Aber Sie waren schnell, schneller als gedacht“, meint die Habner noch.
Jetzt blicken sie sich kurz an.
Da ist es wieder, dieses plötzliche Gefühl. Nur dieser kurze Blick. Ihr sanftes Gesicht im weichen Licht der Konsole, im Orange vom Mondlicht, ihr zuckendes Lächeln im Mundwinkel. Für den Mayer ist sie alles. Alles, was er begehrt, alles, was er in einer Frau sucht. Er will nie wieder aussteigen aus dem Jeep. Nur fahren. Weil er weiß, dass sie bald nicht mehr hier sein wird. Mit ihr fahren. Bis nach Afrika oder Asien vielleicht. Oder einfach hier im Kreis, im warmen Jeep geschützt vor der Welt da draußen. So viel Zeit gibt es gar nicht, die er mit ihr noch verbringen möchte. Ewig fahren. Sie muss gar nichts sagen, sein Vertrauen gewinnen, ihm schmeicheln, ihm sagen, dass er perfekt ist, so wie er ist, dass er ein guter Polizist ist. Ihn gar verführen, ihm schöne Augen machen, sanft sprechen oder ihn berühren. Unabsichtlich, beiläufig oder absichtlich. Gar nichts muss sie tun. Sie muss nur da sein, bei ihm.
Eine Mörderin sitzt neben ihm. Seine Mutter.

Mit dem hellen Mond über dem Dachfirst wirkt das Hotel mächtig. Steht eindrucksvoll vor ihnen, gigantisch, morbid.

Der Himmel wolkenlos, trotzdem keine Sterne. Die beiden stehen davor im Mondschatten.
Vorbei am Schild. Betreten verboten. Die Habner blickt darauf. Eltern haften für ihre Kinder. Wie ironisch die Welt doch sein kann.
Durch den Zaun mit dem aufgeschnittenen Metallschloss hindurch huschend.

Schritte hinein in die Ruine. Taschenlampen. Sie geht vor ihm, sie kennt den Weg. Zielstrebig. Durch die feuchten Mauern. Den modrigen Gestank. Die Stiege hinab.
Er hinter ihr. Da kann er sie sehen im Licht. Auch kontrollieren. Nicht, weil sie fliehen will, nicht, weil er sich bedroht fühlt. Sie wird nicht fliehen, sie wird ihm nichts tun. Das weiß er. Das fühlt er. Darauf verlässt er sich. Trotz allem, trotz der Morde. Es ist ja immer noch etwas da, neben der abgrundtiefen Enttäuschung, der seelischen Erschütterung. Kein Vertrauen mehr, das ist weg, aber sie wird ihm nicht wehtun, niemals.
Dennoch geht er hinter ihr, nur zwei, drei Schritte. Da fühlt er sich wohler hier im Abgrund.
Und sie kennt ja den Weg, denkt er sich.
Hier sind sie gewesen. Das Ölfass. Im gebündelten Licht. Das dunkelblaue Ölfass mit den toten Kindern. Bei Gott, sie sind noch immer hier, warten auf Würde. Die Habner leuchtet ihn an, blickt dem Mayer in die Augen. Als wollte sie ihm etwas sagen, wortlos. Er wird sich um sie kümmern, dann, wenn alles vorbei ist. Das verspricht er ihnen, den Kindern, den kleinen Knochen im Schmutz. Das sagt er nicht, aber die Habner versteht. Dankbar erscheint sie. Für ihre Geschwister. Für ihre Seelen.

Geht weiter, nach hinten. Dorthin, wo die Mauerreste vor der Eisentür sind. Absichtlich verschüttet. Da will sie hin, die Habner, zu dieser Eisentür.
Klettert hoch über den Schutt, über die Backsteine. Die zerbröckeln, selbst unter ihrem zarten Gewicht. Mühsam mit ihrem Bein, auf allen Vieren, verbissen ist sie. Die Hände im kantigen, scharfen Geröll schon blutig aufgerissen. Aber unwichtig jetzt, schnell zur Eisentür, der Mayer hinterher.
„Was ist da hinten? Was ist da?", fragt er.
Über den gesprengten Haufen ihr nach. Die Habner sagt nichts. Wie paralysiert. Gierig nach den Spuren der Vergangenheit. Nie losgelassen, immer gesehen in ihren schlaflosen Nächten, in den betäubten Tagen, immer bei ihr, in ihr. Jetzt wieder da, eine Ewigkeit später. Als wäre es gestern gewesen.
Den Geröllhaufen hinunter zur Eisentür. Ein Riegel weggeschoben. Gemeinsam zwängen sie die Tür auf, nur ein wenig. Eng ist es zwischen Tür und Schutt. Die Habner presst sich durch den Spalt hinein, der Mayer hinterher im Licht der Taschenlampen.
„Was ist hier?", will der Mayer endlich wissen. Umherleuchtend. Eingeschüchtert. Modriger Gestank, dunkles Mauerwerk, nasser Beton, verblichenes Rot der Ziegel. Er geht einen Schritt hinein, blickt in den schwarzen Raum. Die Tür schlägt zu, wird von außen verriegelt, eingesperrt wird er. Von der Habner. Mit einem metallenen Geräusch. Tausendmal gehört von der Habner als Kind. Jetzt wieder. Die Habner erstarrt bei dem harten Klang. Fängt sich schnell wieder, ihre große Stärke. Mit dem Mayer soll nichts passieren. Eltern haften für ihre Kinder. Sie hat ihm schon zu viel angetan. Unschuldig muss er bleiben, das ist das Wichtigste.

Er würde ja alles verhindern wollen. Die Habner und alle anderen schützen wollen. Etwas Unbedachtes könnte er dann tun in seinem Eifer. Und das geht für die Habner nicht. Da drinnen ist er in Sicherheit. Im Leo, sagen die Kinder beim Fangenspielen, ein Zufluchtsort. Die Habner hat das nie gespielt, aber in einem Kinderbuch war das einmal, da hat sie davon gelesen.
Dann zurück über den Haufen Geröll, dann runter, sie will schnell raus, hat noch etwas vor.
Die Habner draußen, der Mayer drinnen.
Abgelenkt ist er gewesen, nur für einen Moment, dann schon eingesperrt. Anfängerfehler. Er rüttelt an der Tür, ruft nach der Habner, vergeblich.

Stille.

Da sieht er etwas, macht Schritte zurück, der Blick bleibt auf der Tür. Gebannt im unruhigen Licht. Das Kreuz. Groß, einschüchternd, angstmachend an die Tür gestrichen mit rotem Lack. Jetzt auf Rost, schon verblasst, aber noch immer grimmig. Hier hat das Kreuz seinen Anfang, in tote Menschen geschnitten sein Ende genommen.
Dann offenbart sich dem Mayer ein Teil aus der Vergangenheit der Habner. Fassungslos blickt er sich um. Eine verrottete Puppe am Beton. Im Eck eine Schultafel auf modrigen Holzstelzen, weiße Kreide, Umrisse gezeichnet, Länder stehen da aus Afrika und Asien.
Hat hier die gleichen Geschichten erzählt wie ihm, dem Mayer als Kind in der Schule, hier der Habner als Kind im Verlies. Der Schwendinger, das Schwein. Glaubte sogar Gutes zu tun hier als Lehrer. Pervertierte Vernunft. Das größte Verbrechen, schlimmer als Wahnsinn. War nur für ihn, wichtig sein, gescheit sein, hat sich selbst eingeredet,

dass er damit wieder etwas gut macht. Solche Lügen helfen, wenn man Böses tut.
Ganz kurz flackert ein dunkler Gedanke im Mayer. Der Schwendinger hat den Tod verdient. Den verdrängt der Mayer schnell. Aber alles Gute ist weg vom Schwendinger, endgültig ausgelöscht.
Vieles fällt ins Licht der Taschenlampe. Am Boden liegt in einem verkohlten Holzkästchen eine verschmorte Kamera. Der Gemeindearzt liebt ja Fotos, hat viel fotografiert, in Vietnam und überall. Auch hier hat er Fotos gemacht. Geheim, für sich. Aber vielleicht auch, um die anderen erpressen zu können. Für nichts Konkretes, aber für alle Fälle. Solche Fotos kann man brauchen, wenn man mal etwas von einem anderen will. Oder wenn einer von einem unbedingt etwas will, das man nicht hergeben möchte. Hat er aber nicht verwendet, hat sie auch nicht gebraucht. Zumindest nicht, um jemanden zu erpressen. Nur für sich. Die perverse Sau, denkt sich der Mayer.
Ein Campingklo ist da. An der Wand ein Kinderbett, ein schweres Bett mit Stahlrohren. Wurde unten in den Boden geschraubt, fixiert mit Eisenschrauben, damit es sich nicht verschieben lässt. Eine kleine, kupferne Plakette ist da am Rahmen angebracht, auf der der Firmenname steht: Fam. Habner. Die haben ganz früher solche Betten produziert. So hat sie sich dann auch genannt, die Habner. Carla, so hat das Kind geheißen in dem Abenteuerbuch, aus dem der Schwendinger ihr vorgelesen hat. Er hat aus vielen Büchern vorgelesen, aber die Carla hat sie sich gemerkt. Die wollte sie sein.
Das kleine, traurige Mädchen, das auf der Blumenwiese in einem Park in der Stadt ein Nashorn kennenlernt. Sich mit ihm anfreundet, dann mit ihm gemeinsam in einem Ballon

davonfliegt. Das Nashorn zurückbringt nach Afrika, nach Hause.
Am Bettrand ist er gesessen, der Schwendinger, als wäre nichts dabei. Er hat sie nie angefasst, nie körperlich missbraucht. Mit ruhiger Stimme hat er gelesen, ganz der Lehrer. Alles zugelassen hat er, nichts dagegen getan, nur für dieses Gefühl der Macht, dass auch er alles tun könnte mit ihr. Dieses Gefühl hat ihm genügt, hat ihn berauscht, glücklich gemacht. Herr sein. Seine dunkle Seite hat er damit befriedigt. Den Tod hat er sich damit verdient.
Am Fußende am Rahmen hängt eine eiserne Fußfessel mit einer schweren Kette, mit getrocknetem Blut. Noch immer zu sehen nach all den Jahren, sehr dunkel geworden.
Mit einem Schlag ist dem Mayer alles klar. Das Bein, die Prothese.
„Mein Gott."
An der Mauer eine eingekratzte Kinderzeichnung. Ein Mann mit Arztkittel, ein Penis ragt hervor. Der Gemeindearzt. Der Mayer versteht jetzt alles, zu viel muss er verstehen. Am Huawei will er den Gemeindearzt warnen. Zu spät, da hebt keiner mehr ab. Er muss hier raus, ganz schnell.

Hunde hört man, die hecheln durch die Gänge. Die Habner blickt auf, ist auf dem Weg nach draußen kurz vor der Stiege. Schnell trippelnde Pfoten über Beton, kratzende Krallen hört sie in der Finsternis in der Lautlosigkeit hier herunten. Schaum vorm Maul, auf der Jagd sind sie, auf Beute aus. Abgerichtet, aufgehetzt für eine Treibjagd. Dafür sind sie da, der Ari und der Tasso.

Auf der Ladefläche vom Pickup von der Kette gelassen, daneben der Mercedes. Der Steger und der Walter sind da.

Vorm Hotel, neben dem Jeep stehen sie. Der Steger gibt niemals auf.
Hat einfach gewartet, draußen, nicht weit weg vom Wirtshaus, versteckt. Kennt sich ja aus hier. Heimvorteil.
Den Walter mit den Hunden gerufen.
Er sucht jetzt die Entscheidung. Nur mit dem Walter ist er da, ohne Franz. Der Franz hat Hirn, ist auch gefährlich, aber anders, nicht brachial. Der hat Verstand, den braucht man für den Betrieb, nicht hier und jetzt. Falls dem Franz nämlich etwas passiert, dann passiert auch etwas mit der Firma. Aber den Walter, den braucht er hier, der hat hohe Durchschlagskraft, wie ein großes Kaliber, ein starkes Projektil. Tödlich.

Die Habner läuft zurück, ist nicht schnell mit ihrem Bein, nicht schnell genug. Die Hunde hetzen ihr nach. Sind kurz vorm Fleisch. Springen auf ihren Rücken, lassen nicht mehr los. Sie tritt und schreit. Die Hunde in ihr verbissen.

Der Mayer hört die hallenden Schreie, will helfen, kann nicht raus. Blickt sich hektisch um, der Lichtstrahl der Taschenlampe flackert durch den Raum, sucht verzweifelt nach einem Fluchtweg.

Der Walter will mit seiner Flinte in der Hand hinein. Der ist schon ungeduldig, will Blut sehen. Der Steger hält ihn zurück.
„Lass das die Hunde machen!", befiehlt er.

Und die machen das gut. Die Habner am Boden. Kämpft. Tritt. Schlägt. Der Speichel der Hunde überall. Fletschende Zähne. Der Ari, der dreibeinige Hund, hat sich in ihre Prothese verbissen. Ist dadurch abgelenkt, das ist gut für die

Habner. Sie kommt an ihr anderes Bein, da ist die kleine Lady Smith am Klettverschluss, die Lady Smith des Gemeindearztes. Ein Schuss, Gejaule. Der Tasso wird durch die Wucht des Geschosses seitlich weggeschleudert, der war schon an ihrem Hals. Das Blut, das Hirn aus seinem aufgeplatzten Kopf jetzt in ihrem Gesicht. Die Lady Smith ist klein, aber gemein.

Der Walter hört das.
„Tasso!", schreit er besorgt.
Er kennt seine Hunde sehr gut, von klein auf geliebt. Er muss jetzt hinein.
„Warte noch!", fordert der Steger.
Ist kaum noch zu halten, so geladen ist der Walter, besorgt wegen seiner Hunde. Er lädt seine Flinte mit einem doppelten Klacken. Noch ein Schuss dringt nach außen, wieder Gejaule. Auch der Ari ist gefallen. Jetzt ist er nicht mehr aufzuhalten, der Walter stürmt ins Hotel. Der Steger hinterher. Greift vorher noch in seinen Mercedes zu einer Pumpgun. Krieg.

Die Habner rappelt sich hoch, knickt um. Die Prothese ist kaputt, hält kaum noch ihr Gewicht. Zurück, wieder nach hinten. Sie weiß, die Hunde sind nicht allein gekommen. Sie humpelt, schleift das Bein nach, sackt immer wieder zusammen. Sie schafft es gerade noch hinter das Geröll.

Der Mayer fuchtelt mit der Taschenlampe herum. Hat die Schüsse gehört. Panisch schreit er nach der Habner. Nichts. Sucht hektisch. Da ist etwas, über dem Bett ist ein vergittertes Fenster, das von außen mit Schotter zugeschüttet ist. Der Mayer sieht Kratzspuren und herausgeschlagenes

Mauerwerk. Er schießt mit seiner Glock Gemäuer weg, die Ziegel raus.

Ein dumpfer Schuss einer Flinte hallt durch die Gemäuer, ein Aufblitzen in der Nacht. Trifft die Habner hart in die Schulter. Großes Kaliber. Die Wucht reißt sie um. Ein doppeltes Klacken, der Walter lädt die Flinte neu, zielt wieder. Nur ein paar Mondstrahlen fallen durch die Mauerritzen, genug für das starke Zielfernrohr. Ein weiterer Schuss schlägt knapp neben ihr ein, ein Ziegel zerfetzt, staubt. Wieder das Klacken. Die Habner wieder hoch, hinter das Geröll, die Lady Smith umklammernd. Revolver gegen Flinte. Nicht gut für die Habner. Die Wunde tut ihr weh, aber Wille schlägt Schmerz. Der Walter kommt näher, sucht ihr Ende. Ohne Verstand geht er direkt auf sie zu.
„Komm raus, du Hure!", brüllt er.
Die Waffe wie auf der Pirsch. Sieht die Hunde, seine Hunde. Den Ari und den Tasso, von klein auf geliebt, hier in ihrem eigenen Blut. Hunde sind besser als Menschen. Kniet sich zu ihnen. Der Ari atmet schwer, winselt leise vor Schmerzen, erkennt sein Herrchen. Der Walter ist abgelenkt, nur für eine Sekunde, genug für die Habner, ihre Chance. Licht an, nur ganz kurz, die Lady Smith kracht und spuckt Feuer. Wie Blitz und Donner in der Dunkelheit. Licht aus. Gespanntes Warten. Der Walter fällt um, Treffer. Die Habner hört ihn röcheln, dann schreien. Sie lässt sich fallen, schlittert über die spitzen, schneidenden Ziegelreste nach unten. Steht auf, wackelig. Schleift das lose Bein hinterher. Steht vor ihm, die Waffe im Anschlag, zielt auf ihn. Der Walter spuckt Blut, ein schlimmer Einschlag in die Brust. Die Lady Smith ist böse zu Fleisch. Aber er wird überleben, wenn man jetzt handelt.
„Lass ihn!", ruft der Steger.
Senkt seine Pumpgun, kommt wie aus dem Nichts.

„Bitte!", sagt er noch.
Die Lady Smith schwenkt schnell herum, das Licht ihrer Taschenlampe fällt auf ihn.
„Du willst nur mich, und du kriegst mich, später. Aber lass ihn gehen! Er hat damit nichts zu tun."
Die Habner zögert, blickt auf den jungen Mann, der zu ihren Füßen zittert, seine Hand auf dem sterbenden Ari. Sie ist eine Mörderin, aber kein Unmensch. In ihrer Welt ergibt das einen Sinn. Sie senkt die Waffe, humpelt dann schweigend am Steger vorbei. Ohne ein Wort, so wie er nichts sagt. Aber sein Gesicht drückt Dankbarkeit aus.
Der Steger kümmert sich um seinen Sohn. Liebevoll, fürsorglich, spricht ihm Mut zu. Dass es den Walter nämlich so heftig erwischt hat, das hat er nicht gewollt. Das hier ist seine Angelegenheit, seine ganz persönliche, hat nur mit ihm allein zu tun. Er wird sich ihr stellen, kann auch gar nicht anders. Die Habner wird nie Ruhe geben.

Er wird dann den Walter schnell nach Hause bringen, Erstversorgung. Die machen das oft in der Firma. Wenn sich die Arbeiter, die Afghanen und die wenigen anderen verletzen. Die sollen schnell wieder arbeiten können. Da gibt es Leute mit Erfahrung und Wissen, vor allem die Ehefrau vom Franz, die kann das ganze Medizinische. Familienbetrieb. Ein Rädchen greift ins andere. Das macht die Stegers erfolgreich. Und das Glück mit dem Bausand. Der Walter kommt dann von dort weiter in ein Krankenhaus. Weil die Verletzung doch sehr schlimm ist. Irgendwas mit Jagdunfall werden sie dort erzählen. Und irgendwie stimmt das ja auch. Eine weite Fahrt wird das werden, aber der Walter wird überleben.
Andere nicht.

Der Mayer schwitzt, zieht verbissen am Gitter. Mit Gewalt kann er es herausreißen. Er gräbt sich verbissen durch den Schotter. Spuckt grau, Beton und Staub. Zwängt sich durch, krabbelt hinaus in die Nacht an die frische Luft. Muss sich übergeben, zu viel Dreck im Rachen, überhaupt zu viel das Ganze. Er spuckt, während er zum Jeep läuft, aber der ist weg. Die Habner wieder unterwegs. Der Mercedes ist auch weg, mit dem Steger und dem Walter. Der Pickup steht aber da, nicht abgeschlossen. Startknopf, der Motor summt. Vollgas. Durch den Matsch.
Zum Gemeindearzt.

Die Habner ist schon dort gewesen, am späten Abend. Vom Revier aus hingefahren. Das lange Warten auf sein ersehntes Ende hat sich für den Gemeindearzt ausgezahlt. Es war nicht eine Kugel aus der Lady Smith, sondern eine andere, eine von der Habner aus ihrer Beretta. Zwischen die Augen direkt in die Stirn. Blutverschmiert das Skalpell in der offenen Hand, mit dem Arm auf der Lehne, das weiße Leder rot verfärbt. Ein Kreuz in der Brust, in der grau behaarten, entblößt vom weißen Hemd, über den ganzen Oberkörper. Hineingeschnitten, tief hinein. Keine aufgezwungene Reue, nicht notwendig. Ein Bekenntnis hat er abgelegt zu seinen Sünden, zu sich, zum Tod. Hat es selbst getan, als selbst aufgezwungene Buße. Er wollte leiden, sich gerecht bestrafen, da hat die Habner gar nicht viel nachhelfen müssen. Betäubt durch Alkohol. Darauf hat er auch gewartet, auf den grausamen Tod. Er war schon immer sehr seltsam, der Gemeindearzt. Und die Habner hat ihm den Tod gebracht. Der Tod kommt immer nur einmal.
Schade, hat sich die Habner gedacht.
Denn sonst hätte sie ihn noch einmal töten können.

Seine Lady Smith hat sie mitgenommen, als Zweitwaffe, für alle Fälle. Hat sie dann auch gut gebrauchen können. Tote Hunde.

Jetzt steht der Mayer da drinnen mit seiner verstaubten Uniform und sieht ihn. Den Gemeindearzt in seinem Ohrensessel mit dem weißen Leder und den kitschig goldenen Knöpfen und Holzfüßen. Im finsteren Raum, nur etwas Licht fällt rein, der Mond durch die engen Ritzen bei den Jalousien. Schneiden die absolute Finsternis in graue, dunkle Scheiben. Am Tisch die fast leere Flasche Johnny Walker, das Glas ausgetrunken. Ein letzter Schluck ist das gewesen, wurde ihm gegönnt. Der Aschenbecher aus Kristall steht da, eine heruntergebrannte Marlboro liegt drauf.
Im Lichtkegel der Taschenlampe der offene Tresor, die blaue Mappe. In Mayers Gedanken die verschmorte Kamera im Verlies.
Er nimmt die Mappe heraus, blättert sie hastig durch. Geschockt. Fotos sind da drinnen, vom Gemeindearzt heimlich aufgenommen im Verlies, mit der Habner als Kind.
„Mein Gott, da sind sie alle."

Bestien, wie Bestien. Hat der alte Brandtner gesagt, als die Habner ihn angerufen hat. Als er sich rauswinden wollte wie ein glitschiger Aal aus dem Korb unten am Bach, nachdem er gierig den Köder gefressen hat. Kein Ausweg mehr, gefangen. Und gelogen hat er, um sein erbärmliches Leben zu retten. Nichts hätte er gewusst, gar nichts von all dem. Er hätte nichts dagegen tun können. Wie Bestien waren sie, hat er gesagt.
Da musste er dann sterben, unten am Teich.

Die Fotos sind schrecklich, alle, aber eines ist am schrecklichsten. Der Wirt am Foto.
Schnell ins Wirtshaus, den Papa retten, denkt er.
Vor der Habner, vor dem Tod, trotz seiner Verbrechen.
Aber da ist noch etwas.
Im silbernen Mistkübel verbranntes Papier, hat der Mayer nicht gleich gerochen. Viel Asche und ein paar weiße, angesengte Papierfetzen dazwischen. Die glosen noch. Die schaut er hektisch durch, gräbt vorsichtig in der Asche. Und was wichtig ist, wirklich wichtig, das kann er lesen.
In krakeliger Schrift, vom Gemeindearzt über die Habner. Patientenakte, dass sie oft krank war als Kind.
Auf einem anderen, vergilbten Papierfetzen von einer anderen Akte Operationspläne, von einer Gaumenspalte liest er da. Der Mayer greift sich an seine Narbe. Und dann entdeckt er mehr, sieht etwas, gräbt tiefer in den Kübel. Ein ganz bestimmtes, angesengtes Blatt, das wird viel machen mit ihm.
Die Habner hat ein Kind geboren, da unten im Verlies.
„Mein Gott."
Das Geburtsdatum, sein Geburtstag. Einen Thomas hat sie geboren, steht da. Er ist ihr Kind, ihr Sohn. Beim Namen des Vaters steht nichts.
Dem Mayer wird schwindelig und übel, die Beine geben nach. Er müsste schnell weg, ins Wirtshaus. Die Habner ist schon unterwegs dorthin. Aber er muss sich auf den Boden setzen, vor Schmerzen in ihm drinnen. Weint. Lächeln muss er dann auch, wenn er an die Habner, seine Mutter, denkt. Von Anfang an Liebe, richtig gefühlt, falsch gesehen. Begehrt hat er sie, wollte sie küssen. Hat gefühlt, dass das falsch ist. Tausend Fragen auf einmal.
Hat sie ihn erkannt? Ihm versucht zu zeigen, wer sie ist? Wusste sie überhaupt, dass er ihr Sohn ist? Hat er etwas

übersehen? Überhört? Dieses Gefühl, das er hatte. Natürliche Verbundenheit nach so vielen Jahren.
Er muss los, reißt sich zusammen, hastet hinaus. In den Pickup. Vollgas.
Durch die Nacht. Die Berge wie finstere Giganten, unheimlich und bedrohlich wie noch nie.

Tausend Gedanken. Die verbrannten Unterlagen. Die Habner muss sie verbrannt haben, damit er nichts erfährt. Damit für ihn alles so bleibt, wie es ist. Sie will ihm nicht sagen, dass sie seine Mutter ist, dass seine Mutter eine Mörderin ist. Deshalb hat sie ihn eingesperrt im Verlies, weg von der Gefahr.
Noch schneller. Die Straßen gefährlich nass. Enge Kurven. Unruhig alles.
Er versteht die Welt nicht mehr, sie macht es ihm auch zu schwer. Kommt er zu spät? Lebt der Mann noch, zu dem er Papa gesagt hat? Ist er sein Vater? Wer ist es? Denkt an sich, an alles, was war. An alles, was er ist. Oberflächlich muss er gewesen sein, nichts bemerkt hat er. Chaos in seinem Kopf, alles durcheinander. An die Fotos denkt er. An die perverse Schande. Wirft einen Blick in den Rückspiegel, sieht sich. Eine Ähnlichkeit sucht er, ein Merkmal. Betrachtet seine Augen, studiert seine Nase, sein Gesicht, die Hasenscharte. Er sieht sich zum ersten Mal.
Der Schotter vor ihm, im schwachen Licht bei starkem Regen. Die Scheibenwischer viel zu langsam für die viel zu schnelle Fahrt.
Wer ist er? Woher kommt er? Ein Kind einer dieser Bestien muss er sein. Von wem? Vom Steger? Das ist sein Schwiegervater. Die Stefanie. Ihr gemeinsames Kind. Krankes Blut. Die entstellten Kinder im alten Hotel, im Ölfass.

Mein Gott.
Tausend Gedanken im Bruchteil einer Sekunde, eine ewige Autofahrt lang. Immer wieder. Tausend Gedanken. Wischt sich die Tränen aus dem Gesicht.
Sie sollten nicht weinen, durch die Tränen sieht man nichts, schon gar nicht die Wahrheit, hat sie einmal zu ihm gesagt. Er muss sie sehen, mit ihr sprechen. Er muss ihr alle Fragen stellen, die es auf dieser Welt gibt. Und sie muss ihm jede einzelne beantworten. Unvorstellbare Ungeduld in ihm. Die Leere endlich füllen, die immer da gewesen ist. Und eigentlich braucht er nur eine einzige Antwort. Nur eine.

„Wo willst du denn jetzt hin, Papa?", fragt der Franz.
Der Steger schweigt. Zieht bedächtig seine edle Schrotflinte, die Initialen eingraviert, aus der bestickten Lederhülle.
In der mächtigen Garage.
„Was ist mit dem Walter?", will der Steger wissen.
„Der wird schon wieder. Den bringt nichts um", antwortet der Franz.
Mit einem ruhigen und auch aufmunternden Lächeln.
Der Steger nickt zufrieden. Lädt die glänzende, geölte Flinte, eine zweiläufige. Und steckt noch zusätzliche Patronen in seine Manteltasche. Hat mehr vor.
Der Franz sieht das.
„Es ist schon genug passiert, Papa. Bleib' doch da! Was immer auch war, fahr' nicht! Bitte!"
Der Steger schweigt, macht einfach weiter. Geht dann zum Mercedes raus. Die Flinte in der Hand, der Wind im Mantel im prasselnden Regen. Der Franz ihm nach.
„Soll ich mitkommen?"
„Nein, das geht nur mich was an."
Der Franz nickt nur, fragt nicht weiter. Hätte auch keinen Sinn, das weiß er.

So wie der Steger am Mercedes steht, wie er da noch einmal zum Haus schaut, so hat er noch nie geschaut. Auf die Firma rüber, auf seine geliebten Lastwagen, die von MAN, die da aufgereiht stehen. Das ist für den Franz der Moment, in dem er merkt, dass sein Vater alt geworden ist. Dass er mit etwas abschließen will, fest entschlossen, ohne Zweifel, ohne Reue. Etwas endgültig abschließen, ohne Rücksicht. Wie immer in seinem Leben. Das will der alte Steger jetzt.
Wie er die Schrotflinte vorsichtig in den Kofferraum legt, sich umdreht, dem Franz noch einmal in die Augen schaut, so wie noch nie. Ihm den Arm sanft auf die Schulter legt, ohne etwas zu sagen. Ihm mit dieser Geste gedanklich Zepter und Krone überreicht. Und dann in den goldenen Mercedes steigt. Wegfährt, aufbricht zu seiner letzten Fahrt. Die Nacht wird gnadenlos.
Der Franz steht nur da, blickt den roten Lichtern nach, bis sie verschwunden sind in der Nacht.
Geht dann zurück ins Haus, zu seiner Frau, zu seinen kleinen Kindern. Er ist bereit für die große Verantwortung. Der König ist tot, lang lebe der König. Und er wird ein besserer sein, weil er kein König mehr sein kann und will. Es wird nämlich wieder mehr geschaut werden, auf Gesetze. Da können sich Dinge ändern, Menschen auch. Auch hier. Oft muss etwas enden für einen Anfang.
Ganz einfach ist das eigentlich… manchmal.

Sie sitzt im Wirtshaus, die Habner. Dort, wo sie immer gesessen ist, schon beim ersten Mal. Dann immer mit dem Mayer. An dem schweren Holztisch nah der Schwingtür. Stark blutend an der Schulter, Blut schon überall. Das Projektil im Körper, zerfetzt in tausend Bleiteile. Haben innen viel kaputt gemacht, zu viel. Die zerbissene, gebrochene Prothese unterm Tisch, abgenommen. Erschöpft

ist sie, atmet schwer, nah am Ende. Die Schwäche wird bald stärker sein als der Wille. Im kalten Licht der Neonröhre sitzt sie. Die Lampe in Teilen zerstört, das Licht flackert, Einschusslöcher sind da.
Hinter der Ausschank liegt der Wirt, die ausgestreckten Beine ragen hervor. Unter dem Bild seiner Elisabeth liegt er. Sein letzter Blick war zu ihr. Die noch warme Flinte neben ihm, am abgetretenen, deshalb schon schwarzen Holzboden. Hat sich erschossen, mitten ins Gesicht. Seine Schande hat sich da über die Jahre hineingefressen, sollte niemand mehr sehen. Hat er selbst nicht mehr ertragen können, schon lange nicht mehr. Kein Gesicht mehr. Hat den Mayer geliebt als Sohn, ihn nicht verantwortlich gemacht für den Tod seiner Frau, hat er nie. Aber der Mayer ist da gewesen, seine Frau nicht mehr. Hat er ihn doch spüren lassen, unbewusst bestimmt. Er war ein einfacher Mann. Und nie ist jemand da gewesen zum echten Reden, nur zum Saufen. Der Alkohol, ein treuer Begleiter, ein anhänglicher Freund. Bis zum Schluss.

Der Pickup jetzt vorm Wirtshaus, neben dem Jeep. In der kalten, regennassen Nacht.
Der Mayer betritt die Stube. Im Licht der Neonröhre sieht er den Wirt.
„Mein Gott."
Der Mayer kniet vor ihm, überall das Blut, verspritztes Hirn. Die Flinte liegt in seiner offenen Hand, Selbstmord. Er kann nicht weinen, ihm nicht verzeihen. All diese Lügen. Und doch ist er immer bei ihm gewesen, sein Leben lang. Er richtet sich auf, langsam.
„Es tut mir sehr leid, dass das alles passieren musste", sagt die Habner.

Aus dem flackernden Halbdunkel heraus. Der Mayer wendet seinen Blick, sieht sie am Tisch. Seine Mutter.

Stille.

„Ja, mir auch", stammelt er.
Kommt dann langsam näher. Er bemerkt ihren elenden Zustand, sagt aber nichts. Er weiß, dass sie sterben wird. Er weiß, dass sie das auch will. Er setzt sich zu ihr. Jetzt sitzen sie so, wie sie immer gesessen sind. Der Mayer, er betrachtet sie aufmerksam. Er sieht seine Mutter, eine Vertraute, eine Fremde, eine Mörderin. Er weiß nicht, wer oder was sie ist. Dann blickt er seitlich weg, hinaus, in das Dunkel.
„Die Stefanie sagt immer, dass, egal was passiert, auch immer was Gutes dran ist."
Mit stockender Stimme. Dann schaut er wieder zur Habner.
„Bis jetzt war ich mir immer sicher, dass sie damit recht hat", fährt er fort.
Und so, wie er die Habner ansieht, weiß sie, dass er alles weiß.
„Sie sollten auf sie hören", erwidert sie.
Der Mayer nickt dazu, sein Hals wie zugedrückt vor Schmerz und Hilflosigkeit. Sie sieht an seinem Ärmel die Asche, greift langsam rüber, wischt sie sanft weg.
„Ich werde schlampig."
Der Mayer nickt, versucht zu lächeln. Wendet seinen Blick nicht ab von ihr. Nicht eine Sekunde schaut er weg.
„Der Urlaub wird mir guttun", meint sie, „ich bin ja nur auf der Durchreise."
Ihr Blick verrät, was sie will. Und der Mayer versteht. Tausend Fragen hat er gehabt, keine einzige will er ihr jetzt stellen. Er kann nicht. Unendlich viel Kraft kostet das, nichts

zu sagen über all das hier. Nicht reden, nur begreifen muss er. Irgendwann, nicht jetzt.
„Genau, Sie wollten ja weiterfahr'n, bis ans Ende des Tals."
Und die Habner erkennt, dass er versteht.

Stille.

„Ist es dort wirklich so schön, wie die Leute immer sagen?"
Ihre Stimme wird schwächer. Sie muss sich aufrichten zwischendurch. So kann sie besser atmen, zumindest ein bisschen.
„Da ist der Bach noch ganz klar, nicht so gelb wie hier. Ich werde Sie dort mal besuchen, dann haben wir Zeit zum Reden."
Der Mayer ist ein besonderer Mensch.
„Gut."
So, wie sie es so oft gesagt hat.
Ihre Blicke beisammen.
Lange hält die Habner nicht mehr durch. Ihre Schmerzen werden stärker, krummt sich zusammen. Der Mayer will helfen, sie blockt ab, fängt sich wieder.
„Sie sollten jetzt gehen. Zu der Stefanie und zu Ihrem Kind, Ihrem Zuhause. Und Sie sollten etwas essen, Sie sehen hungrig aus."
Mit einem Lächeln. Der Mayer lächelt auch kurz.
„Dann geh' ich jetzt."
Er erhebt sich. Alles in ihm schreit, dass er sitzen bleiben soll, aber er steht auf. Die Habner legt ein Jagdmesser auf den Tisch.
„Das muss ich noch zurückgeben, dann kann ich auch gehen."
Ganz sachlich stellt sie das fest.

Das hat sie damals dem Steger aus seinem Mantel mit den schwarzen Schulterklappen gestohlen, als er beschäftigt war mit ihr. Mit diesem Messer hat sie sich das Bein abgeschnitten, von der Eisenkette befreit. Nachdem sie das Gitter aus der Wand gekratzt hat, Steinchen für Steinchen, schier endlos in den langen Tagen und Nächten. Ein gutes Messer ist das, ein Bowie. Sie hat dann zwei Wochen im Wald überlebt. Gejagt haben sie sie, alle sind hinter ihr her gewesen. Eine richtige Hetze, sogar mit Hunden. Haben sie nicht gefunden, dann für tot gehalten.
Sie hat überlebt. Wie ein Wunder eigentlich, aber nur eiserner Wille. Sterben ist so einfach, leben so schwierig.
Ist dann gefunden worden, weit weg. Von guten Menschen versorgt. Groß wurde sie, da und dort. Und sie hat niemals darüber geredet, mit niemandem.

Jetzt ist sie hier. Sie braucht das Bowie nicht mehr. Es gehört dem Steger. Das will sie ihm zurückgeben, wenn er da ist. Und er wird bald kommen.
Machtlos, ratlos ist er, erschöpft und müde, der Mayer. Nichts kann er aufhalten, das weiß er. Alles wird sein böses Ende nehmen. Und er bleibt noch ein bisschen stehen. Nur die Kühlung hört man von der Ausschank und das Summen der flackernden Neonröhre.
Die Habner reicht ihm die Hand.
Er will so viel, sie umarmen, sie niederdrücken, sie verhaften, sie beschützen, sie nicht mehr loslassen, nie mehr. Er ergreift ihre Hand, ein Händeschütteln, ganz normal. Wie man einem Freund zum Abschied die Hand gibt, etwas länger vielleicht.
„Du bist das Beste, das mir jemals passiert ist."
Du, hat sie gesagt. Ihre Stimme brüchig. Und sagt damit alles. Dass sie ihn gesehen hat, ihn wahrgenommen hat, wie

er ist. Dass er alles gut machen wird, dass er wunderbar ist, so wie er ist. Sie sagt alles, was eine Mutter ihrem Sohn sagen kann... dass sie glücklich ist und stolz.
Der Mayer kann die Tränen nicht zurückhalten, bringt kein Wort heraus, er nickt nur. Alles wurde gesagt, mehr gibt es nicht zu verstehen. Ein kurzer Moment der seltsamen Perfektion in all dem Chaos. Wie in einer anderen Welt. Die es aber nicht gibt.
„Du musst jetzt wirklich gehen."
„Ja", antwortet er.
Ganz schwach, beinahe unverständlich.
Die Hände trennen sich, für immer. Der Blick zwischen den beiden geht verloren.
Er dreht sich weg, macht einen Schritt, dann hält er inne. Hat Angst vor einer Antwort. Er will Gewissheit, er muss es wissen, nur das eine. Panik hat er, aber die eine Frage muss er stellen. Die Habner hat bereits darauf gewartet. Die Frage musste kommen, unausweichlich.
„Ist er mein Vater?"
Er deutet nach draußen in die Nacht, aus der der Steger bald auftauchen wird. Alles in ihm angespannt bis zum Schmerz.
„Es gibt keine Väter, nur Bestien", erwidert sie.
Das ist eine Antwort, aber keine für den Mayer. Seine Sorge grenzenlos. Aber noch bevor er etwas sagen kann, nachfragen kann.
„Er ist es nicht."
Die erlösende Antwort. Die einzig richtige für den Mayer. Die einzig mögliche für die Habner.

Weil sie an das Leben glaubt, die Mörderin, die sie ist. An das unschuldige Leben, trotz allem. Das hat sie vielleicht auch ein bisschen vom Mayer gelernt. So wie das Lächeln, das ihr manchmal über die Lippen gekommen ist, wie sie den Mayer so erlebt hat. Wie er Freude gehabt hat an den kleinen Dingen, wie er da herzhaft in eine Knacker gebissen hat, wie ein kleiner Junge, ihr Junge.

Die Erleichterung ist für den Mayer grenzenlos. Alles in ihm wird weich. Mehr will er nicht wissen, mehr braucht er nicht zu wissen. Alles wird gut für ihn, nach all dem hier.
Jetzt kann er gehen.
Einen Gedanken hat er noch. Der Gedanke ist falsch, das weiß er, aber notwendig, für ihn. Er zieht die Beretta aus dem Hosenbund seiner verschmutzten Uniform. Legt sie schnell auf den Tisch, direkt vor die Habner. Die schaut auf die Beretta, und sie nickt dankend.
Ein letzter Blick. Kein Lächeln, keine Wut, keine Trauer. Nur ein Blick.
Dann geht er hinaus, schnell, ohne sich umzudrehen. Weg ist er, für immer. Sie schaut hinaus, der Pickup fährt los. Alles wird gut mit ihm, und mehr kann man nicht verlangen, mehr kann man nicht wollen.
Als Mutter.
Die Habner nimmt die Beretta, lädt sie durch. Atmet tief, wirft ihre letzten Tabletten ein, starke Aufputscher, sammelt ihre Kräfte. Alles bereit für den Moment, auf den sie ein ganzes Leben lang gewartet hat. Manchmal unbewusst, manchmal bewusst. Aber doch immer da, unausweichlich.
Jetzt muss sie nicht mehr lange warten.
Die Nacht wird gnadenlos.

Im Pickup fährt er, nicht schnell, nicht langsam, kontrolliert. Kommt zu seinem Haus. Die Stefanie hat das Licht für ihn brennen lassen. Ganz warm schaut das orangene Licht aus in der kalten Nacht. Nur die Glühbirne in der Fassung, ohne Schirm, den muss er erst noch montieren.

Schon auf der Schwelle, da hört er den schweren Benziner, sieht den Mercedes. Der Steger fährt vorbei. Der Mayer schaut ihm nicht nach, er weiß ja, wo er hinfährt.
Er schlägt den gröbsten Schmutz von seiner Uniform, die Asche auch. Putzt sich den Dreck von den Schuhsohlen am Schuhabstreifer. Da steht Unser Zuhause drauf. Hat er noch gar nie gelesen, so richtig.
Er geht hinein.
Im Bett. Netflix auf dem riesigen LG. Kellogs aus der Schüssel, damit das Sackerl nicht raschelt.
Da hört man ja sonst nicht g'scheit, sagt die Stefanie immer. Jetzt horcht sie auf, schaltet den Ton ab. Sie hat die Fernbedienung, die hat sie immer. Richtet sich ein bisschen auf, die Hand schützend am Bauch.
„Hast du das auch gehört?"
Natürlich hat der Mayer ihn gehört, den Hall der Schüsse. Von weit weg, von oben vom Wirtshaus. Die Flinte vom Steger, die Beretta von der Habner.
„Nein, ich habe nichts gehört", erwidert er.
Die Stefanie horcht weiter.
„War da nichts?"
„Da war bestimmt nichts", lügt er.
Alles ist jetzt ruhig. Ganz ruhig.
„Dann muss ich mich getäuscht haben", meint sie.
„Sicher sogar", versichert er.
Sie schaltet den Ton wieder ein, lässt sich zurücksinken in seinen Arm. Dann schnäuzt sie sich. Das Taschentuch klemmt sie in den Bund ihrer Unterhose. Da ist es immer griffbereit, weil sie es ja so oft braucht. Der Mayer drückt die Stefanie an sich. So geliebt wie jetzt hat er sie noch nie. Die Tränen wischt er sich aus den Augen, unbemerkt.
Sonst kann er ja nicht sehen, wie es weitergeht.

Alle sind sie tot.

Der SUV des Bürgermeisters ist da, steht neben dem Polizeiwagen und einem gelben Lieferwagen.
Der Bürgermeister hat von nichts gewusst, nichts mitbekommen von dem, was hier los gewesen ist. Vor allem in der letzten Nacht. Aber jetzt geht es wieder um viel Bürokratisches, da ist er wieder zur Stelle. Und er hat viel zu tun. Aber er macht das gut, er will ja etwas bewegen hier. Gut, dass er da ist, ein junger Bürgermeister für den Neuanfang, den kann man jetzt brauchen, mehr denn je.
Er kommt heraus, kreidebleich ist er. Mitgenommen von alldem hier. Den Kopf schüttelt er, er kann das alles nicht glauben. Gleich dahinter der Mayer und der Alois, aus dem komischen Haus des Gemeindearztes kommen sie.
„Kruzifix", flucht der Alois, „ist der Hund schwer."
Wie er mit dem Mayer gemeinsam den Zinksarg aus dem Haus trägt, mit dem Gemeindearzt drinnen.
„Der Schwendinger war nicht so schwer, von dem war aber auch nicht mehr so viel übrig", fügt er an.
Das meint der Alois nicht zynisch, sondern nur so, wie es ist. Der Mayer sagt nichts dazu.
Zum gelben Lieferwagen gehen sie. Das war früher das Postauto, das haben sie umgebaut zum Leichenwagen, das Posthorn schlampig übermalt. Die Post bringt allen was, das schimmert noch ein bisschen durch. Aber der Wagen erfüllt den Zweck.
„Viel Arbeit hab' ich aber jetzt schon", meint der Alois dann. Wie der Bürgermeister die Tür des Lieferwagens öffnet. Da sind schon drei Särge drinnen. Ein Streifen Kreppband auf jedem drauf, grob abgerissen an den Enden, beschriftet vom Alois mit krakeliger Schrift mit einem dicken Filzstift. Wirt, Steger und Frau mit Plastikhaxn steht da drauf.

Der Alois hat es nicht so mit Namen. Der Mayer will ihn berichtigen, tut es dann aber nicht. So ist der Alois halt, und das passt so.
„Ein Loch nach dem anderen muss ich jetzt graben. Aber geht schon, muss gehen, ist noch immer alles recht g'worden."
Ungefragt redet er tatsächlich viel, mit einem Lächeln, mit der schmutzigen Brille, die so große Augen macht. Dabei streift er sich die verschwitzten, wenigen Haare nach hinten über die Glatze mit den vielen Muttermalen.
„Aber jetzt rauch' ich mal eine."
Er zündet sich eine HB an und trinkt einen Schluck Bier aus der Flasche, die er aus der Seitenkonsole der Autotür zieht.
„Passt schon so", meint der Mayer, „mach' mal eine Pause!"
Der Alois nickt.
„Na klar! Da frag' ich aber auch keinen, ob ich eine Pause machen kann oder nicht", meint er.
Der Bürgermeister nimmt den Mayer zur Seite. Der Alois soll das nicht hören, was er jetzt sagt.
„Irgendwann wird aber mal wer kommen, weil das kann man nicht so lassen, das spricht sich schon herum."
„Sicher wird wer kommen… und dann schauen wir weiter."
„Das geht aber dann auf dich, das musst du schon wissen. Da kann ich dir dann nicht helfen", fügt der Bürgermeister an.
„Weiß ich", erwidert der Mayer.
Der Bürgermeister schaut kritisch.
„So eine Scheiße das Ganze."
Der Mayer schweigt.
„Wie auch immer. Ich fahre jetzt. Servus!", sagt der Bürgermeister.
„Servus!"
„Servus Alois!", ruft der Bürgermeister noch.

Der Alois nickt ihm nur zu, hat gerade die Bierflasche am Mund.
Der Bürgermeister geht zum SUV.
„Ausgerechnet hier muss die Scheiße passieren, wo ich Bürgermeister bin", murmelt er vor sich hin.
Dann steigt er ein und fährt weg.
Der Alois dämpft seine HB aus.
„Ich fahr' jetzt auch."
„Ich sperre noch alles ab, dann komm' ich nach", teilt der Mayer mit.
„Alsdann!", meint der Alois.
Schlägt die Tür scheppernd zu und fährt weg. Zum Friedhof, zur vielen Arbeit.

Der Mayer geht ins Haus, macht überall dicht. Es wird wohl lange leer stehen. Die Kinder, die Mädchen auf den Fotos, aus Vietnam, um ihn herum an den Wänden, unbekannte Schicksale. Der Mayer schaut in ihre Gesichter, er weiß nichts von ihnen, er blickt sie ganz lange an. Der Mistkübel neben ihm.
Er nimmt ihn mit nach draußen. Leert ihn aus, ohne Regung, wie man eben einen Mistkübel ausleert. Die Asche darinnen staubt in die Tonne. Er geht zu seinem Polizeiwagen. Die Sonne kommt jetzt heraus. Nach dem langen Regen kurz die Sonne.
Wie immer.

In ihren Sachen im Wirtshaus auf 7. Da wird er nichts finden. Wenn er leise und bedächtig das Zimmer betreten haben wird. Kleidung, Tabletten, Schuhe, Munition, Batterien, eine Taschenlampe, ein Notfallkit, Handschellen, ein Werkzeugset, Schuheinlagen nur für den linken Fuß, Krimskrams, mehr nicht. Kein Brief, keine Nachricht, keine

Fotos, kein Buch. Nichts davon wird er finden. Auch wenn er alles durchsehen wird, nicht hektisch, aber sehr genau wird er dann schauen. Auch hinterm und unterm Bett, wo was hin gerutscht sein könnte, versehentlich vielleicht. Im Kasten auch und drunter, in allen Laden. Die Matratze wird er abtasten. Und im Badezimmer sogar hinterm Spiegel den Spalt. Den abgetretenen, hellblauen, genoppten Badezimmerteppich wird er umdrehen. Nichts da. Nur ein gebrauchtes Unterleibchen, an dem er riechen wird. Keine Tränen, nur traurige Erinnerung. Die Habner war da und sie ist gegangen, und sie wird für immer bei ihm sein. Er wird alles in den Rucksack packen, diesen mitnehmen. Kommt bei ihm in den Keller. Manchmal wird er dann dorthin gehen und darin herumkramen. Nur so, aus keinem bestimmten Grund.

Er schaut viel herum, bewusst schaut er, als würde er alles hier zum ersten Mal sehen. Mit seinem Wagen fährt er langsamer als sonst durch den Wald, am Bach entlang, durch den Ort, bei der Kirche vorbei.
Da stehen ein paar Menschen, alte, die tuscheln. Wie sie es immer tun, wenn die Sonne scheint, da stellen sie sich hin und reden miteinander. Über alles und jeden. Und winken jedem zu, der da vorbeifährt. Und schauen den Autos lange nach, wie automatisch. Viele fahren ja nicht vorbei. Und viel gibt es ja sonst nicht zum Schauen. Der Mayer winkt zurück, mit einem Lächeln. Ganz bewusst tut er das, weil er auch alles ein bisschen anders sieht. Er hält sich dabei nicht die Hand vor den Mund. Er wird sich die Hand nie wieder vor den Mund halten, wenn er lacht oder lächelt.
Zwei Lastwagen donnern am Wagen vorbei. Die Ladeflächen sind leer, holen neuen Bausand vom jungen Steger, wie der neue Chef in der Firma jetzt genannt wird.

Alles nimmt wieder seinen Lauf, hat eigentlich nicht aufgehört. Nur für den Mayer ist die Welt für einen Moment stehen geblieben. Jetzt dreht sie sich weiter.
Das Leben ist ein Kuddelmuddel und der Mayer ist mittendrin. Er wird seinem Kind zeigen, was wichtig ist. Immer. Das Leben zählt, jedes Leben. Das hat er schon immer gewusst. Jetzt ist er sich so sicher wie noch nie.

Das wird ein schönes Begräbnis werden. Alle werden ihr bestes Gewand tragen und sich sehr fein machen für diesen besinnlichen Anlass, für dieses Ereignis. Von weit weg wird ein Pfarrer kommen, den hat der Bürgermeister schon gebucht. Ein Glück ist das, weil normalerweise sind die schon monatelang im Vorhinein ausgebucht. Aber einem Pfarrer ist kurzfristig eine Hochzeit ausgefallen und jetzt wird er doch Zeit haben für das Begräbnis.
Über Tote soll man nur Gutes sagen. Gut, dass der Steger tot ist, das müsste der Pfarrer dann eigentlich sagen. Aber er wird das natürlich nicht tun, denn der Steger war auch nur ein Mensch aus Fleisch und Blut. Ein Sünder, also ein Mensch. Wie der Schwendinger, wie der Wirt, wie der Gemeindearzt, wie die Habner. Wie alle. Also wird er nur das Beste über die Verstorbenen vortragen.
Vor allem über den alten Steger, der hat ja das neue Kirchendach bezahlt und machen lassen. Das war schon sehr fromm von ihm. Und die Leute werden alle schweigend und zustimmend nicken. Ja, so ein schönes Kirchendach, ja, so ein guter Mensch war er. Über Tote redet man nicht schlecht, nur Gutes berichtet man über sie.

Über die Habner wird er gar nichts sagen. Die wird einfach so in das Grab der Mayers gelegt werden. Das wird der Mayer vorher so bestimmen, dass die da reinkommt, weil da wird er auch einmal liegen. Da wird keiner etwas dagegen haben und auch nicht fragen. Zu viel fragen ist niemals gut, das haben die Menschen hier schon immer gewusst.

Die Särge werden gesegnet werden, damit die Seelen, die drinnen liegen, aufsteigen können zum Himmelvater. Vorher werden sie aber hinabgelassen in die feuchte Erde. Später wird der Alois alles zuschütten.
Viel Arbeit ist das, so viel' Tote auf einmal, wird er dann sagen. Wie er das schon so oft gesagt hat in letzter Zeit.
Und wenn der Pfarrer dann endlich fertig sein wird und alle schon auf das Essen und Trinken warten, dann werden alle ins Wirtshaus gehen zur Stefanie und dem Mayer.
Sie werden dann dem Mayer auf die Schulter klopfen und ihm sagen, was für ein guter Mensch und Wirt sein Vater gewesen ist. Der Mayer wird dazu sanft lächeln und stumm nicken, während er hinter der Ausschank das Bier zapft.
Dort, wo sein Vater immer dahinter gestanden und dann mit zerschossenem Kopf daneben gelegen ist. Neben dem Bild seiner Elisabeth wird das Totenbild des Wirts hängen, nebeneinander und wieder vereint, so wie im Familiengrab der Mayers die Leichen nebeneinander liegen werden. Im Himmel die Seelen vereint, wie der Pfarrer gesagt haben wird.
Die Stefanie wird fleißig in der Küche wirtschaften, dabei viel weinen. Vor dem Sarg ihres Vaters wird sie nicht weinen, sie wird in der Küche weinen, allein und für sich.
Hirschbraten mit Rotkraut, Semmelknödeln und Preiselbeeren wird es zum Essen geben.
Das Fleisch vom Hirsch, den die Habner überfahren, gnadenhalber totgeschossen und dann mitgebracht hat auf dem Dach des Jeeps. Schon ein seltsamer Zufall, dass die Habner für ihren eigenen Leichenschmaus gesorgt hat.

Später dann, wenn das alles vorbei ist, da wird der Mayer noch ganz oft am Friedhof sein, nicht so selten wie bisher. Allein wird er vor dem Grab stehen und viel nachdenken über alles, was ihm jetzt noch zu viel ist. Eine Kerze wird er anzünden, eine Kerze mit kleiner, aber starker Flamme, die nicht gleich erlischt, wenn ein starker Wind weht.

Später, in ein paar Wochen, da wird der Stierschneider zum Glas, zu seinem besten Freund, kommen. Zum Sterben. Wird neben ihm sitzen, dann nach einer Weile noch einen letzten Schnaufer machen und dann wird er tot sein, aus dem Leben und vom Glas wird er gehen. Der wird das nicht gleich merken, aber dann doch, wird aber einfach sitzen bleiben und weiter reden. Und der Stierschneider neben ihm, ganz ruhig wie immer eigentlich, nur das regelmäßige Ziehen an der Bierflasche wird fehlen. Und zwei Tage später wird auch der Glas seinen letzten Schnaufer machen, weil er einfach nichts mehr essen und trinken wird. So werden die beiden noch eine ganze Weile tot nebeneinander sitzen, weil sie lange niemand vermissen wird. Der Mayer wird sie dann finden, in ihren Liegestühlen hinten im Garten, wenn er wieder einmal vorbeischaut.

Selten genug ist es ja, dass die Sonne etwas länger scheint. Die Stefanie sitzt heraußen vor dem halbfertigen Haus, vor der Mischmaschine und vor dem Sandberg mit der Schaufel drinnen, auf der Sitzbank aus Holz. Die wackelt bei jeder Bewegung hin und her, der Boden darunter uneben betoniert. Ein leichtes Kleid trägt sie, sehr weit geschnitten, geht über die Knie, die weiße Unterhose schimmert durch den Stoff, dicke Wollsocken in den Hausschlapfen. Am Schoß eine Schüssel aus weißem Hartplastik. Ein Dunkellila

auf ihren Fingerkuppen und unter ihren Nägeln. Sie entkernt die Kirschen für den Kuchen, den der Mayer so gerne mag. Sie schaut auf, der Polizeiwagen hält. Sie wischt sich mit dem Handrücken die Tränen der Trauer aus dem Gesicht. Lächelt, etwas besorgt ist sie über das, was kommen wird. Ihre Handfläche kurz auf den Bauch mit weggespreizten Fingern, sie will das Kleid nicht schmutzig machen.
Der Polizeiwagen parkt sich gleich hinter dem Bulli ein, der steht jetzt auch vor dem Haus. Der Mayer steigt aus und kommt auf sie zu, der Vater ihres Kindes, mit einem Lächeln. Um die Augen tiefe Falten, eine schwere Müdigkeit hat er im Gesicht.
„Und, wie war's?", fragt sie.
„Geht schon."
Er setzt sich dabei neben sie, atmet tief aus.
„Und? Wie geht's dir?"
Blickt sie mitfühlend an.
„Naja, wie soll es mir schon gehen?", erwidert sie.
Blickt kurz von der Schüssel auf und schaut in die Ferne, wischt sich mit dem Ärmel schnell eine Träne weg. Entkernt dann weiter die unnatürlich großen Kirschen…

… in der Stille.

„Weiß man schon mehr von der Frau von der Polizei?"
Der Mayer schüttelt verneinend den Kopf.
„Noch nichts Genaues. Das wird noch dauern", erwidert er.
„Du glaubst ja gar nicht, was die Leute schon wieder alles so erzählen", sagt die Stefanie dann.
Schaut ihn dabei an.
„Eh wie immer, lass' sie einfach reden!", meint der Mayer.
„Wenn du dann mehr weißt, sagst du's mir dann eh."
Er nickt zustimmend.

„Aber vielleicht will ich eh nicht alles so genau wissen", fügt sie an.
Und senkt dabei ihren Kopf.

Stille.

In der man nur das saftige Knirschen des Fruchtfleisches hört, wie es vom Kern getrennt wird.
„Wann ist denn eigentlich das Begräbnis?"
„Der Alois hat sie gerade abgeholt. In drei Tagen wahrscheinlich. Wenn wir bis dahin einen Pfarrer finden. Alle auf einmal werden ein'graben", ergänzt er.
Ein paar Kirschen werden wortlos entkernt.
„Die Frau wird auch hier ein'graben?"
Der Mayer nickt zustimmend.
„Aha", meint sie.
Nach einer weiteren Kirsche.
„Gibt's da keinen, dort, wo sie herkommt? Dem sie fehlt, meine ich?"
„Nein", erwidert der Mayer.
„Aha. Schon komisch."
„Ja, schon komisch… das Ganze."
Dann donnern zwei Lastwagen vorbei, mit dem Bausand hinten oben. Der Sand fährt dann mit dem Zug weiter nach Italien. Der Mayer blickt ihnen nach, wie automatisch, wie die Alten oben bei der Kirche.
„Sie wird dir abgehen", sagt die Stefanie.
„Ja, schon", erwidert der Mayer.

Stille.

„Magst du ein paar Kirschen essen? Ich brauch' nämlich eh nicht alle."

Er schaut in die Schüssel, denkt kurz nach.
„Jetzt nicht."
Und lehnt sich wieder zurück. Er schaut die Berge hinauf und auf die Teiche hinunter.
„Schön ist es heut'", meint die Stefanie.
„Ja", sagt der Mayer, „endlich, ist eh Zeit geworden."
„Aber wirklich", ergänzt sie.
Schaut dabei kurz von der Schüssel hoch, blickt hinaus, schaut dann auf den Bulli, dann wieder auf die Kirschen.
„Von mir aus kannst du schon fahr'n, wenn du willst."
Ganz sachlich trägt sie das vor, ein wenig nachdenklich auch, ein bisschen traurig auch. Das hat sie nicht gewollt, aber es hat doch durchgeklungen.
„… weil wir sind dann sowieso für immer da", fügt sie an.
Schaut ganz kurz auf ihren Bauch.
„Und wenn du alles gesehen hast, kommst du halt wieder. So groß ist die Welt auch nicht, dass du ewig wegbleiben musst."
Lächelt dabei. Der Mayer schaut sie an, ein bisschen überrascht, sehr dankbar und mit großer Liebe. Die Stefanie steht auf, mit der Plastikschüssel fest in der Hand.
„Aber vorher machst du noch die Fliesen, das sag' ich dir gleich!"
Sie deutet mit dem Kopf neben die Haustür auf den Stapel Fliesen mit der verwitterten Plastikfolie drüber. Und geht dann hinein.
Der Mayer lächelt für sich allein, blickt auf die Fliesen, dann auf den Bulli, sehr lange.
Dann auf den Gegenhang in den Wald hinein. Da ist nichts außer Bäume. Wie gemalt schaut das aus, aber auch immer wieder anders, wenn man genauer und länger hinschaut und auch die kleinen Dinge sieht, die, die sich immer nur ein ganz klein bisschen ändern. Wie ein kleiner Baum. Den sieht

man auch nicht wachsen, wenn man hinschaut, und dann ist er auf einmal groß.
Der Mayer steht auf und geht auch ins Haus, ohne eine Packung von den Fliesen mitzunehmen.
„Wann genau ist jetzt der Kuchen fertig?“, will er wissen.
„Ein bisschen warten wirst du schon noch müssen. Zaubern kann ich nämlich nicht“, antwortet sie forsch.

Das Kind wird pumperlgesund sein. Ein Mädchen.
Es wird nicht Carla heißen.

ENDE

Für Gertraud, Ida und Lina

Der Autor

Rainer Weidlinger wurde am 16. Jänner 1970 in Schärding am Inn/Österreich geboren. Glücklich aufgewachsen, geprägt durch das bäuerliche Milieu am Land und durch die kleinstädtische Struktur seiner Heimatstadt. Sein Ziel die Großstadt Wien.
Neben der Tätigkeit als Diplompädagoge Regie und Drehbuch. Kurzfilme, zwei Langspielfilme.
2014 Gewinner des renommierten Drehbuchpreises Carl Mayer in Graz/Österreich mit „Reise nach Mond", einem Coming-of-age-Drama.
Der Entwicklung eines Drehbuchs mit dem Arbeitstitel „Treibjagd" entsprang die Idee, diese Geschichte in Romanform zu erzählen.
BÖSE GUTE ZEIT ist entstanden.

KONTAKT
Facebook: Rainer Weidlinger-Autor
Instagram: rainer_weidlinger
www.rainerweidlinger.wordpress.com
boesegutezeit@gmail.com

Mein besonderer Dank gilt:
Martina, Ida, Rebecca, Roman, Barbara, Petra, Eva und Alexander.
Gernot, Bizzy und Günther. Rodja und Peter.
Werner, Peter, Eva und Uli.
Mama und Papa.

Liebe Leserinnen und Leser,
ich hoffe, Ihnen hat das Buch gefallen. Ich würde mich sehr über ein Feedback in Form einer Rezension auf den Verkaufsplattformen freuen.
Natürlich freue ich mich auch über persönliche Anschriften unter den angegebenen Kontaktadressen.
Nochmals Danke für Ihr Vertrauen!